KB060742

생활과
한문 2판

생활과 한문 2판

남기택 · 박상익 · 정기선 · 최도식 지음

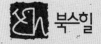 북스힐

한문은 중국의 글자이지만 동아시아 국가들의 언어 구성에 많은 영향을 미쳤다. 이를 테면 한국어 어휘의 50% 이상이 한자로 이루어져 있으며, 일본은 현재까지 한자가 일상 언어생활에서 필수적으로 사용되고 있다. 무엇보다 우리나라 사람의 이름에는 대부분 한자가 쓰인다. 이 현상 하나만으로도 한자와 우리말 간의 필연적 연관을 반증하기에 충분하다. 이건 어쩔 수 없는 언어 사대나 종속의 증거인가? 그렇지 않다. 한자어의 실재는 우리말의 특성일 뿐이다.

일각에서는 한글 전용을 주장하며 한자 어휘를 배척할 것을 주장하기도 한다. 하지만 실제 언어생활에서의 난맥 때문에 실행되기 어려운 점도 주지의 사실이다. 반대로 생각해 보면 이러한 현실은 우리의 언어생활을 더욱 윤택하게 만들기 위해서라도 한문 학습이 반드시 필요하다는 말이 된다. 중등교육 과정은 물론 고등교육기관인 대학에서도 한문 능력은 교양뿐만 아니라 전공 수업에서 유용하게 활용될 수 있다.

한국인에게 한글이 존재하는 것은 가장 위대한 문화적 혜택에 해당된다. 이 훌륭한 자산을 전유하여 인간다운 삶과 선진 문화를 일구어 나가는 자세는 한국인으로서 지녀야 할 보편적 태도라 하겠다. 그런데 우리말 속에는 한자어가 상당 부분 포함되어 있다. 여기서 그 역사적 배경과 문화 지리를 일일이 부기할 필요는 없을 것이다. 우리말을 사용하는 한 한자에 대한 이해는 부득이한 전제임을 부정하기 어렵다.

한자에 대한 기본적 이해가 필요한 이유에는 '언어의 실정' 문제가 관련된다. 언어의 실정이라 함은 '사유의 조건으로서 언어'라는 구조를 가리킨다. 인간은 언어를 통해 사유한다. 언어는 인간을 인간답게 하는 존재의 양식인 것이다. 그런 언어를 효과적으로 사용함으로써 가치 있는 삶을 추구하고 생의 의미를 구하는 자세는 인간으로서의 본성에 해당된다. 그렇게 볼 때 한자에 관한 기초적 이해의 요구는 한국인에게 있어서 일종의 당위에 가깝다. 요컨대 우리 언어를 보다 효율적으로 사용하기 위해서는 한자에 대한 기초 이해가 필수적일 수밖에 없다.

그렇다고 해서 『생활과 한문』이 거창한 한자 학습을 추구하는 것은 아니다. 이 책은 말 그대로 상식의 차원에서, 최소한의 노력을 통해 학생으로서 갖추어야 할 기초적인 한자 소양을 제고하려는 목적으로 제작되었다. 이 교양 도서가 지식인으로서 한자와 관련된 언어 전유를 돕는 한 가지 도구이기를 바라는 마음이다. 이 책의 기본 입장과 핵심 내용은 다음과 같다.

첫째, 한자의 개요와 기원에 대해서 충실히 설명하였다. 이는 한문 학습에 앞서 한자의 연원에 관한 심도 깊은 이해를 유도하기 위해서이다. 또한 한자 자형의 변화, 한자의 형성 및 활용 원리인 육서(六書) 등을 통해서 체계적인 한문 학습을 이룰 수 있도록 하였다. 그리고 한자를 쓰는 순서를 구체적인 예로써 설명하였다. 학생들이 한자를 '쓰는' 것이 아니라 '그리는' 것을 미리 방지하기 위해서이다.

둘째, 학생들의 최대 관심사로서 취업에 도움이 되는 '한자능력 검정시험' 예제를 선별하여 실었다. 자주 출제되는 유형인 한자 읽기에 대한 내용도 정리하였다. 한자는 경우에 따라 같은 글자를 다르게 읽기 때문에 이와 관련된 문제가 종종 출제된다. 관련 내용을 숙지하고 있지 않으면 한자능력 검정시험에서 좋은 성적을 받기 어렵다. 또한 일상생활에서 원활한 의사소통을 영위할 수 있도록 한자 동음이의어 역시 정리하였다.

셋째, 사회생활에서 반드시 필요한 시사·경제 관련 한자어를 학습할 수 있도록 하였다. 여기에는 단순한 암기를 넘어 문맥에 따라 한자어를 이해할 필요성이 포함된다. 이러한 목적 아래 주요 일간지 사설에 등장하는 주요 한자어를 쓰면서 익힐 수 있도록 구성하였다. 아울러 논리적 사고를 함께 함양할 수 있도록 하나의 사회적 이슈에 대한 찬성·반대의 사설을 선정하였다. 이를 통해 학생들이 한자어 및 논리적 사고를 습득할 수 있기 바란다.

이 책은 『우리 시대의 교양한문』(2017), 『생활과 한문』(2021) 등으로부터 갱신되어 왔다. 기존 작업을 함께했던 이완형, 지신호, 최승기 선생님께 감사드린다. 좋은 책을 만들어 주신 북스힐 출판사의 학문적 후의 역시 잊을 수 없다.

2022. 12.

남기택, 박상익, 정기선, 최도식

목 차

2부 한문의 이해 - 연습편

1 부

한문, 삶, 문화

이론편

01장

한자(漢字)의 개요(槪要)와 원리(原理)

1. 한자의 개요와 기원(起源)

1) 한자의 개요

　한자는 중국어(中國語)를 기록하기 위해서 만들어진 문자이다. 한자는 약 6천년 이상의 역사를 지닌, 동아시아의 대표적인 문자이다. 원래 한자는 자(字)라고 불렀다. 고대 중국인들은 타 문화의 문자를 몰랐기 때문이었다. 그런데 중국인들이 다른 문화와 접촉하며 다른 문자의 존재를 알게 되었고, 자신들의 글자와 타 문화의 글자를 구분할 필요가 생겼다. 그래서 중국인들은 자신들의 민족명인 '한족(漢族)'의 '한(漢)'을 글자의 이름으로 삼은 것이다.

　그렇다면 한국인에게 있어서 한자는 어떠한 의미를 가질까? 거의 모든 정보가 서책에 한자로 기록되었던 과거에는 지식 습득의 수단으로써 필수적인 학습의 대상이었음은 분명하다. 하지만 현대에는 한글이 일상적으로 사용되고 있다. 그래서 현대 사회에서 한자는 비교적 불필요해 보이기 쉽다. 이제 한자를 학습하는 것은 고전 문학을 공부하는 학자나 취업을 대비하는 취업 준비생이 대부분이다. 그러나 한자 학습의 필요성은 그리 간단히 무시될 만한 것이 아니다.

한 사회나 국가의 문화 형성에서 가장 중요한 역할을 하는 것 중 하나가 문자이다. 다시 말해서, 문자를 이해하는 능력을 가진다는 것은 한 사회의 문화를 이해한다는 의미가 된다. 현재 한글 어휘의 50% 이상이 한자어로 이루어져 있음은 주지의 사실이다. 그러므로 한자를 공부하는 것은 우리가 살고 있는 현실을 철저하게 학습하는 것이다. 즉 한문 학습은 온고지신(溫故知新), 과거를 되돌아봄과 동시에, 지금 우리의 현실을 살펴보는 행위이다.

예컨대, 회(膾)는 고기를 날것으로 먹는 것을 의미한다. 『예기(禮記)』에서는 "고기의 날것을 잘게 썬 것을 회라고 한다"고 적혀 있는데 원래 고대 중국에서 회는 가늘게 채를 써는 것이 보통이었다. 우리나라의 육회를 생각하면 좋을 것 같다. 첨언하면 공자는 되도록 가늘게 썬 회를 좋아했다는 이야기가 『논어(論語)』에 전해진다. 한편, 고기를 불에 직접 구워서 먹는 요리 방법은 중국에서 일찍부터 행해졌다. 이런 요리 방법을 자(炙)라고 부른다. 이 글자는 月(고기육 변)과 火(불 화)로 구성되어 마치 불 위에 고기를 받쳐놓은 듯하다. 串(꿸 관)은 대단히 알기 쉬운 상형문자로서, 고기에 꼬챙이를 찌른 모양을 그대로 본떴다.

이 구운 고기와 날고기를 의미하는 글자를 사용한 관용어구로, "인구(人口)에 회자(膾炙)되다"라는 표현이 있다. 회(膾)란 동물의 고기를 날것으로 먹는 요리를 말한다. 회자란 육회(肉膾)와 구운 고기로, 맛있는 요리를 의미한다. 그래서 많은 사람들의 입에 오르내려 세상에 널리 알려지는 것을 의미하는 표현이 "인구에 회자되다"라고 쓰인다. 이렇게 한자를 통해서, 우리 사회에서 널리 사용되는 표현에 대한 이해의 정도를 보다 깊이 할 수 있다.

그럼 한자는 누가 처음 만들었을까? 한자는 고대 황제(黃帝)의 사관(史官)인 창힐(倉頡 혹은 蒼頡이라고도 전한다)이 새의 발자국 모양을 보고 글자를 만들었다고 한다. 창힐은 눈이 4개 달렸다는 전설이 있는데, 이는 글자를 만든 창힐의 현명함을 과장되게 강조하기 위한 것이다. 창힐이 글자를 만들었다는 전설은 창힐조자설(蒼頡造子說)이라고 한다. 현대의 학자들에 의하면 은(殷)나라 때부터 글자가 꾸준히 진화하였다는 것이 정설이지만, 이 '창힐조자설'은 그 나름대로의 논리가 있다. 고대인들은 각종 동물의 발자국을 보면서 사냥하고, 맹수를 피하며, 식량을 찾았을 것이다. 그래서 점차 동물의 다른 형상, 즉 발자국이 다른 동물을 의미한다는 것을 인지하였을 것이다. 이는 동물의 이미지를 '기호화'하는 결과를 낳았고, '언어의 기호성'과 연결된다. 그래서 고대인들이 동물 발자국을 분석해서 상형문자의 원리를 얻었다는 것은 일리가 있다.

실제 역사에서 확인할 수 있는 가장 오래된 한자는 은나라 유적지인 '은허(殷墟)'에서 발견된 '갑골문(甲骨文)'이다. 고대에 점을 치거나 은나라의 조상신인 제(帝)에게 아뢰기 위한 용도로 만들어진 글자이다. 동물의 뼈나 거북의 등껍질에 열을 가해서 생긴 갈라진 금을 문자화한 것이 바로 '갑골문자'이다. 이와 같은 갑골문자에서 발전된 고대의 한자는 모두 사물의 형상을 본 뜬 상형(象形) 문자이다. 그리고 한자는 '표음(表音) 문자'인 한글·알파벳과는 다르다. 한자는 한 개의 글자가 일정한 의미를 가지는 문자라는 뜻에서 '표어(表語) 문자(한 글자가 하나의 의미를 가지는 글자)'라고도 불린다.

2) 서체의 변화

① 갑골문자 이후에 은(殷)·주(周) 대에는 청동 물품에 주조하거나 조각한 문자로 종정문(鐘鼎文)으로도 불리는 금문(金文 : 청동기에 새겨진 글자)이 사용되었다. 보통 금문은 서주(西周) 시대에 사용되었으므로, 서주금문(西周金文)이라고 부르는 경우가 많다. 은나라 시대에 만들어진 금문은 기호적인 특성이 강하며, 서주금문은 주로 임금의 명령이나 제후 간의 계약 또는 제사나 전쟁 등에 관한 공적인 기록이 많아 당대의 사회문화적 상황을 파악할 수 있다.

② 주(周)나라 때는 전서(篆書)가 쓰였다. 전서는 현재의 한자 형태가 형성(약 420년대~590년대)되기 이전까지 사용된, 가장 오래된 서체로 알려져 있었으나, 갑골문이 발견된 뒤에는 그러한 지위에서 내려가게 되었다. 주나라 선왕(宣王) 때 태사(太史)였던 주(籀)가 정리한 글자는 대전(大篆)이라 하는데, 춘추전국 시대를 거치며 자형이 매우 다양해졌다. 그래서 중국을 최초로 통일한 진시황은 다양한 서체를 통일하게 하는데, 그것이 바로 소전(小篆)이다. 진시황의 명을 받은 이사는 대전을 다듬어 소전으로 정리하였다.

③ 진나라 말부터 한(漢)나라와 삼국 시대에는 사무 및 행정의 능률을 높이기 위해 획의 숫자를 줄이고 곡선과 원을 곧은 선과 네모꼴로 단순화 한 예서(隷書)를 사용하였다. 진시황 시대에 정막(程邈)이라는 인물이 감옥에서 10년여를 연구하여 만들었다 하여 예서라고도 한다.(일설에는 노예와 같이 천한 일을 하는 사람도 이해하기 쉽도록 단순화 한 글씨라는 의미에서 예서라고 한다) 정사각형의 글씨체가 고풍스

러워 많은 사람들이 좋아하는 서체이다.

④ 한나라 후기 글자의 획을 반듯하게 만든 글자가 일반적으로 많이 쓰이는 해서(楷書)이다. 해서의 '해'(楷)자는 '본보기'라는 뜻이다. 해서의 창시자는『삼국지』에 등장하는 종요(鍾繇)인데, 이를 서예가로 유명한 왕희지(王羲之)가 다시 정리하여 완성되었다.

⑤ 초서(草書)는 해서보다 앞서 한나라 초에 사용되었는데, 필획을 가장 흘려 쓴 서체이다. 행서보다 빨리 쓰기 위해 초서는 획의 생략과 연결이 심하다. 초고(草稿) 따위에 많이 쓰이는데, 조선시대 왕의 일거수일투족을 기록한『승정원일기』(承政院日記)가 대표적인 초서 문헌이다.

⑥ 행서(行書)는 해서와 비슷한 시기에 출현한 글자로 해서를 만든 종요의 스승인 유덕승(劉德昇)이 만들었다. 해서와 초서의 중간 글씨체로 삼국시대와 진(晉)나라 이후에 유행하였고 빠르게 기록하기 위해 획을 약간 흘려서 썼다.

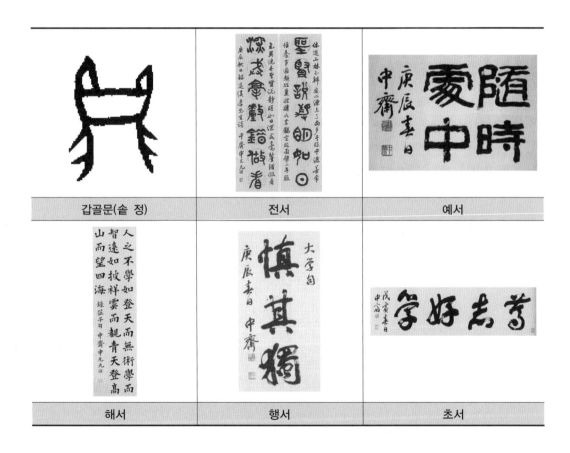

갑골문(솥 정)	전서	예서
해서	행서	초서

2. 한자의 형성 원리 및 활용 원리[六書]

1) 형(形)·음(音)·의(義)

기본개념

· 형(形) : 표기하는 글자의 모양
· 음(音) : 음성 언어와 표기 언어를 연결하는 글자의 소리
· 의(義) : 의미 전달 작용을 하는 글자의 뜻

(1) 한자는 글자마다 언어를 표기하는 자형(字形), 음성 언어와 표기 언어를 연결하는 자음(字音), 전달 작용을 하는 자의(字義) 세 가지 요소로 이루어져 있다. 한자를 구성하는 세 가지 요소와 그 글자가 가리키는 물체[대상]과의 관계를 그림으로 표현하면 다음과 같다.

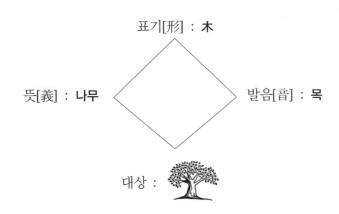

(2) 타 문자와 한자가 다른 점은, 글자의 모양[木]이 대상의 외형[나무의 외적 모양]과 시각적으로 공통점을 지니고 있다는 것이다. 즉, 글자의 형태가 지시하는 대상의 형태를 추상화·단순화한 것이라는 점이다. 특히 상형자와 지사자가 이러한 원리에 의해 만들어진 것이다.

2) 육서 : 발음 및 부수와 뜻의 관계

기본개념

· **상형(象形)** : 물체의 형상을 본떠서 글자를 만드는 방법이다.
· **지사(指事)** : 사물의 추상적인 개념을 본떠 글자를 만드는 방법으로, 글자의 모양이 어떤 사물의 위치나 수량 따위를 가리킨다.
· **회의(會意)** : 둘 이상의 한자를 합하고 그 뜻도 합성하여 글자를 만드는 방법이다.
· **형성(形聲)** : 두 글자를 합하여 새 글자를 만드는 방법으로, 한쪽은 뜻을 나타내고 다른 쪽은 음을 나타낸다.
· **전주(轉注)** : 이미 있는 한자의 뜻을 확대·발전시켜 다른 뜻으로 바꾸어 쓰는 방법으로, 음이 바뀌기도 한다.
· **가차(假借)** : 어떤 뜻을 나타내는 한자가 없을 때 뜻은 다르나 음이 같은 글자를 빌려 쓰는 방법이다.

· 한자의 원래 형태인 갑골문과 같은 초기의 글자는 사물의 모양을 간략화한 상형이나, 숫자와 방향을 나타내기 위해 선과 점을 사용한 지사가 많이 사용되었다. 그러나 사람들은 형태가 없거나 추상적인 개념을 전달해야 할 필요를 느꼈다. 그래서 기존의 글자를 조합하여 표현하는 방식인 '회의'와 '형성'의 방법을 개발하였다. 형성의 방법은 사(思= 田정수리 + 心마음, 생각하다)와 같은 추상적 개념을 표현할 수 있었다. 그래서 현재 우리가 사용하는 한자의 90%는 형성의 원리로 만들어졌다.
· 육서(六書)는 한자가 만들어진 '형성(形成) 원리'[상형·지사·회의·형성(形聲)]와 만들어진 한자를 활용하는 '활용 원리'[전주·가차]로 나뉜다.

(1) 한자의 형성 원리

① **상형(象形)** : 주변에서 볼 수 있는 구체적인 사물의 모양을 본뜸. 가장 쉬운 방식. 한자를 구성하는 6가지 대원칙 중의 하나이다. 물건의 형태를 형상화한 것으로 그림이 근본이 되는 것. 예로 태양의 형태를 본뜬 日자, 사람이 서 있는 형태를 본뜬 人자 등의 글자가 있다.

  ㉠ 日(일) : 해를 가리키는 글자로, 해의 외형을 'ㅇ' 또는 '□'로 표시하고, 태양 광선을 '-' 또는 '·'으로 표시했다.

$$ \text{☼} \rightarrow \text{◉} \rightarrow \text{日} \rightarrow \text{日} $$

ⓛ 月(월) : 달을 가리키는 글자로, 형태는 해와 같으나 차고 이지러지는 현상이 있
　　으므로, 반원을 그리고 '-' 또는 '·'으로 달 속의 어두운 부분을 나타냈다.

ⓒ 木(목) : 나무를 가리키는 글자로, 위로 향한 두 획은 위로 자라는 나뭇가지를,
　　아래의 두 획은 아래로 자라는 뿌리를 나타냈다.

$$ \text{✿} \rightarrow \text{米} \rightarrow \text{米} \rightarrow \text{木} $$

ⓔ 龜(구) : 거북이를 나타내는 글자로, 머리·어깨·손·발·등껍질 등을 추상적
　　으로 나타냈다.

ⓜ 龍(용) : 용을 나타내는 글자로, 머리를 장식한 큰 뱀의 모양을 나타냈다.

② **지사(指事)** : 추상적인 관념을 점이나 선 등의 기호를 이용하여 표시함. 한자의 구성
　　과 응용의 원칙인 육서 중의 둘째 원칙이다. 한자 중에서 추상개념을 도형화한 종
　　류의 것을 말한다. 예를 들면 위에 점이 있다는 원칙으로 형성된 上자, 아래에 점
　　이 있다는 원칙으로 형성된 下자 등이 있다.

ⓗ 上(상) : 위를 뜻한다. 아래의 '一'은 위치의 경계선을 표시하는데, 그 위에 짧은
　　선이나 점을 더해서 경계선의 위쪽을 표시했다.

$$ \text{으} \rightarrow \text{오} \rightarrow \text{上} \rightarrow \text{上} $$

ⓛ 下(하) : 아래를 뜻한다. 위의 '一'은 위치의 경계선을 표시하는데, 그 아래에 짧
　　은 선이나 점을 더해서 경계선의 아래쪽을 표시했다.

$$ \text{ㅎ} \rightarrow \text{下} \rightarrow \text{下} \rightarrow \text{下} $$

ⓒ 甘(감) : '口' 안에 선을 하나 그어서 음식을 입에 물어 끼운 모양으로, '혀에 얹
　　어서 단맛을 맛보다'의 뜻을 나타냈다.

③ **회의(會意)** : 이미 존재하는 글자를 둘 이상 합쳐 새 글자를 만드는 데 각 글자들에

서 뜻만 취함. 회의는 지사와 상형이란 한자의 기본을 두 개 이상 조합하여 하나의
개념으로 나타낸 것이다.

　ㄱ 社(토지신 사) ＝ 示＋土 : '토지신 사'는 土神(토신)이므로 示[제단]와 土[토지]
　　가 결합했다.

　ㄴ 信(믿을 신) ＝ 人＋言 : 사람의 말에는 반드시 信用(신용)이 있어야 한다는 뜻
　　이다.

　ㄷ 多(많을 다) ＝ 夕＋夕 : 저녁이 오늘도 내일도 있는 것처럼 시간은 無窮(무궁)
　　하게 다가온다는 점에서 많다는 뜻으로 쓰였다.

④ **형성(形聲)** : 회의의 방법과 동일하지만, 한 글자는 뜻 부분[形]이 되고, 나머지 한
　글자는 음 부분[聲]이 되어 결합함. 이미 만들어진 글자를 합성한 것이다. 한 글자
　를 이루는 구성요소의 한쪽이 뜻을 나타내고, 다른 한쪽이 소리를 나타내는 것이
　다. 그러나 형성자를 이루는 성분 중의 하나는 반드시 성부(聲符)라는 점이 회의와
　다르다. 6만에 가까운 한자의 구성은 이 방법이 대부분을 차지하고 있다.

　ㄱ 柏(잣나무 백) = 木(뜻:나무) + 白(음:백)
　ㄴ 海(바다 해) = 水(뜻:물) + 每(음:매)-中聲(중성)이 같음
　ㄷ 江(강 강) = 氵(뜻:물) + 工(음:공)-中聲(중성)과 終聲(종성)이 비슷함

> **Tip**
>
> 형성의 원리에서 의미는 주로 부수자가 담당하며, 소리는 남은 부분의 한자가 담당한다. 그러나
> 각 담당 부분이 명확하게 나뉘지는 않는다. 소리를 담당하는 한자의 의미가 최종 형성 한자의 의
> 미에 영향을 주는 경우가 많다. 발음도 완전히 동일한 경우보다는 유사한 경우가 많다. 중성(모
> 음)과 종성(받침)이 동일하면 형성자로 판단한다. 비록 형성자라 하더라도 발음이 완전히 다른 경
> 우도 많은데, 이는 옛사람들의 한자 발음 혹은 고대 중국의 발음과 현대의 한자 발음이 다르기 때
> 문이다.

(2) 한자의 활용 원리

① **전주(轉注)** : 이미 만들어진 글자의 뜻을 확장하여 다른 뜻을 끌어 냄. 한자의 3요소
　형(形)·음(音)·의(義) 중에서 '형태'는 유지하고 '소리'와 '뜻'만을 확장하여 만들

어 쓰는 글자의 운용 방식. 즉, 육서 중의 다섯 번째 원칙으로 한 글자의 뜻을 다른 뜻으로 바꾸어 쓰는 방법이다. 예를 들어 '惡'을 '악'으로 읽어 '악하다'는 뜻을 '오'로 읽어 '미워한다'는 뜻으로 통하는 것과 같은 것이다.

㉠ 說 ⓐ 말씀 설   예 說明(설명)
      ⓑ 달랠 세   예 遊說(유세)
      ⓒ 기쁠 열(=悅)   예 說樂(열락)

㉡ 易 ⓐ 바꿀 역   예 무역(貿易), 역지사지(易地思之)
      ⓑ 쉬울 이   예 난이(難易), 간이(簡易)

㉢ 數 ⓐ 셀 수   예 수학(數學), 산수(算數)
      ⓑ 자주 삭   예 빈삭(頻數 : 자주), 삭간(數諫 : 자주 간하다)
      ⓒ 촘촘할 촉   예 촉고(數罟 : 촘촘한 그물)

㉣ 樂 ⓐ 풍류·음악 악   예 음악(音樂)
      ⓑ 즐거울 락   예 열락(悅樂 : 기뻐하고 즐거워함.)
      ⓒ 좋아할 요   예 요산요수(樂山樂水)

② **가차(假借)** : 이미 존재하는 글자의 뜻에 상관없이 음이나 형태를 빌려 씀. 주로 외래어 표기에 사용됨. 다시 말해, 본래 고유 글자가 없는 낱말에 대하여 소리가 같은 다른 글자의 글자꼴을 빌려 쓰는 방법을 말한다. 그래서 가차에 의해서는 어떠한 자형의 증가도 이루어지지 않으므로 이를 진정한 의미의 조자법(造字法)이라 보기는 어렵다. 가차는 한 글자를 가지고 같은 음으로 둘 이상의 뜻으로 하는 것도 있고, 같은 글자를 다르게 발음하기도 하며, 또는 서로 다른 글자를 같은 음으로 빌려 쓰는 것도 있다.

㉠ 외래어 표기 : 印度(인도:India), 佛蘭西(불란서:France), 羅城(나성:LA) 등
㉡ 형태만 빌리는 경우 : 弗($) 등
㉢ 의성어, 의태어, 佛家(불가)에서 쓰는 용어 : 蕭瑟(소슬:바람에 풀이나 나뭇가지가 흔들리는 소리를 나타낸 의성어), 丁丁(정정:나무를 베느라 도끼로 잇따라 찍는 소리를 나타낸 의성어), 翩翩(편편:새가 펄펄 나는 모습을 나타낸 의태어), 道場(도량), 波羅密多(바라밀다), 半夜(반야), 菩提樹(보리수), 菩薩(보살), 布施

(보시), 娑婆(사바), 釋迦牟尼(석가모니), 十方(시방), 眞諦(진제 : 진실하여 거짓이나 틀림이 없음), 初八日(초파일), 幀畵(탱화) 등

(3) 발음 및 부수와 뜻의 관계

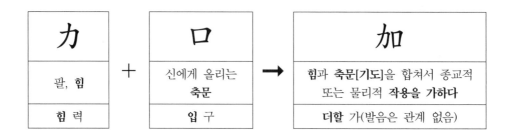

'加'(더할 가)자는 '회의'의 원리에 의해서 만들어진 한자인데, 부수인 '力'(힘 력)자와 나머지 부분인 '口'(입 구)자가 모두 '뜻'을 담당한다. 무언가 이루기 위해 힘을 더하고 기도를 한다는 뜻에서 '더하다'는 의미가 형성되었고, '가'란 발음은 사회적 약속에 의해 만들어진 것이다.

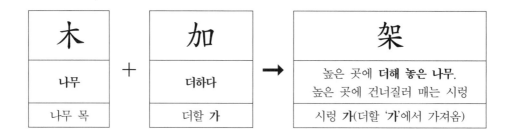

'木'(목)자는 부수자로 '형성'의 원리에 따라 만들어진 '架'(시렁 가)자에서 뜻을 담당하고, '加'(더할 가)자는 발음을 담당한다. 그런데 '架'자가 '높은 곳에 더해 놓은 나무'라는 뜻을 지닌 것을 보면 발음만을 담당하는 것이 아니라 결합된 한자의 뜻을 결정하는 데에도 일정 부분 역할을 함을 알 수 있다.

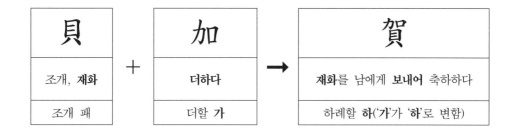

貝		加		賀
조개, **재화**	**+**	**더하다**	**→**	**재화**를 남에게 **보내어** 축하하다
조개 패		더할 **가**		하례할 **하**('**가**'가 '**하**'로 변함)

　'貝'(패)자는 부수자로 '형성'의 원리에 따라 만들어진 '賀'(하례할 하)자에서 뜻을 담당하고, '加'(더할 가)자는 발음을 담당한다. '架'(시렁 가)자의 경우와 마찬가지로 '加'(더할 가)는 발음뿐만 아니라 뜻을 정하는 데도 역할을 한다. 이와 같이 기존의 있는 단어들의 '뜻'과 '소리'를 결합하는 방식으로 만든 '형성자'가 전체 한자어의 90%가 넘는다. '형성'의 원리를 이해하면 모르는 한자가 나와도 그 한자의 뜻과 발음을 추리할 수 있다.

3. 부수(部首)의 이해 : 비슷한 의미로 묶어보기

・부수(部首)는, 한자의 뜻을 그대로 풀이하면 '한 부(部)의 머리' 곧 '한 부분을 대표하는 머리글자'의 의미를 지닌 단어이다. 따라서 많은 수의 한자를 모아 둔 한자 자전에서 글자를 찾는 길잡이 역할을 하는 공통되는 글자의 부분이라고 할 수 있다. 한글과 영어에는 자음과 모음이 있는데, 한자는 글자가 형・음・의를 모두 갖추고 있어서 발음만으로 분류 기준을 삼기가 어렵고 모양의 의미[모양이 나타내는 부분]를 자음과 모음으로 나눌 수가 없기 때문에 소리를 중심으로 편리하게 분류할 수가 없다. 따라서 '형성'・'회의'의 원리에 따라 만들어진 대부분의 한자들에서 공통되는 부분을 추출하여 부수자로 삼은 것인데, 그 공통되는 부분은 자연히 한자가 발명된 초기에 만들어진 상형자가 대부분이어서 현재 사용하는 214자의 부수자 중에서 180여자가 상형자이다. 현재의 옥편(玉篇 : 한자사전)은 이들을 획수 순으로 우선 배열하고 각 부(部)에서 다시 획수 순으로 나열하는 방식으로 구성되어 있다.

부수자	자연	생물	식물		屮, 木, 爿, 片, 生, 竹, 艸(艹)
			동물	육지	彐, 毛, 牛, 犬, 内, 羊, 虍, 虫, 角, 豕, 豸, 釆, 馬, 鹿, 黽, 鼠, 龍
				바다	卜, 貝, 辰, 魚, 龜
				하늘	乙, 羽, 隹, 飛, 鳥
		무생물	육지		彳, 土, 山, 巛(川), 水(氵), 火(灬), 爻, 石, 谷, 金, 阜
			하늘		夕, 日, 月, 气, 雨, 風
	인간	신체	몸		人, 儿, 勹, 大, 女, 子, 尢, 尸, 无, 歹, 毋, 比, 父, 疒, 立, 老, 身, 非, 鬥, 鬼
			머리		彡, 而, 長, 面, 頁, 首, 髟
			눈		氏, 目, 臣, 艮, 見
			코		鼻, 自
			입		口, 曰, 欠, 牙, 甘, 舌, 言, 音, 齒
			귀		耳
			손[팔]		力, 又, 寸, 廾, 手(扌), 支, 攴(攵), 殳, 爪(爫), 隶
			다리		卩, 夂, 夊, 辶, 止, 疋, 癶, 舛, 走, 足, 辵
			내부		心(忄), 血, 骨
			색		玄, 白, 色, 赤, 靑, 黃, 黑
		생활	집		亠, 入, 冂, 宀, 凵, 厂, 囗, 穴, 广, 彳, 戶, 田, 穴, 行, 邑, 里, 門, 高
			도구	농사	亅, 工, 干, 弋, 方, 网, 耒, 臼, 舟
				전쟁	刀(刂), 士, 弓, 戈, 斤, 矛, 矢, 至, 車, 辛
			의복		十, 己, 巾, 幺, 玉, 皮, 糸, 衣(衤), 革, 韋, 麻, 黹
			음식		瓜, 禾, 米, 肉(月), 韭, 食, 香, 鬯, 鹵, 麥, 黍, 齊
			그릇		匕, 匚, 匸, 斗, 瓦, 皿, 示(礻), 缶, 襾, 豆, 酉, 鬲, 鼎
			기호		一, 丨, 丶, 丿, 二, 八, 厶, 小
			악기		用, 鼓, 龠
			책		几, 文, 聿

4. 한자를 쓰는 순서[筆順]

과거에는 한자를 쓸 때 대부분 붓을 이용했다. 붓을 한 번 움직여 쓸 수 있는 부분을 한 획이라고 하며, 획은 형태에 따라 점과 선으로, 선은 다시 직선과 곡선으로 구별한다. 필순(筆順) 또는 획순(劃順)이란 결국 이 점과 선을 쓰는 순서를 말한다.

필순은 한자를 그리는 것이 아니라 모양 있게 쓰면서 빠르고 정확하게 쓸 수 있는 방법이므로 부수자를 중심으로 상용한자의 필순은 익혀 두는 것이 좋다.

◱ 필순 용어

◲ 필순의 대원칙

(1) 위에서 아래로 쓴다.

　　例 言 : ￣ ￣ 三

(2) 왼쪽에서 오른쪽으로 쓴다.

　　例 川 :))) 川

(3) 가로획을 먼저 쓰고 세로획은 나중에 쓴다.

　　例 大 : ￣ 丆 大

　　* 복합적인 글자는 이의 대원칙이 순서대로 적용된다.

　　例 共 : ￣ 十 卄 卝 共 共

　　① 가로획→세로획의 순서 : 十, 土

② 가로획→세로획→세로획의 순서 : 共, 算

③ 가로획→가로획→세로획의 순서 : 用, 耕

* 세로획을 먼저 쓰는 경우

① 田과 비슷한 경우 : 田　　角, 再, 曲

② 王과 비슷한 경우 : 王　　生, 集, 馬

(4) 가로획과 세로획이 교차할 때에는 가로획을 먼저 긋는다.

예 古 : 一 十 十 古 古

(5) 좌우 대칭일 때는 가운데 획을 먼저 긋는다.

예 小 : 亅 小 小

* 가운데를 먼저 쓰는 경우 : 小, 水, 業, 樂

(6) 몸(에운담)을 먼저 긋는다.

예 國 : 丨 冂 冂 冋 冋 冋 國 國 國 國, 同 : 丨 冂 冂 同 同 同

* 둘레를 먼저 쓰는 경우 : 同, 內, 風, 國

(7) 글자 전체를 꿰뚫는 획은 나중에 긋는다.

예 中 : 丨 口 口 中, 母 : 乚 口 母 母 母

(8) 삐침(丿)과 파임(㇏)이 어우를 때는 삐침을 먼저 한다.

예 父 : 丿 丷 父 父

(9) 오른쪽 위의 점은 맨 나중에 찍는다.

예 代 : 丿 亻 仁 代 代

* 오른쪽 위의 점을 쓰는 경우 : 成, 犬

(10) 辶, 廴 받침은 맨 나중에 한다.

예 近 : ´ ⌐ ⌐ 斤 沂 沂 沂 近, 建 : ⌐ ⌐ ⌐ ⌐ ⌐ 聿 聿 建 建

① 먼저 쓸 때 : 起, 題

② 나중에 쓸 때 : 近, 建

※ 위의 원칙과 다른 기준도 적용되어 두 가지 이상 필순이 있는 글자들도 더러 있고, 위의 원칙을 벗어난 예외적인 글자도 혹 있을 수 있다. 그런 경우는 별도로 익혀두는 수밖에 없다.

02장

선인(先人)과의 대화(對話)

　1443년 세종(世宗)이 훈민정음(訓民正音)을 창제하기 전까지 우리 조상들은 중국의 한자를 빌려 일상생활을 영위했다. 자신들의 노래를 향가(鄕歌)라고 한 신라인들은 한자를 빌려 만든 향찰(鄕札)을 사용하여 자신들의 사고와 감정을 노래했고, 부처의 힘을 빌려 외적의 침입을 물리치고자 했던 고려인들은 자신들의 신앙심을 한문으로 된 불교 경전인 팔만대장경(八萬大藏經)에 담았다. 그리고 조선시대 사람들은 조선 왕조의 시조인 태조부터 철종까지 25대 472년간의 역사를 한문으로 기록한, 세계적으로 그 유례를 찾아보기 힘든 역사 기록물인 조선왕조실록(朝鮮王朝實錄)을 남겼다. 이처럼 우리 선인들은 한자와 한문을 이용해 사고와 감정을 표출하고, 신앙을 표현했으며 다양한 사실을 기록했다. 한자와 한문을 배우는 일은 우리 선인들이 남긴 문화유산에 다가가는 동시에 선인들의 정신세계를 이해하기 위한 첫걸음이라고 할 수 있다. 이번 장에서는 선인들이 남긴 여러 글들을 배움으로써 우리보다 앞선 시대를 살았던 선인과의 대화의 장을 마련하고자 했다.

1. 정치(政治)와 경제(經濟)

1) 苛政猛於虎

小子聽之 苛政猛於虎

너희들은 잘 들어라. 가혹한 정사는 호랑이보다 사나운 것이니라.

(禮記)

2) 民猶水也

唐太宗之言曰 民猶水也 君猶舟也 水能載舟 亦能覆舟

당 태종이 말하였다. '백성은 물과 같고 임금은 배와 같으니, 물은 배를 띄울 수 있으나 또한 배를 전복시킬 수 있다.'

(崔益鉉, 勉菴集)

* 최익현(崔益鉉, 1833~1906) : 조선 말기 문신, 학자. 흥선대원군의 실정을 비판하여 실각시켰으며 을사조약이 체결되자 의병을 일으켰다가 체포되어 일본 대마도로 끌려가 순절함.

3) 如北辰

子曰 爲政以德 譬如北辰 居其所 而衆星共之

공자께서 말씀하셨다. "정치를 하는데 덕으로 하는 것은, 비유하자면 북극성이 제자리에 있는데 뭇별들이 그를 향해 도는 것과 같다."

(論語)

4) 正名

齊景公問政於孔子 孔子對曰 君君 臣臣 父父 子子

제나라 경공이 공자에게 정치에 관하여 물어보았다. 공자가 대답했다. "임금은 임금

노릇을 하고 신하는 신하 노릇을 하고 아비는 아비 노릇을 하고 자식은 자식 노릇을 하는 것입니다."

(論語)

5) 大道

大道廢有仁義 慧智出有大僞 六親不和有孝慈 國家昏亂有忠臣

대도가 폐하면 인의가 있게 되고, 지혜가 출현하면 큰 거짓이 있게 되고, 육친이 불화하면 효도와 자애가 있게 되고, 국가가 혼란하면 충신이 있게 된다.

(老子)

6) 道之以政

子曰 道之以政 齊之以刑 民免而無恥 道之以德 齊之以禮 有恥且格

공자께서 말씀하셨다. "법령으로 이끌어가고 형벌로 규제한다면 백성들은 형벌을 모면하려고만 할 뿐 악행에 대한 수치심은 없게 된다. 그러나 덕으로 이끌어가고 예로써 규제한다면 백성들은 수치심도 생기고 자연히 선에 이르게 될 것이다."

(論語)

7) 爲政

或謂孔子曰 子奚不爲政 子曰 書云孝乎惟孝 友于兄弟 施於有政 是亦爲政
奚其爲爲政

어떤 사람이 공자에게 말하였다. "선생님께서는 어찌하여 정치를 하지 않으십니까?" 공자께서 말씀하셨다. "『서경』에서 효에 대해서 말하였다. '부모에게 효도하고 형제간에 우애 있게 하여 그것을 성사에 시행한다.' 하였으니, 이 역시 정치를 하는 것이다. 어찌 벼슬하는 것만이 정치하는 것이 되겠느냐."

(論語)

8) 小人論

方今國家 无小人焉 亦无君子焉 无小人 則國之幸也 若无君子 則何能國乎
否否不然 无君子 故亦无小人焉 向使國有君子 則小人不敢掩其跡也

요즈음 나라에는 소인도 없으니 또한 군자도 없다. 소인이 없다면 나라의 다행이지만 만약 군자가 없다면 어떻게 나라일 수 있겠는가? 절대로 그렇지는 않다. 군자가 없기 때문에 역시 소인도 없는 것이다. 만약 나라에 군자가 있다면 소인들이 그들의 모습과 자취를 감히 숨기지 못한다.

(許筠, 惺所覆瓿藁)

* 허균(許筠, 1569~1618) : 조선 선조, 광해군 때의 문신. 서얼을 차별하는 사회 제도에 반대했고, 폐모론을 주장하였으며 반란을 계획했다가 발각되어 참형을 당함. 소설 〈홍길동전〉의 작자로 알려져 있음.

9) 事君

事君如事親 事官長如事兄 與同僚如家人 待羣吏如奴僕 愛百姓如妻子 處官事如家事然後 能盡吾之心 如有毫末不至 皆吾心 有所未盡也

임금 섬기기를 부모님 섬기듯 하고, 윗사람 섬기기를 형 섬기듯 하고, 동료와 함께 지내기를 가족처럼 하고, 여러 관리 대하기를 내 노복같이 하고, 백성 사랑하기를 내 아내와 자식 같이 하고, 관청의 일을 처리하기를 내 집안일처럼 하고 난 뒤에야 내 마음을 다했다고 할 수 있다. 만약 털끝만큼이라도 지극하지 못함이 있으면 모두 내 마음에 다하지 못한 바가 있는 것이다.

(明心寶鑑)

10) 以暴怒爲戒

當官者 必以暴怒爲戒 事有不可 當詳處之 必無不中 若先暴怒 只能自害 豈能害人

관직을 맡은 사람은 반드시 격노하는 것을 경계해야 한다. 일에 잘못이 있을 때는 마땅히 자세히 살펴서 처리하면 반드시 맞지 않는 것이 없으니, 만약 먼저 격노하게 되면 자신에게만 해로울 뿐 다른 사람에게 해로울 수 있겠는가?

(明心寶鑑)

11) 豪民論

天下之所可畏者 唯民而已 民之可畏 有甚於水火虎豹 在上者方且狎馴而虐使之 抑獨何哉

천하에 두려워해야 할 바는 오직 백성일 뿐이다. 물과 불, 호랑이와 표범보다도 훨씬 더 백성을 두려워해야 하는데, 윗자리에 있는 사람이 항상 업신여기며 모질게 부려 먹음은 오히려 어째서인가?

(許筠, 惺所覆瓿藁)

12) 毋多言毋暴怒

陸象山曰 西海東海 心同理同 此土人心 豈必偏惡乎 況我者客也 彼主人也

육상산이 "서해나 동해나 마음도 같고 이치도 같다." 하였는데, 이 지방 인심만 어찌 반드시 별다르게 악하겠는가? 하물며 나는 손이요 그들은 주인임에라.

(丁若鏞, 牧民心書)

* 정약용(丁若鏞, 1762~1836) : 조선 후기 문신, 학자. 정조의 총애를 받았으나 순조 때 일어난 신유사옥으로 전라남도 강진에서 19년 동안 유배 생활을 하면서 목민심서를 비롯한 다양한 저술 활동을 통해 실학을 집대성함.

13) 五十步百步

塡然鼓之 兵刃旣接 棄甲曳兵而走 或百步而後止 或五十步而後止 以五十步笑百步 則何如

둥둥 북이 울려 칼날을 부딪치며 접전을 벌이다가, 한쪽이 패하여 갑옷을 버리고 무기를 끌고 달아나게 되었습니다. 어떤 병사는 100보를 도망간 뒤에 멈추고, 어떤 병사는 50보를 도망간 뒤에 멈추었는데, 만약 50보를 달아났다 하여 100보를 달아난 자를 비웃는다면 어떻습니까?

(孟子)

14) 曲肱

飯疏食飮水 曲肱而枕之 樂亦在其中矣 不義而富且貴 於我如浮雲

거친 것을 먹고 물을 마시며 팔베개를 하고 살아도 즐거움은 또한 그 가운데 있는 것이다. 의롭지 않으면서 돈 많고 벼슬 높은 것은 나에게는 뜬구름과 같다.

(論語)

15) 從吾所好

子曰 富而可求也 雖執鞭之士 吾亦爲之 如不可求 從吾所好

공자께서 말씀하셨다. "부를 만약 노력하여 얻을 수 있는 것이라면 말채찍을 잡는 천한 일이라도 내가 또한 하겠다마는, 만약 노력하여 얻을 수 없는 것이라면 나는 내가 좋아하는 것을 따르겠다."

(論語)

16) 貧而無諂

子貢曰 貧而無諂 富而無驕 何如 子曰 可也 未若貧而樂 富而好禮者也

자공이 말하였다. "가난하면서도 아첨하지 않으며, 부유하면서도 교만함이 없다면 어떻습니까?" 공자께서 말씀하셨다. "괜찮기는 하나 가난하면서도 도를 즐기고 부유하면서도 예를 좋아하는 것만 못하다."

(論語)

17) 奢則不孫

奢則不孫 儉則固 與其不孫也 寧固

사치하면 겸손하지 못하고 검약하면 고루하게 된다. 그러나 겸손치 아니함보다는 차라리 고루한 편이 낫다.

(論語)

18) 鰥寡孤獨

老而無妻曰鰥 老而無夫曰寡 老而無子曰獨 幼而無父曰孤 此四者 天下之窮民而無告者

늙어서 처가 없음을 환이라고 하고, 늙어서 남편이 없음을 과라고 하고, 늙어서 자식이 없음을 독이라고 하고, 어려서 부모가 없음을 고라고 한다. 이 네 종류는 천하의 곤궁한 백성들로 어디에도 고통을 하소연할 곳이 없다.

(孟子)

19) 國備

國無九年之蓄曰不足 無六年之蓄曰急 無三年之蓄曰國非其國也 三年耕必有一年之食 九年耕必有三年之食

나라에 9년의 저축이 없으면 부족하다고 하고, 6년의 저축이 없으면 급하다고 하고, 3년의 저축이 없으면 그 나라는 나라가 아니라고 하는 것이다. 3년을 경작하면 반드시 1년 양식의 저축이 있어야 하고, 9년을 경작하면 반드시 3년 양식의 저축이 있어야 한다.

(禮記)

20) 小國寡民

小國寡民 使有什佰之器而不用 使民重死而不遠徙 雖有舟輿 無所乘之 雖有甲兵 無所陳之 使人復結繩而用之 甘其食 美其服 安其居 樂其俗 隣國相望 鷄犬之聲相聞 民至老死不相往來

나라는 작고 백성은 적도다. 설사 열 사람, 백 사람과 같이 써야 하는 큰 기물이 있더라도 사용하지 아니하고, 백성으로 하여금 죽음을 중시하여 멀리 이사 다니지 않게 한다. 비록 배와 수레가 있으나 그것을 탈 일이 없게 하고, 비록 갑옷과 병장기가 있을지라도 그것을 진열할 일이 없게 하니, 사람들로 하여금 다시 새끼를 꼬아서 문자로 쓰게 하라. 그 음식을 맛있게 여기도록 해주고, 그 옷을 아름답게 여기도록 해주며, 그 거처를 편안하게 여기도록 해주고, 그 풍속을 즐겁게 여기도록 해주어라. 이웃 나라가 서로 바라보이고 닭과 개의 소리가 서로 들려도 백성들이 늙어 죽을 때까지 서로 왕래하지 않는다.

(老子)

2. 자연(自然)과 문화(文化)

1) 樂山樂水

子曰 知者樂水 仁者樂山 知者動 仁者靜 知者樂 仁者壽

공자께서 말씀하셨다. "지혜로운 사람은 물을 좋아하고, 어진 사람은 산을 좋아하며, 지혜로운 사람은 동적이고, 어진 사람은 정적이며, 지자는 즐겁게 살고 인자는 오래 산다."

(論語)

2) 又示二子家誡

陸子靜曰 宇宙間事 是己分內事 己分內事 是宇宙間事 大丈夫不可一日無此商量 吾人本分 也自不草草

육자정이 "우주 사이의 일이란 바로 자기 분수 안의 일이요, 자기 분수 안의 일은 바로 우주 사이의 일이다."라고 하였는데, 대장부라면 하루라도 이러한 생각이 없어서는 안 된다. 우리 인간의 본분이란 역시 그냥 허둥지둥 넘길 수 없는 것이다.

(丁若鏞, 與猶堂全書)

3) 天長地久

天長地久 天地所以能長且久者 以其不自生 故能長生

천지는 장구하다. 천지가 길고 또 오래갈 수 있는 까닭은 그것이 자기만 살려고 하지 않기 때문이다. 그러므로 오래 살 수 있다.

(老子)

4) 地毬

地毬上下有人之說 至西洋人始詳

지구 아래위에 사람이 살고 있다는 설은 서양 사람들이 처음으로 자세히 논한 것이다.

(李瀷, 星湖僿說)

* 이익(李瀷, 1681~1763) : 조선 숙종, 영조 때의 학자. 벼슬에 나아가지 않고, 학문과 교육에 전력하여 다양한 분야의 저술을 남겼음.

5) 菊影詩序

菊於諸花之中 其殊絶有四 晩榮其一也 耐久其一也 芳其一也 豔而不冶 潔而不涼其一也

국화가 여러 꽃 중에서 특히 뛰어난 것이 네 가지 있다. 늦게 피는 것이 하나이고, 오래도록 견디는 것이 하나이고, 향기로운 것이 하나이고, 고우면서도 화려하지 않고 깨끗하면서도 싸늘하지 않은 것이 하나이다.

(丁若鏞, 與猶堂全書)

6) 上善若水

上善若水 水善利萬物而不爭 處衆人之所惡 故幾於道

최상의 선은 물과 같으니, 물은 만물을 잘 이롭게 하면서도 다투지 않으며, 뭇사람들이 싫어하는 낮은 곳에 처한다. 그러므로 도에 가깝다.

(老子)

7) 堅强柔弱

人之生也柔弱 其死也堅强 萬物草木之生也柔脆 其死也枯槁 故堅强者死之
徒 柔弱者生之徒

사람이 태어날 때는 유연하지만 그가 죽을 때에는 뻣뻣해지고, 만물과 초목이 생겨
날 때는 부드러우면서도 여리고 그것들이 죽어갈 무렵에는 말라비틀어진다. 그러므
로 뻣뻣한 것은 죽음의 길이요, 부드러운 것은 삶의 길이다.

(老子)

8) 五色

五色令人目盲 五音令人耳聾 五味令人口爽馳騁 獵令人心發狂 難得之貨令
人行妨 是以聖人爲腹不爲目 故去彼取此

오색이 사람으로 하여금 눈을 멀게 하고, 오음이 사람으로 하여금 귀를 멀게 하고,
오미가 사람으로 하여금 입맛이 없어지게 하고, 사냥이 사람으로 하여금 마음이 발
광하게 하고, 얻기 어려운 재물이 사람으로 하여금 행실을 방해한다. 이 때문에 성인
은 배를 위하고 눈을 위하지 않았다. 그러므로 저것을 버리고 이것을 취했다.

(老子)

9) 風化

季康子問政於孔子曰 如殺無道 以就有道 何如 孔子對曰 子爲政 焉用殺 子
欲善 而民善矣 君子之德風 小人之德草 草上之風 必偃

계강자가 공자에게 정치를 물었다. "무도한 이들을 죽여서 도가 있는 곳으로 나아가
게 한다면 어떻습니까?" 공자가 대답하여 말하였다. "그대는 정치를 한다고 하면서
어찌 죽이려고 합니까. 그대가 선하고자 한다면 백성들도 선하게 될 것입니다. 군자
의 덕은 바람이고, 소인의 덕은 풀입니다. 바람이 불면 풀은 반드시 눕습니다."

(論語)

10) 教化

子適衛 冉有僕 子曰 庶矣哉 冉有曰 旣庶矣 又何加焉 曰富之 曰旣富矣 又
何加焉 曰教之

공자께서 위나라로 가실 때에 염유가 수레를 몰았다. 공자께서 말씀하셨다. "백성이
많기도 하구나." 염유가 말하였다. "백성이 많아진 다음에는 또 무엇을 더해야 합니
까?" 공자께서 말씀하셨다. "부유하게 해 줘야 한다." 염유가 말하였다. "부유해진 다
음에는 또 무엇을 더해야 합니까?" 공자께서 말씀하셨다. "가르쳐야 한다."

(論語)

11) 興於詩

興於詩 立於禮 成於樂

시에서 일어나고 예에서 서며 악에서 완성한다.

(論語)

12) 樂論二

今世俗之樂 皆淫哇噍殺不正之聲 然方樂之奏于前也 官長恕其掾屬 家翁恕
其僮僕 俗樂尚然 況古聖人之樂乎 故曰禮樂不可斯須去身 夫豈不然而聖人
言之 樂不作 教化終不可行也 風俗終不可變也 而天地之和 終不可得而致
之也

지금 세속의 음악은 음란하고 슬프고 바르지 못한 소리이다. 그러나 한창 음악을 앞
에서 연주할 때, 관장은 그 하급 관리를 용서해 주고, 가장은 자기 동복을 용서해 준
다. 세속의 음악도 오히려 그러한데, 더구나 옛 성인의 음악이겠는가. 그러므로 "예
악은 잠깐 동안이라도 몸에서 떠나게 할 수 없다."고 한 것이다. 그렇지 않다면 성인
이 어찌 그렇게 말하였겠는가. 음악이 흥작되지 않으면 교화도 끝내 시행할 수 없고
풍속도 끝내 변화시킬 수 없어서 천지의 화기를 끝내 이르게 할 수가 없는 것이다.

(丁若鏞, 與猶堂全書)

13) 怪力亂神

子不語怪力亂神

공자께서는 괴이한 일과 억지로 힘을 쓰는 일과 어지러운 난리와 귀신에 대해서는 말씀하지 않으셨다.

(論語)

14) 禮

禮者 政之本也 是以君子不可以不修身 思修身 不可以不事親 思事親 不可以 不知人 思知人 不可以不知天

예는 정치의 근본입니다. 이 때문에 군자는 몸을 닦지 않을 수 없으니, 몸을 닦을 것을 생각한다면 어버이를 섬기지 않을 수 없고, 어버이를 섬길 것을 생각한다면 사람을 알지 않을 수 없고, 사람을 알 것을 생각한다면 하늘의 이치를 알지 않을 수 없습니다.

(孔子家語)

15) 德禮政刑

曰德 衆善之聚 天地之正理 在心爲德 在事爲義 執德行義 人道之大經 (중략) 曰刑 禮以敎之 政以齊之 刑以一之 刑亦末也

덕이란 여러 선이 모인 것이고 천지의 바른 이치입니다. 마음에 있으면 덕이 되고 일에 있으면 의가 되니, 덕을 지키고 의를 행하는 것이 인도의 큰 법칙입니다. (중략) 형벌은 예로써 가르치고, 정치로써 가지런히 하고, 형벌로써 같게 하니, 형벌은 말단에 해당합니다.

(記言)

16) 光影塘

小塘淸徹底 天光共雲影 更待月印心 眞成灑落境

작은 연못은 유난히 맑은데, 함께 있는 하늘빛과 구름 그림자, 다시 기다리는 달빛은 마음에 새겨지니, 참으로 깨끗한 경지를 이루었네.

(李滉, 退溪集)

* 이황(李滉, 1501~1570) : 조선 중기 학자. 주자의 성리학을 심화, 발전시키면서 많은 제자를 교육하고 여러 저술을 집필하여 조선과 일본의 성리학에 큰 영향을 주었음. 우리말 시조 〈도산십이곡〉 등을 지었음.

17) 弔蠅文

嗚呼蒼蠅 豈非我類 念爾之生 汪然出淚 於是具飯爲殽 普請來集 傳相報告 是嘬是咂

아! 이 파리가 어찌 우리의 유(類)가 아니랴. 너의 생명을 생각하면 저절로 눈물이 흐른다. 이에 음식을 만들어 널리 청해 와 모이게 하니 서로 알려서 함께 먹도록 하라.

(丁若鏞, 與猶堂全書)

18) 浮菴記

彼花藥泉石 皆與我浮者也 浮而相値則欣然 浮而相捨則浩然忘之已矣 又何爲不可 且浮未嘗悲也

저 꽃과 약초, 샘물과 괴석 등은 모두 나와 함께 떠다니는 것입니다. 떠다니다가 서로 만나면 기뻐하고, 떠다니다가 서로 헤어지면 씻은 듯이 잊어버리면 그만인데, 떠다니는 것이 뭐 불가한 일입니까. 떠다니는 것은 조금도 슬픈 것이 아닙니다.

(丁若鏞, 與猶堂全書)

19) 食肉

民吾同胞 物吾與也 然草木無知覺 與血肉者有別 可取以資活 如禽獸 貪生惡

殺與人同情 又胡爲忍以戕害

백성은 나의 동포이고 만물도 나의 동반자이다. 그러나 초목만은 지각이 없어 혈육을 가진 동물과는 구별이 있으니 그것을 취하여 활동할 수 있지만, 금수 같은 것은 살기를 좋아하고 죽기를 싫어하는 정이 사람과 같은데 어찌 차마 해칠 수 있으랴?

(李瀷, 星湖僿說)

20) 對生思食

尚領相震曰 禽獸豈忍對生而思食乎 此語冝警省 雖鷄狗微命 人見之或 評肉味美惡 烹炙得失 便覺皺眉 凡力所及者 皆思殺喫 所謂弱之肉强之呑 禽獸之道也

영상 상진이 말하였다. "어찌 차마 살아 있는 금수를 보고 잡아먹을 것을 생각하랴?" 이 말에서 마땅히 경계하고 반성해야 할 것이다. 아무리 닭, 개 같은 미물이라 해서, 사람이 그를 보고 간혹, 저것은 고기 맛이 좋다느니 나쁘다느니 또는 삶아 먹어야 한다느니 구워 먹어야 한다느니 하고 평을 하는데, 그런 말을 들으면 문득 이맛살이 찌푸려진다. 모든 짐승을 힘이 닿는 데까지 다 잡아먹을 것을 생각하는데, 이른바 약한 것은 잡아먹고, 강한 것은 삼키는 것(약육강식)은 금수의 도이다.

(李瀷, 星湖僿說)

3. 가족(家族)과 공동체(共同體)

1) 立身揚名

立身行道 揚名於後世 以顯父母 孝之終也

입신해서 도를 행하여 후세에 이름을 드날려 그 부모를 드러내는 것이 효의 마침이다.

(孝經)

2) 昊天罔極

詩曰 父兮生我 母兮鞠我 哀哀父母 生我劬勞 欲報深恩 昊天罔極

『시경』에서 말하였다. "아버지 나를 낳으시고, 어머니 나를 기르시니, 애달프다, 부모님이시어! 나를 낳아 기르시느라 애쓰셨도다. 그 은혜를 갚고자 하는데 하늘처럼 끝이 없도다!"

(詩經)

3) 孝於親 子亦孝之

太公曰 孝於親 子亦孝之 身旣不孝 子何孝焉

태공이 말하였다. "내가 어버이에게 효도하면 내 자식이 또한 나에게 효도하기 마련이니, 자신이 어버이에게 효도하지 않았는데 자식이 어찌 나에게 효도하겠는가?"

(明心寶鑑)

4) 子欲養而親不待

樹欲靜而風不止 子欲養而親不待

나무가 잠잠해지려 하나 바람이 그치지 아니하고 자식은 봉양하고자 하나 어버이가 기다려주지 않는다.

(漢氏外傳)

5) 三年之愛

子生三年然後 免於父母之懷 三年之喪 天下之通喪也

자식은 나은 지 3년이 된 후에야 부모의 품에서 벗어난다. 삼년상은 온 천하의 공통되는 상례이다.

(論語)

6) 日三省吾身

曾子曰 吾日三省吾身 爲人謀而不忠乎 與朋友交而不信乎 傳不習乎

증자께서 말씀하셨다. "나는 날마다 세 가지로 자신을 반성하노니, 남을 위해서 일을 계획하면서 충성스럽지 않았던가, 벗과 더불어 사귀면서 신의를 저버리지 않았던가, 전수 받은 것을 복습하지 못했던가?"

(論語)

7) 積陰德

司馬溫公 家訓 積金以遺子孫 未必子孫 能盡守 積書以遺子孫 未必子孫 能盡讀 不如積陰德於冥冥之中 以爲子孫之計也

사마온공 가훈에 '돈을 모아서 자손에게 물려준다 해도 그 자손들이 반드시 이 재산을 다 잘 지킨다고 할 수 없고, 책을 모아서 자손에게 물려준다 해도 그 자손들이 다 잘 읽는다 할 수 없으니, 차라리 남모르게 덕을 쌓아 이것으로 자손을 위하는 계획을 세우는 것만 못하다.'라고 하였다.

(明心寶鑑)

8) 兄弟夫婦

莊子曰 兄弟 爲手足 夫婦는 爲衣服 衣服破時 更得新 手足斷處 難可續

장자께서 말씀하셨다. "형제는 손발과 같은 존재다. 부부는 옷과 같은 존재다. 옷은 떨어지면 다시 새것을 얻을 수 있지만 손과 발이 끊어지면 다시 잇기 어렵다."

(明心寶鑑)

9) 孟母之敎

孟子三歲喪父 受賢母之敎 遂成大賢 幼時初舍於墓近 再舍於市近 三舍於學堂之近 遂居之 是謂三遷之敎也 年少長成 就師修學 未成而歸 孟母以刀斷織 曰 汝中途而廢學 若吾斷此織也 是謂斷機之敎也

맹자가 세 살 적에 아버지를 여의고, 어진 어머니의 가르침을 받아 드디어 대현이 되었다. 어릴 적에 처음에는 묘지 가까이에서 살았고, 두 번째는 시장 가까이에서 살았고, 세 번째는 학교 가까이에 자리를 잡아 살았으니 이것이 세 번 집을 옮긴 가르침이라 일컫는 것이다. 나이가 좀 들어서 스승을 좇아 배우다가 완성하지 못하고 돌아오거늘 맹자의 어머니가 칼로 베실을 끊으며 말하였다. "네가 중도에서 배움을 그만두는 것은 내가 이 짜던 베를 끊어버리는 것과 같다." 이것이 베틀의 실을 끊어버린 가르침이라 일컫는 것이다.

(孟子)

10) 伯兪泣

伯兪有過 其母笞之泣 其母曰 他日笞 子未嘗泣 今泣何也 對曰 有得罪笞常痛 今母之力 不能使痛 是故泣

맏아들 유에게 허물이 있어 그 어머니가 매를 때리니, 유가 울었다. 그 어머니가 말하였다. "그전에는 매를 맞을 때 울지 아니하더니 지금은 어찌하여 우느냐?" 유가 대답했다. "잘못하여 매를 맞을 때는 늘 아팠는데 지금은 어머니의 기력이 쇠하시어 아프지 않으니 그래서 웁니다."

(小學)

11) 君子務本

有子曰 其爲人也孝弟 而好犯上者鮮矣 不好犯上 而好作亂者未之有也 君子務本 本立而道生 孝弟也者 其爲仁之本與

유자가 말하였다. "그 사람됨이 효성스럽고 공손한데 그런 사람이 윗사람에게 대들기를 좋아하는 경우는 드물다. 윗사람에게 대들기를 좋아하지 않는데 그런 사람이 난을 일으키기를 좋아하는 경우는 없다. 군자는 근본에 힘쓰니, 근본이 확립되면 도가 생기는 법이다. 효성과 공경은 아마도 인을 행하는 근본이리라."

(論語)

12) 孝之始終

孔子謂曾子曰　身體髮膚受之父母　不敢毀傷孝之始也　立身行道揚名於後世
以顯父母孝之終也　夫孝始於事親　中於事君　終於立身

공자께서 증자에게 말씀하셨다. "몸과 머리카락과 살갗은 부모에게서 받았으니 절대
로 상처를 내지 아니함이 효의 시작이요, 훌륭한 몸으로 세상에 나서서 올바른 도리
를 행하고 이름을 후세에 드러내어 부모의 이름을 빛내는 것이 효의 끝맺음이다. 대
저 효도라는 것은 어버이를 섬기는 데에서 시작하고, 임금을 섬기는 데에서 중간이
되며, 출세를 하는 데에서 끝나게 된다."

(孝經)

13) 出必告

曲禮曰　夫爲人子者　出必告　反必面　所遊必有常　所習必有業　恒言不稱老　年
長以倍則父事之　十年以長則兄事之　五年以長則肩隨之

『곡례』에서 말했다. "남의 자식이 된 사람은 밖에 외출할 때는 반드시 가는 곳을 알
리고, 돌아와서 반드시 찾아뵈어야 한다. 노니는 곳이 있다면 떳떳한 곳이어야 하고,
배우는 것이 있다면 반드시 올바른 것이어야 한다. 항상 말할 때 늙었다는 소리는 하
지 말 것이고, 나이가 배가 많거든 부모인 듯이 모실 것이며, 10년 정도 차이가 나면
형으로 모실 것이고, 5년 정도 차이가 나면 어깨를 나란히 하며 사귀어야 한다."

(曲禮)

14) 養志

曾子養曾晳　必有酒肉　將徹　必請所與　問有餘　必曰有　曾晳死　曾元養曾子　必
有酒肉　將徹　不請所與　問有餘　曰亡矣　將以復進也　此所謂養口體者也　若曾
子則可謂養志也

증자가 증석을 봉양할 적에 반드시 술과 고기를 올렸고, 상을 물릴 때는, 반드시 남
은 것을 누구에게 주고 싶으신지 여쭈었다. 증석이 '남은 것이 있느냐'고 물으면 반
드시 '있습니다.'하고 대답하였다. 증석이 죽자, 증원이 증자를 봉양하였는데, 그때에

도 반드시 술과 고기를 올렸다. 그러나 상을 물릴 때 증원은, 누구에게 주고 싶으신지 여쭙지 않았고, 증자가 '남은 것이 있느냐'고 물으면, '없습니다'하고 대답하였는데, 이는 그 음식을 다시 올리고자 해서였다. 이것은 이른바 부모의 입과 몸을 받든 것일 뿐이며, 증자 같은 경우는 부모의 뜻을 받들었다고 할 수 있다.

(孟子)

15) 守吾齋記

大凡天下之物 皆不足守 而唯吾之宜守也 有能負吾田而逃者乎 田不足守也 有能戴吾宅而走者乎 宅不足守也 有能拔吾之園林花果諸木乎 其根著地深矣 有能攘吾之書籍而滅之乎 聖經賢傳之布于世 如水火然 孰能滅之 有能竊吾 之衣與吾之糧而使吾窘乎 今夫天下之絲皆吾衣也 天下之粟皆吾食也 彼雖竊 其一二 能兼天下而竭之乎 則凡天下之物 皆不足守也 獨所謂吾者 其性善走 出入無常 雖密切親附 若不能相背 而須臾不察 無所不適° 利祿誘之則往 威 禍怵之則往 聽流商刻羽靡曼之聲則往 見靑蛾皓齒妖艶之色則往 往則不知反 執之不能挽 故天下之易失者 莫如吾也 顧不當縶之維之扃之鐍之以固守之邪

대체로 천하의 만물이란 모두 지킬 것이 없고, 오직 나만은 지켜야 한다. 내 밭을 지고 도망갈 자가 있는가. 밭은 지킬 것이 없다. 내 집을 지고 달아날 자가 있는가. 집은 지킬 것이 없다. 나의 정원의 꽃나무·과실나무 등 여러 나무를 뽑아갈 자가 있는가. 그 뿌리는 땅에 깊이 박혔다. 나의 책을 훔쳐 없애버릴 자가 있는가. 성현의 경전이 세상에 퍼져 물과 불처럼 흔한데 누가 능히 없앨 수 있겠는가. 나의 옷과 식량을 도둑질하여 나를 군색하게 하겠는가. 천하의 실이 모두 내가 입을 옷이며, 천하의 곡식은 모두 내가 먹을 양식이다. 도둑이 비록 훔쳐 간다 하더라도 한두 개에 불과할 것이니 천하의 모든 옷과 곡식을 없앨 수 있겠는가. 그런즉 천하의 만물은 모두 지킬 것이 없다. 유독 이른바 나라는 것은 그 성품이 달아나기를 잘하여 드나듦에 일정한 법칙이 없다. 아주 친밀하게 붙어 있어서 서로 배반하지 못할 것 같으나 잠시라도 살피지 않으면, 어느 곳이든 가지 않는 곳이 없다. 이익으로 유도하면 떠나가고, 위험과 재화가 겁을 주어도 떠나가며, 심금을 울리는 고운 음악 소리만 들어도 떠나가고, 새까만 눈썹에 흰 이빨을 한 미인의 요염한 모습만 보아도 떠나간다. 그런데, 한 번 가면 돌아올 줄을 몰라 붙잡아 만류할 수 없다. 그러므로 천하에서 가장 잃어버리기 쉬운 것이 나 같은 것이 없다. 어찌 실과 끈으로 매고 빗장과 자물쇠로 잠가서 굳게 지켜야 하지 않겠는가.

(丁若鏞, 與猶堂全書)

16) 奴婢

我國奴婢之法 天下古今之所無有也 一爲臧獲百世受苦猶爲可傷 况法必從
母役

우리나라 노비의 법은 천하 고금에 없는 법이다. 한번 노비가 되면 긴 세월 동안 고역을 겪으니 그것도 불쌍한데 하물며 법에 있어서는 반드시 어미의 신역(종모법)을 따름에 있어서랴?

(李瀷, 星湖僿說)

17) 遺才論

匹夫匹婦含冤 而天爲之感傷 朅怨夫曠女半其國 而欲致和氣者亦難矣 古之
賢才 多出於側微

평범한 남녀가 원한을 품어도 하늘이 그들을 위해 감응하거늘, 하물며 원한을 품은 남녀가 나라 안의 절반이나 되니, 화평한 기운을 이루는 것이 또한 어려우리라. 옛날의 어진 인재는 대부분 미천한 데서 나왔다.

(許筠, 惺所覆瓿藁)

4. 수양(修養)과 교육(敎育)

1) 人能弘道

子曰 人能弘道 非道弘人

공자께서 말씀하셨다. "사람이 도를 크게 할 수 있는 것이지, 도가 사람을 크게 할 수 있는 것이 아니다."

(論語)

2) 士志於道

子曰 士志於道 而恥惡衣惡食者 未足與議也

공자께서 말씀하셨다. "선비가 도에 뜻을 두고도 좋지 않은 옷을 입고, 좋지 않은 음식 먹기를 부끄러워하는 사람은 족히 더불어 이야기할 것이 못 된다."

(論語)

3) 獨善其身

孟子 謂宋句踐曰 子好遊乎 吾語子遊 人知之亦囂囂 人不知亦囂囂 曰 何如斯可以囂囂矣 曰 尊德樂義 則可以囂囂矣 故士窮不失義 達不離道 窮不失義故士得己焉 達不離道 故民不失望焉 古之人 得志 澤加於民 不得志 修身見於世 窮則獨善其身 達則兼善天下

맹자께서 송구천에게 말씀하셨다. "그대는 유세하는 것을 좋아하는가? 내가 그대에게 유세하는 방법에 대해 말해주겠네. 남이 알아주더라도 자족하고, 남이 알아주지 않더라도 자족해야 하네." 송구천이 물었다. "어떻게 해야 자족할 수 있습니까?" 맹자께서 대답하셨다. "덕을 높이고 의를 즐거워하면 자족할 수 있네. 그러므로 선비는 곤궁해도 의를 잃지 않으며, 출세해도 도를 떠나지 않는다네. 곤궁해도 의를 잃지 않기 때문에 선비가 자신의 지조를 지키고, 출세해도 도를 떠나지 않기 때문에 백성들이 실망하지 않는다. 옛사람들은 자신의 뜻을 이루면 은택이 백성에게 더해지고, 자신의 뜻을 이루지 못하면 몸을 닦아 세상에 자신을 드러냈으니, 곤궁하면 홀로 자기 몸을 선하게 하고, 출세하면 천하 사람들을 모두 선하게 하였다네.

(孟子)

4) 良能, 良知

孟子曰 人之所不學而能者 其良能也 所不慮而知者 其良知也 孩提之童 無不知愛其親也 及其長也 無不知敬其兄也 親親 仁也 敬長 義也 無他 達之天下也

맹자께서 말씀하셨다. "사람들이 배우지 않아도 할 수 있는 것은 양능이요, 생각하지 않아도 알 수 있는 것은 양지이다. 두세 살 먹은 아이라도 그 어버이를 사랑할 줄 모르는 이가 없으며, 장성해서는 그 형을 공경할 줄 모르는 이가 없다. 어버이를 친애함은 어짊이고, 어른을 공경함은 의로움이니, 이는 다른 것이 아니라 천하 어디에서나 통하는 똑같은 이치이다."

(孟子)

5) 勸學文

勿謂今日不學而有來日 勿謂今年不學而有來年 日月逝而歲不我延 嗚呼老而是誰之愆 少年易老學難成 一寸光陰不可輕 未覺池塘春草夢 階前梧葉已秋聲

오늘 배우지 않고서 내일이 있다고 말하자 말고, 금년에 배우지 않고 내년이 있다고 말하지 말라! 해와 달은 가고 세월은 나를 기다리지 않으니, 아아, 늙어 후회한들 이 누구의 허물인가? 소년은 늙기 쉽고 배움은 이루기 어려우니, 잠시라도 시간을 가볍게 여기지 말라! 연못가의 봄풀은 아직 꿈을 깨지도 못하는데, 뜰 앞의 오동나무 잎은 벌써 가을 소리를 전하는구나!

(朱子)

6) 盛年不重來

陶淵明詩云 盛年不重來 一日難再晨 及時當勉勵 歲月不待人

도연명의 시에서 "젊은 시절은 거듭 오지 않고, 하루에는 새벽이 두 번 있기 어려우니, 때에 이르러 마땅히 학문에 힘써라. 세월은 사람을 기다려주지 않는다."라고 했다.

(明心寶鑑)

7) 譬如爲山

子曰 譬如爲山 未成一簣 止 吾止也 譬如平地 雖覆一簣 進 吾往也

공자께서 말씀하셨다. "학문하는 것은 비유하자면 산을 쌓는 것과 같으니, 산을 쌓을 때 마지막 흙 한 삼태기를 쏟아붓지 않아, 산을 완성하지 못하고 그만두는 것도 내가 그만두는 것이요. 학문하는 것은 비유하자면 땅을 고르는 것과 같으니, 땅을 고를 때 흙 한 삼태기를 쏟아 부어 시작하는 것도 내가 나아가는 것이다."

(論語)

8) 蹞步千里

積土成山 風雨興焉 積水成淵 蛟龍生焉 積善成德 而神明自得 聖心備焉 故 不積蹞步 無以至千里 不積小流 無以成江海

한 줌 흙이 쌓여 산을 이루면 거기에 비바람이 일고, 작은 물이 고여 못을 이루게 되면 여기에 이무기와 용이 살게 되듯, 선을 쌓아 덕을 이룩하면 신통한 지혜가 저절로 얻어지고 성인의 마음이 갖추어진다. 그러므로 반걸음을 쌓지 않으면 천 리에 이르지 못할 것이요, 작은 물이 모이지 않으면 강과 바다를 이룩하지 못한다.

(荀子)

9) 戒子弟

忠宣公 戒子弟曰 人雖至愚 責人則明 雖至明 恕己則暗 但常以責人之心 責己 以恕己之心 恕人 不患不到聖賢地位也

충선공이 아들에게 경계하며 말하였다. "사람이 비록 지극히 어리석더라도 남을 꾸짖는 데는 현명하고, 비록 지극히 현명하다 하더라도 자기를 용서하는 데에는 어리석으니, 다만 늘 남을 꾸짖는 마음으로 자기의 잘못을 꾸짖고, 자기를 용서하는 마음으로 남을 용서하면 성인이나 현인의 자리에 이르지 못함을 근심할 것이 없다."

(小學)

10) 九思

子曰 君子有九思 視思明 聽思聰 色思溫 貌思恭 言思忠 事思敬 疑思問 忿 思難 見得思義

공자께서 말씀하셨다. "군자는 아홉 가지 생각을 가지니, 볼 때는 밝음을 생각하며,

들을 때는 똑똑함을 생각하며, 얼굴빛은 온화함을 생각하며, 모습은 공손함을 생각하며, 말할 때는 거짓 없음을 생각하며, 섬길 때는 공경함을 생각하며, 의문이 일어날 때는 물을 것을 생각하며, 이득을 보게 될 때는 옳음을 생각해야 한다."

(小學)

11) 人不學不知義

禮記曰 玉不琢不成器 人不學不知義

『예기』에서 말하였다. "옥을 다듬지 못하면 그릇을 만들 수 없고, 사람이 배우지 못하면 옳음을 알지 못한다."

(禮記)

12) 仁者無敵

孟子對曰 地方百里而可以王 王如施仁政於民 省刑罰 薄稅斂 深耕易耨 壯者 以暇日修其孝悌忠信 入以事其父兄 出以事其長上 可使制梃以撻秦楚之堅甲 利兵矣 彼奪其民時 使不得耕耨以養其父母 父母凍餓 兄弟妻子離散 彼陷溺 其民 王往而征之 夫誰與王敵 故曰 仁者無敵 王請勿疑

맹자가 말하였다. "왕께서 만약 백성에게 어진 정치를 베푸시어 형벌을 줄이고 세금을 적게 거두신다면, 백성들은 깊이 밭을 갈고 김을 잘 맬 것이며, 장성한 자들은 여가를 이용하여 효제와 충신을 닦아서 들어가서는 부형을 섬기고 나가서는 어른과 윗사람을 섬길 것이니, 이들로 하여금 몽둥이를 가지고 진나라와 초나라의 견고한 갑옷과 예리한 무기와 맞서게 할 수 있을 것입니다. 저들이 자기 백성들에게서 농사철을 빼앗음으로써 밭 갈고 김매어 부모를 봉양할 수 없게 만들면, 부모는 추위에 떨고 굶주리게 되며 형제와 처자들은 뿔뿔이 흩어지게 될 것이니, 저들이 이처럼 자기 백성들을 도탄에 빠뜨릴 때 왕께서 가서 바로잡으시면 누가 왕과 대적하겠습니까. 그래서 옛말에 '인자는 대적할 사람이 없다.'한 것이니, 왕께서는 제 말을 의심하지 마십시오."

(孟子)

13) 勿以貴己而賤人

太公曰 勿以貴己而賤人 勿以自大而蔑小 勿以恃勇而輕敵

태공이 말하였다. "나를 귀히 여김으로써 남을 천하게 여기지 말고, 자기를 크게 여겨 자기만 못한 남을 업신여기지 말며, 용맹을 믿고서 적을 가볍게 여기지 말지니라."

(明心寶鑑)

14) 克己復禮

顏淵問仁 子曰 克己復禮爲仁 一日克己復禮 天下歸仁焉 爲仁由己 而由人乎哉 顏淵曰 請問其目 子曰 非禮勿視 非禮勿聽 非禮勿言 非禮勿動

안연이 인에 관해서 물어보았다. 공자께서 말씀하셨다. "자기의 사욕을 이겨 예에 돌아감이 인을 하는 것이니, 하루 동안이라도 사욕을 이겨 예에 돌아가면 천하가 인을 허여하는 것이다. 인을 실천하는 것은 자기로부터 시작되지 남으로부터 시작해야 하겠느냐?" 안연이 말하였다. "청컨대 그 세목을 묻고 싶습니다." 공자께서 말씀하셨다. "예가 아니면 보지 말고 듣지도 말며 말하지도 말고 행동하지도 말 것이다."

(論語)

15) 與猶堂記

余病 余自知之 勇而無謀 樂善而不知擇 任情直行 弗疑弗懼 事可以已 而苟於心有欣動也 則不已之 無可欲 而苟於心有礙滯不快也 則必不得已之 是故方幼眇時 嘗馳騖方外而不疑也 旣壯 陷於科擧而不顧也 旣立 深陳旣往之悔而不懼也 是故樂善無厭而負謗獨多 嗟呼 其亦命也 有性焉 余又何敢言命哉 余觀老子之言曰 與兮若冬涉川 猶兮若畏四鄰 嗟乎之二語 非所以藥吾病乎 夫冬涉川者 寒螫切骨 非甚不得已 弗爲也 畏四鄰者 候察逼身 雖甚不得已 弗爲也

나의 병은 내가 잘 안다. 나는 용감하지만 지모가 없고 선을 좋아하지만 가릴 줄을 모르며, 맘 내키는 대로 즉시 행하여 의심할 줄을 모르고 두려워할 줄을 모른다. 그만둘 수도 있는 일이지만 마음에 기쁘게 느껴지기만 하면 그만두지 못하고, 하고 싶지 않은 일이지만 마음에 꺼림직하여 불쾌하게 되면 그만둘 수 없다. 그래서 어려서부터 세속 밖에 멋대로 돌아다니면서도 의심이 없었고, 이미 장성하여서는 과거 시험 공부에 빠져 돌아설 줄 몰랐고, 나이가 삼십이 되어서는 지난 일의 과오를 깊이 뉘우치면서도 두려워하지 않았다. 이 때문에 선을 끝없이 좋아하였으나, 비방은 홀로 많이 받고 있다. 아, 이것이 또한 운명이란 말인가. 이것은 나의 본성 때문이니, 내가 또 어찌 감히 운명을 말하겠는가. 내가 노자의 말을 보건대, "겨울에 시내를 건너는 것처럼 신중하게 하고, 사방에서 나를 엿보는 것을 두려워하듯 경계하라."라고 하였으니, 아, 이 두 마디 말은 내 병을 고치는 약이 아닌가. 대체로 겨울에 시내를 건너는 사람은 차가움이 뼈를 에듯 하므로 매우 부득이한 일이 아니면 건너지 않으며, 사방의 이웃이 엿보는 것을 두려워하는 사람은 다른 사람의 시선이 자기 몸에 이를까 염려해서 매우 부득이한 경우라도 하지 않는다.

(丁若鏞, 與猶堂全書)

03장

한자와 대중사회(大衆社會)

1. 올해의 사자성어(四字成語)

매년 연말이 되면 교수신문은 전국의 교수를 상대로 설문조사를 실시해 그 해 한국의 정치, 경제, 사회를 정리할 수 있는 올해의 사자성어를 발표한다. 한자는 글자마다 뜻이 있는 표의문자이기에 네 개의 한자를 조합하여 만든 사자성어는 수 십 마디의 말보다 사람들에게 더 강렬한 인상을 준다. 그동안 『교수신문』에서 발표한 올해의 사자성어를 정리하면 다음과 같다.

2003년 올해의 사자성어는 '右往左往'(이리저리 왔다 갔다 하며 일이나 나아가는 방향을 종잡지 못함)이었다. 참여정부 출범 이후 정치, 외교, 경제 분야에서 정책이 혼선을 빚고, 대구지하철 참사까지 발생하는 등 사회의 각 분야가 제자리를 찾지 못한 채 갈 곳을 잃은 모습을 보였기 때문이다. 2004년은 '黨同伐異'(시비를 가리지 않고 내 편, 네 편을 갈라 무조건 배격함), 2005년은 '上火下澤'(불이 위에 놓이고 못이 아래에 놓인 모습으로 분열한 상황을 의미함), 2006년은 '密雲不雨'(하늘에 구름만 빽빽하고 비가 되어 내리지 못하는 상태, 어떤 일의 조건은 모두 갖추었으나 일이 이루어지지 않음), 2007년 '自欺欺人'(자기를 속이고 남을 속인다는 의미, 거짓말이 넘치는 세태를 풍자함)이 각각 선정됐다.

2008년 이명박 정부 첫 해의 사자성어는 '護疾忌醫'(병을 숨기면서 의사에게 보이지 않는 것)였다. 이는 문제가 있는데도 다른 사람의 충고를 꺼려 듣지 않는다는 것을 가리킨다. 이어 2009년에는 '旁岐曲逕'(일을 바르게 하지 않고 그릇된 수단을 써서 억지로 함), 2010년에는 '藏頭露尾'(진실을 숨겨두려 했지만 실마리는 이미 만천하에 드러나 있음), 2011년에는 '掩耳盜鐘'(나쁜 일을 하고 비난을 듣기 싫어 귀를 막지만 소용없음)이었다. 이명박 정부 마지막 해인 2012년에는 '擧世皆濁'이 선정됐다. '거세개탁'은 중국 초나라 충신 굴원(屈原)의 「어부사(漁父辭)」에 나오는 고사성어로, '온 세상이 흐리지만 나 홀로 맑고, 모두가 취했지만 나 홀로 깨어 있다.'에서 따왔다.

박근혜 정부가 출범한 2013년 올해의 사자성어는 '倒行逆施'(순리를 거슬러 행동한다)였다. 이 말은 잘못된 길을 고집하거나 시대착오적으로 나쁜 일을 꾀하는 것을 비유한다. 『사기(史記)』「오자서열전(伍子胥列傳)」에 등장하는 오자서가 그의 벗에게 한 말로, 어쩔 수 없는 처지 때문에 도리에 어긋나는 줄 알면서도 부득이하게 순리에 거스르는 행동을 했다는 데서 유래했다. 도행역시를 추천한 육영수 중앙대 교수(역사학과)는 "박근혜 정부의 출현 이후 국민들의 기대와는 달리 역사의 수레바퀴를 퇴행적으로 후퇴시키는 정책·인사가 고집되는 것을 염려하고 경계한다."라고 추천 이유를 밝혔다.

2014년은 '指鹿爲馬'(사슴을 가리켜 말이라 우김)가 선정됐는데, '얼토당토않은 것을 우겨서 남을 속이려 함'을 뜻한다. 『사기(史記)』「진시황본기(秦始皇本紀)」에서 조고가 황제에게 사슴을 말이라고 고함으로써 진실과 거짓을 제멋대로 조작한 데서 유래했다. 지록위마를 올해의 사자성어로 추천한 곽복선 경성대 교수(중국통상학과)는 "2014년은 수많은 사슴들이 말로 바뀐 한 해였다."며 "온갖 거짓이 진실인 양 우리 사회를 강타했다."라고 평가했다.

2015년 올해의 사자성어는 '昏庸無道'였다. 혼용무도는 나라 상황이 마치 암흑에 뒤덮인 것처럼 온통 어지럽다는 뜻이다. 혼용은 어리석고 무능한 군주를 가리키는 혼군과 용군이 합쳐져 이뤄진 말로, 각박해진 사회분위기의 책임을 군주, 다시 말해 지도자에게 묻는 말이다. 혼용은 고사에서 흔히 사리에 어둡고 어리석은 임금을 지칭하는 혼군(昏君)과 용군(庸君)을 함께 일컫고, 무도는 세상이 어지러워 도리가 제대로 행해지지 않음을 뜻한다.

그리고 2016년 올해의 사자성어는 '君舟民水'였다. 이 '군주민수'의 출전은 『순자(荀子)』로, "백성은 물, 임금은 배이니, 강물의 힘으로 배를 뜨게 하지만 강물이 화가 나면 배를 뒤집을 수도 있다"는 뜻이다. 육영수 중앙대 교수(역사학과)는 추천 이유로 좀 더 전복적인 설명을 내놨다. "엄밀히 따지자면, '군주가 배라면 백성은 물이다'라는 사자성어도 시대착오적인 개념이다. 유가사상에 입각한 전국시대의 지식인(순자)이 지배자에게 민본주의를 훈수하는 제왕학(帝王學)에서 파생됐기 때문이다. 민주공화국의 세상에는 더 이상 무조건 존경받아야 하는 군주도 없고 '그 자리에 그냥 가만히 있는' 착하고도 슬픈 백성도 없다. 그러므로 '君舟民水'라는 낡은 사자성어는 현대적으로 새롭게 번역돼야 마땅하다."라고 밝혔다.

문재인 정부가 출범한 2017년에는 올해의 사자성어로 '破邪顯正'이 선정됐다. '파사현정'은 사악한 것을 부수고 사고방식을 바르게 한다는 뜻이다. 파사현정은 불교 삼론종의 기본 교의이며, 삼론종의 중요 논저인 길장의 『삼론현의(三論玄義)』에 실린 고사성어다. 최경봉 원광대 교수(국어국문학과)와 최재목 영남대 교수(철학과)가 나란히 파사현정을 올해의 사자성어 후보로 추천했다. 최경봉 교수는 "사견(邪見)과 사도(邪道)가 정법(正法)을 눌렀던 상황에 시민들은 올바름을 구현하고자 촛불을 들었으며, 나라를 바르게 세울 수 있도록 기반이 마련됐다."라며 "적폐청산이 제대로 이뤄졌으면 한다."라고 추천 이유를 밝혔다. 최재목 교수의 추천 이유도 그 궤를 같이한다. 최재목 교수는 "최근 적폐청산의 움직임이 제대로 이뤄져 '파사(破邪)'에만 머물지 말고 '현정(顯正)'으로까지 나아갔으면 한다."라고 추천에 대한 뜻을 내비쳤다.

2018년 올해의 사자성어는 '任重道遠'(임중도원)이 선정됐다. 설문조사에 응답한 전국 대학교수 878명 중 341명(38.8%)이 '任重道遠'(임중도원)을 선택했다. '임중도원'은 『논어(論語)』 태백편(泰伯篇)에 실린 고사성어로, 짐은 무겁고 갈 길은 멀다는 뜻이다. '임중도원'을 추천한 전호근 경희대 교수(철학과)는 "문재인 정부가 추진 중인 한반도 평화 구상과 각종 국내 정책이 뜻대로 이뤄지기 위해서는 아직 해결해야 할 난제가 많이 남아 있는데, 굳센 의지로 잘 해결해 나가기를 바라는 마음"에서 골랐다고 밝혔다.

2019년 올해의 사자성어는 '공명지조'(共命之鳥)가 선정됐다. 공명지조는 『아미타경』(阿彌陀經)을 비롯한 많은 불교 경전에 등장하는 '한 몸에 두 개의 머리'를 가진 새로, 글자 그대로 '목숨을 함께 하는 새'다. 서로가 어느 한 쪽이 없어지면 자기만 살 것 같이 생각하지만 실상은 공멸하게 되는 '운명공동체'라는 의미를 갖고 있다. 『불본행집경(佛本行集經)』과 『잡보장경(雜寶藏經)』에 따르면 이 새는 한 머리는 낮에 일어나고 다른 머리는 밤에 일어난다. 한 머리는 몸을 위해 항상 좋은 열매를 챙겨 먹었는데, 다른 머리는 이에 질투심을 가졌다. 이 다른 머리는 화가 난 나머지 어느 날 독이 든 열매를 몰래 먹어버렸고, 결국 두 머리가 모두 죽게 되었다는 이야기가 전해진다. 공명지조를 올해의 성어로 추천한 최재목 영남대 교수(철학과)는 "한국의 현재 상황은 상징적으로 마치 공명조를 바라보는 것만 같다. 서로를 이기려고 하고, 자기만 살려고 하지만 어느 한 쪽이 사라지면 죽게 되는 것을 모르는 한국 사회에 대한 안타까움이 들어 선정하게 됐다."고 밝혔다.

2020년 올해의 사자성어는 '나는 옳고 상대는 틀렸다.'는 뜻의 '我是他非(아시타비)'였다. 아시타비는 글자 그대로 "나는 옳고 남은 그르다."라는 뜻을 갖는다. 원전은 따로 없다. '내로남불(내가 하면 로맨스 남이 하면 불륜)'을 한문으로 옮긴 성어로 사자성어보다는 신조어에 가깝다. 신조어가 선정된 것은 처음이다. 교수들은 한국 사회의 2020년을 '내로남불의 해'로 규정했다.

2021년 올해의 사자성어는 '묘서동처(猫鼠同處)'였다. 묘서동처는 '고양이와 쥐가 함께 있다'라는 뜻으로, 고양이가 쥐를 잡지 않고 쥐와 한패가 된 걸 말한다. 묘서동처를 추천한 최재목 영남대 교수(철학과)는 "각처에서, 또는 여야 간에 입법, 사법, 행정의 잣대를 의심하며 불공정하다는 시비가 끊이질 않았다."라면서, "국정을 엄정하게 책임지거나 공정하게 법을 집행하고 시행하는 데 감시할 사람들이 이권을 노리는 사람들과 한통속이 돼 이권에 개입하거나 연루된 상황을 수시로 봤다."라고 추천 이유를 밝혔다.

윤석열 정부가 출범한 2022년에 교수들이 선택한 올해의 사자성어는 '과이불개(過而不改)'였다. '잘못을 하고도 고치지 않는다.'는 뜻이다. 전국의 대학교수 935명이 설문에 응했다. 과이불개는 476표(50.9%)를 얻어 압도적이었다. 과이불개를 선택한 교수들의 선정 이유는 각양각색이나, "잘못을 인정하지 않는 잘못"과 같은 답변이 많았다. 과이불개는 박현모 여주대 교수(세종리더십연구소 소장)가 추천했다. 박 교수는 "우리나라 여당이나 야당 할 것 없이 잘못이 드러나면 '이전 정부는 더 잘못했다.' 혹은 '대통령 탓'이라고 말하고 고칠 생각을 않는다."라며 "그러는 가운데 이태원 참사와 같은 후진국형 사고가 발생해도 책임지려는 정치가가 나오지 않고 있다."라고 추천 이유를 말했다. 그렇다면 무엇을, 어떻게 해야 할까? 과이불개를 선택한 교수들 중 "입법, 행정 관계없이 리더의 본질은 잘못을 고치고 다시 과오를 범하지 않도록 솔선수범하는 자세, 마음을 비우는 자세에 있다."라는 지적에서 실마리를 찾을 수 있다. 한마디로 "남 탓보다는 제 탓하기"이다.

한편 안대희(성균관대 한문학과) 교수가 『동아일보』의 의뢰로 '한국한문학비평' 강의를 듣는 3, 4학년 학생 20여 명에게 설문을 돌려, TV 스타들에 대한 한자성어를 조사했는데, 김연아, 비, 소녀시대, 유재석, 장동건, 강호동, F4 등을 표현하는 사자성어를 정리한 결과는 다음과 같다.

- **개세지재(蓋世之才) 김연아**

  김연아를 표현하는 사자성어로는 '세상을 덮을 만한 재주'라는 뜻의 개세지재(蓋世之才)를 포함해 '붕정만리(鵬程萬里)', '철중쟁쟁(鐵中錚錚)', '경국지색(傾國之色)', '명모호치(明眸皓齒)' 등이 뽑혔다.

- **천의무봉(天衣無縫) 장동건**

  장동건은 잘생긴 외모를 들어내는 사자성어가 많았다. '천의무봉(天衣無縫)', '인중지룡(人中之龍)', '우성인자(優性因子)' 등이 돋보였으며, 너무 잘생긴 탓에 '돌연변이(突然變異)'도 뽑혔다. 그러나 외출을 잘 하지 않는 성격 탓에 '두문불출(杜門不出)'도 나왔다.

- **요원지화(燎原之火) 비**

  비는 2006년 시사주간지 타임지가 선정한 '세계에서 가장 영향력 있는 인물 100인'에 선정된 것처럼 월드스타의 면모를 갖춰 '요원지화(燎原之火)', '교룡운우(蛟龍雲雨)', '군자불기(君子不器)' 등의 호평을 받았다. 그러나 최근 미국 콘서트 취소와 관련해 거액의 손해 배상 소송과 연애사건에 휘말린 탓인지 '호사다마(好事多魔)', '설상가상(雪上加霜)' 등도 있었다.

- **마부작침(磨斧作針) 유재석**

  유재석은 그의 꾸준한 노력을 높이 사 '마부작침(磨斧作針)' '대기만성(大器晩成)' 등이 있었으며, 성실한 모습과 관련해 '우공이산(愚公移山)', '노마십가(駑馬十駕)'를 뽑았다. 그리고 슬기롭고 예의 바른 모습을 보이기에 '명철보신(明哲保身)' '겸양지덕(謙讓之德)' 등의 고사를 꼽기도 했다.

2. 속담(俗談)으로 한자 익히기

일상생활에서 자주 쓰이는 속담을 통해 한자를 익히면 좀 더 쉽게 배울 수 있다. 우리 속담을 한자로 옮긴 대표적 인물이 홍만종(洪萬鍾)이다. 그는 『순오지(旬五志)』 2권 1책 (『십오지(十五志)』로도 불림)을 썼는데, 이는 보름 만에 책을 완성했다고 하여 붙은 이름이다. 이 책은 단군을 우리 민족의 선조로 높이 숭상하여 우리 역사의 유구함과 독자성을 강조하고 중국 중심의 역사관을 나름대로 극복하고자 했다.

그러한 예로 고구려가 중국을 물리치고 세력을 크게 떨친 사실을 높이 평가함으로써 문약(文弱)에 빠져 중국에 해마다 공물을 바치는 조선의 현실을 안타깝게 여겼을 뿐만 아니라 명분만 앞세우는 유학을 비판하면서 실질과 무(武)를 숭상하는 고구려의 전통을 계승해야 한다고 주장했다. 이러한 주장의 연장선상에서 부록으로 130개에 달하는 속담을 수집해놓아 자칫 잊힐 뻔한 우리 속담을 보전 계승할 수 있도록 해주었다.

여기에는 홍만종이 『순오지』에 정리한 속담을 포함해 작자 미상의 『동언해(東言解)』 와 『동언고략(東言考略)』과 이덕무의 『열상방언(洌上方言)』과 정약용의 『이담속찬(耳談續纂)』 등에 정리된 우리 속담과 한자를 추가했다.

盲睡覺 (盲人之睡 如寤如寐)
소경 잠자나 마나.

甘呑苦吐
달면 삼키고 쓰면 뱉는다.

結者解之
맺은 놈이 풀지.

孤掌難鳴
두 손뼉이 맞아야 소리가 난다. (한 손으로는 손뼉을 못 친다, 한 손뼉이 울지 못한다.)

同價紅裳
같은 값이면 다홍치마. (같은 값이면 과부집 머슴살이, 같은 값이면 껌정소 잡아먹는다.)

山底杵貴
산 밑 집에 방앗공이가 귀하다.

舌底有斧 (舌下斧)
혀 아래 도끼 들었다.

信木熊浮 (知斧足斫, 自斧削足)
믿는 나무에 곰이 핀다. (믿는 도끼에 발등 찍힌다, 믿었던 돌에 발부리 채었다.)

失馬治廐 (晩時之歎)
소 잃고 외양간 고친다. (말 잃고 외양간 고친다.)

暗中瞬目 (暗中眴目 誰知約束)
어두운 밤에 눈 깜짝이기.

於異阿異
어 다르고 아 다르다.

烏飛梨落
까마귀 날자 배 떨어진다.

吾鼻三尺 (吾鼻涕垂三尺)
내 코가 석 자.

牛耳讀經
쇠귀에 경 읽기. (쇠귀에 염불, 쇠코에 경 읽기, 말 귀에 염불.)

賊反荷杖
도둑이 도리어 몽둥이를 든다.

鳥足之血
새 발의 피.

旱時太出
가뭄에 콩 나듯 한다.

騎馬 欲率奴
말 타면 종 거느리고자 한다. (말 타면 경마 잡히고 싶다.)

釜底笑鼎底 (釜底鐺底 煤不胥詆)
가마솥 밑이 노구솥 밑을 검다 한다. (똥 묻은 개가 겨 묻은 개 나무란다.)

死後 藥方文
사람 죽은 뒤에 약 처방 한다.

隨友 適江南
친구 따라 강남 간다.

谷無虎 先生兎
범 없는 골에 토끼가 스승이라. (호랑이 없는 골에 토끼가 왕 노릇 한다, 사자 없는 산에 토끼가 왕[대장] 노릇 한다.)

錦繡衣 喫一時
비단이 한 끼라.

急喫飯 塞喉管
급히 먹는 밥이 목이 멘다.

難上之木 勿仰
오르지 못할 나무 쳐다보지도 말라.

對笑顔 唾亦難
웃는 낯에 침 뱉으랴. (웃는 낯에 침 못 뱉는다.)

馬往處 牛亦往 (馬行處 牛亦去)
말 가는 데 소도 간다.

聞則疾 不聞藥
들으면 병이요 안 들으면 약이다.

奔獐顧 放獲兎
달아나는 노루 보다가 이미 잡은 토끼 놓친다. (노루 잡는 사람에 토끼가 보이나.)

不好事 紡車似
빈부귀천이 물레바퀴 돌 듯. (사람 한평생이 물레바퀴 돌듯 한다.)

兒在負 三年搜
업은 아이 삼 년 찾는다.

量吾被 置吾足
누울 자리 봐 가며 발을 뻗어라.

養子息 知親力
자식을 길러 봐야 부모 사랑을 안다.

肉登俎 刀不怖
도마 위의 고기가 칼을 무서워하랴. (도마에 오른 고기.)

陰地轉 陽地變 (塞翁之馬)
음지가 양지 되고, 양지가 음지 된다.

鳥久止 必帶矢
오래 앉으면 새도 살을 맞는다.

竹竿頭 過三秋
사람이 궁할 때는 대 끝에서도 삼 년을 산다.

吹恐飛 執恐虧
불면 날아갈까, 쥐면 꺼질까.

橫步行 好去京
모로 가도 서울만 가면 된다.

後生角 高何特 (後生可畏, 青出於藍)
나중 난 뿔이 우뚝하다.

不燃之突 烟不生
아니 땐 굴뚝에 연기 나랴.

善睡家 善眠者聚

조는 집은 대문턱부터 존다. (조는 집에 자는 며느리 온다, 잠보 집은 잠보만 모인다.)

積功之塔 豈毀乎 (積功之塔 不墮)

공든 탑이 무너지랴. (공든 탑도 개미구멍으로 무너진다.)

觀美之餌 啖之亦美

보기 좋은 떡이 먹기도 좋다.

狗尾三暮 不成貂皮

개 꼬리 삼 년 두어도 황모(黃毛) 못 된다. (개 꼬리 삼 년 묵어도 [묻어도/두어도] 황모 되지 않는다.)

農夫餓死 枕厥種子

농사꾼은 굶어 죽어도 종자는 베고 죽는다.

盜之就拿 厥足自麻

도둑이 제 발 저리다.

盲人之睡 如寤如寐

소경 잠자나 마나. (장님 잠자나 마나.)

百家之里 必有悖子

동네마다 후레아들 하나씩 있다.

三歲之習 至于八十

세 살 적 버릇이 여든까지 간다.

水深可知 人心難知

열 길 물속은 알아도 한 길 사람 속은 모른다. (열 길 물속은 알아도 한 길 사람의 속은 모른다, 쉰 길 물속은 알아도 한 길 사람 속은 모른다, 천 길 물속은 알아도 한 길 사람 속은 모른다.)

蔬之將善 兩葉可辨

될성부른 나무는 떡잎부터 알아본다. (잘 자랄 나무는 떡잎부터 안다[알아본다].)

十人之守 難敵一寇
열 사람이 지켜도 한 도둑놈을 못 막는다. (도둑 한 놈에 지키는 사람 열이 못 당한다.)

十斫之木 罔不顚覆
열 번 찍어 아니 넘어 가는 나무 없다.

我復旣飽 不察奴飢
제 배 부르니 종의 배 고픈 줄 모른다. (제 배 부르니 종의 밥 짓지 말란다, 상전 배부르면 종 배고픈 줄 모른다.)

烏狗之浴 不變其黑
검둥개 멱 감기듯. (검둥개 미역 감긴다고 희어지지 않는다.)

人飢三日 無計不出
사흘 굶어 아니 날 생각 없다. (사흘 굶으면 못할 노릇이 없다, 사흘 굶어 담 아니 넘을 놈 없다.)

一日之狗 不知畏虎
하룻강아지 범 무서운 줄 모른다.

竊鍼不休 終必竊牛
바늘 도둑이 소도둑 된다.

晝語雀聽 夜語鼠聽
낮말은 새가 듣고 밤말은 쥐가 듣는다. (밤말은 쥐가 듣고 낮말은 새가 듣는다)

逐彼山豕 幷失家彘
산토끼를 잡으려다가 집토끼를 놓친다. (가는 토끼 잡으려다 잡은 토끼 놓친다, 뛰는 토끼 잡으려다 잡은 토끼 놓친다.)

他人之餌 聊樂歲始
남의 떡에 설 쇤다.

虎死留皮 人死留名
호랑이는 죽어서 가죽을 남기고 사람은 죽어서 이름을 남긴다.

衣以新爲好 人以舊爲好

옷은 새로울수록 좋고 사람은 오래될수록 좋다.

三日之程 一日往 十日臥

사흘 길을 하루에 가서는 열흘을 앓아눕는다. (하루, 이틀, 사흘, 나흘, 닷새, 엿
새, 이레, 여드레, 아흐레, 열흘)

04장

한자(漢字)와 생활(生活)

1. 한자의 다양한 쓰임

한국인의 언어에서 한자어 사용은 필요불가결한 상황이다. 특히 사회 생활을 하면서 격식있는 자리에서는 한자어가 필수적으로 사용되고 있다. 이를테면, 관혼상제(冠婚喪祭)와 관련된 상황에서는 한자어가 아직도 통용되고 있는 것은 주지의 사실이다. 이러한 현실에서 관련된 한자어의 적확한 사용법을 숙지하지 않는다면 교양의 문제를 넘어, 다른 사람들에게 기본 상식이 없는 사람으로 보여질 수도 있다. 그래서 미리 이러한 한자어들을 숙지하고 상황에 따라 사용할 필요가 있다.

1) 나이와 관계있는 한자어

① 志學(志 : 뜻 지, 學 : 배울 학) : 15세.
② 弱冠(弱 : 젊을 약, 冠 : 갓 쓸 관) : 남자가 스무 살에 관례를 행하는 일. 남자 나이 20세.
③ 芳年(芳 : 꽃다울 방) · 妙齡(妙 : 젊을 묘, 齡 : 나이 령. 이 경우에는 년으로 읽는다) : 꽃다운 20세 전후의 여성.
④ 而立(而 : 말이을 이, 立 : 설 립) : 30세.

⑤ 壯年(壯 : 왕성할 장) : 혈기가 왕성한 30-40세 나이(= 壯齡, 壯齒).

⑥ 不惑(不 : 아니 불, 惑 : 미혹할 혹) : 40세.

⑦ 知天命(知 : 알 지, 天 : 하늘 천, 命 : 목숨 명) : 50세.

⑧ 耳順(耳 : 귀 이, 順 : 순할 순) : 60세.

⑨ 從心(從 : 좇을 종, 心 : 마음 심) : 70세.

⑩ 古稀(古 : 옛 고, 稀 : 드물 희) : 70세.

※ 고희는 두보(杜甫)가 지은 곡강시(曲江詩)의 한 구절 '人生七十古來稀(나이 칠십은 예부터 흔치 않았다)'에서 나온 말이다.

※ ①, ④, ⑥, ⑦, ⑧, ⑨는 『논어(論語)』에 나오는 내용이다.

吾十有五而志于學, 三十而立, 四十而不惑, 五十而知天命, 六十而耳順, 七十而從心所欲不踰矩

"내가 열다섯에 배움에 뜻을 두고, 서른에 뜻을 세우고, 마흔에는 (모든 일에) 미혹되지 아니하고, 쉰에는 천명을 알고, 예순에는 (모든 일을) 들어도 귀에 거슬림이 없게 되고, 일흔에는 마음에 하고자 하는 것을 좇아 해도 법규에 어긋나지 아니하였다." (『논어』, 「위정(爲政)」)

2) 단자 쓰기

단자(單子)는 본래 경사(慶事)나 애사(哀事 : 슬픈 일. 주로 친지의 사망) 때, 또는 남에게 보내는 물건의 목록을 적은 종이를 가리키는 말이었다. 그러던 것이 최근에는 백일, 돌, 결혼, 환갑, 출국, 병문안, 조문 등을 할 때 성의를 표하기 위해 편지 겉봉투에 사용하는 용어로 많이 쓰인다. 우리는 사회생활을 해 나가는 동안 많은 애경사를 접하게 되므로 단자를 잘 알고 정확히 사용하는 것이 매우 중요하다.

단자 쓸 때는 다음을 염두에 두어야 한다.

① 겉 단자를 쓸 때는 깨끗한 편지 봉투에 직접 손으로 쓰는 것이 좋다. 그리고 속 단자를 쓸 때는 한지에 쓰는 것이 원칙이나 요즘은 깨끗한 백지에 쓰는 것도 괜찮다. 다만 최근에는 속단자는 거의 쓰지 않는 편이다.

② 글씨는 되도록 붓글씨로 쓰는 것이 좋다.

③ 글씨는 정자체로 정중하게 써야 한다.

④ 속 단자를 쓴 종이는 3절반으로 접어서 겉 단자를 쓴 봉투 속에 넣는 것이 좋다.

⑤ 겉봉투는 풀로 붙이지 않는 것이 좋다.

(1) 생일을 축하하는 단자 쓰기

생일 축하는 우리에게 매우 중요한 행사 중의 하나이다. 그런데 최근 들어 청소년층을 중심으로 서양 방식만을 모방하려는 경향이 강하게 나타나면서 생일에 대한 우리의 고유 용어 사용이 점차 사라져 가는 추세에 있다. 그 중의 하나가 '생신(生辰)'이라는 말이다. 생신은 생일을 높여 부르는 말이다. 그러므로 어른들의 생일을 가리킬 때는 당연히 '생신'이라고 해야 하고 그 때 행하는 잔치는 '생신잔치'여야 한다. 하지만 최근에는 어른이나 아이의 생일을 모두 '생일잔치'라고 말하는데 이는 잘못된 것이다.

① 晬宴(晬 : 돌 수. 宴 : 잔치 연) : 돌을 축하할 때 쓴다.

② 華甲(華 : 빛날 화, 甲 : 첫째 천간 갑) : 61세 생일. '華'자를 분석해보면, '十'이 여섯 개에다 '一'이 하나 있으므로 61세를 나타낸다.

③ 回甲(回 : 돌아올 회)·還甲(還 : 돌아올 환)·壽宴(壽 : 목숨 수, 宴 : 잔치 연)·壽筵(筵 : 자리 연) 등도 61세 생일을 가리키는 한자어이다.

④ 進甲(進 : 나아갈 진) : 62세 생일.

⑤ 古稀 : 70세. 70세 생일.

⑥ 喜壽(喜 : 기쁠 희) : 77세 생일. '喜'자를 초서(草書)체로 쓰면 '七'을 세 개 모아놓은 모양이 된다. 77세까지 산다는 것은 아주 큰 기쁨이었던 것이므로 '희수'라고 한다.

⑦ 傘壽(傘 : 우산 산) : 80세 생일. '傘'자에는 '八'과 '十'이 들어 있으므로 80세 생일을 '산수'라고 한다.

⑧ 米壽(米 : 쌀 미) : 88세 생일. '米'자를 초서체로 쓰면 '八十八'과 같은 모양이 된다.

⑨ 卒壽(卒 : 군사 졸) : 90세 생일. '卒'자를 초서체로 쓰면 '九十'과 같은 모양이 된다.

⑩ 白壽(白 : 흰 백) : 99세 생일. '百'자에서 위의 '一'을 빼면 '白'이 된다. 즉, '百(100)'에서 1을 빼면 99가 되므로 이렇게 말한다.

⑪ 上壽(上 : 윗 상) : 100세 생일.

✿ 겉 단자 쓰기의 예

앞면　　　　　　　　　　　　　뒷면

祝

華

甲

〈단자 내려쓰기 예〉

祝　　　華甲

〈단자 옆으로 쓰기 예〉

❖ 속 단자 쓰기의 예

祝華甲
金 ○ ○ ○ ○ 圓
年 月 日 ○ ○ ○
謹呈

화갑을 진심으로 축하합드립니다
금 ○ ○ ○ ○ 원
년 월 일 ○ ○ ○
근정

이 외에 생일을 가리키는 말로 壽宴(壽 : 목숨 수, 宴 : 잔치 연)·壽筵(筵 : 자리 연) 등도 쓰인다. 하지만 壽宴과 壽筵은 엄밀하게 말하면 그 쓰임이 다른 한자어이다. 壽宴은 장수를 축하하는 '잔치'에 해당하는 말이고, 壽筵은 잔치를 베푼다는 뜻 없이 '자리(특히 환갑 잔치)'에 해당하는 말이기 때문이다.

▶ **연습** 아래 나이에 해당하는 단자를 직접 편지봉투를 써 보시오.
환갑, 70세 생신, 80세 생신, 90세 생신, 100세 생신

▶ **연습** 『논어』에 나오는 나이를 나타내는 한자를 모두 써 보시오.

(2) 결혼을 축하하는 단자 쓰기

　결혼은 일생을 통해서 가장 중요한 통과의례 중의 하나이다. 그런 만큼 많은 사람들이 인생을 새롭게 출발하는 신혼부부를 축하해주기 마련이다. 이 때 축의금을 가지고 가는 것이 일반적인데, 여기서도 단자는 꼭 필요하다.

　전통적인 결혼은 대개 해가 서쪽으로 기울고 땅거미가 오르기 시작하는 음과 양이 조화를 이루는 저녁 때 거행했다. '婚姻(婚 : 장가들 혼, 姻 : 시집갈 인)'의 '婚'자가 여자(女)가 저녁 때(昏 : 저물 혼) 결혼하는 것을, '姻'자가 여자(女) 집에서 남자가 이불을 펴고 대자(大로) 누워 있는 것을 의미하는 것에서도 이를 알 수 있다.

① 祝 結婚(祝 : 빌 축, 結 : 맺을 결, 婚 : 혼인할 혼) : 결혼을 축하합니다.
② 祝 華婚(華 : 빛날 화) : 빛나는 결혼을 축하합니다.
③ 賀儀 (賀 : 하례할 하, 儀 : 예절 의) : 결혼식을 축하합니다.
④ 祝 聖典(聖 : 성스러울 성, 典 : 법 전) : 성스러운 결혼식을 축하합니다.
⑤ 祝 聖婚 : 성스러운 결혼을 축하합니다.
⑥ 祝 華燭盛典(燭 : 촛불 촉, 盛 : 성할 성) : 화촉을 밝힌 성대한 자리를 축하합니다.
⑦ 醮儀(醮 : 술 따를 초) : 결혼식을 치르는 의식에 예를 표합니다.

❉ 겉 단자 쓰기의 예

앞면 　　　　　　　　 뒷면

祝
　結
　　婚

〈단자 내려쓰기 예〉

祝　　結　婚

〈단자 옆으로 쓰기 예〉

※ 속 단자 쓰기의 예

祝

華燭盛典

金 ○○○ 圓

年 月 日

謹呈

결혼을 진심으로 축하합니다

금 ○○○ 원

年 月 日

근정

※ 잘못된 단자 쓰기

최근 결혼 축하 단자를 쓸 때, '祝 結婚'은 아들이 결혼하는 경우, '祝 華婚'은 딸이 결혼하는 경우에 사용하는 것으로 믿는 사람이 많은데, 이는 전혀 근거 없는 것이다. '祝 結婚'은 일본 사람들이 많이 사용하고, '祝 華婚'은 중국 사람들이 많이 사용하는 경우는 있으나, 우리나라에서는 구분 없이 다 쓰인다. 우리나라에서 전통적으로 많이 쓰이는 것은 '祝 婚姻'이다.

▶ 연습 결혼을 축하하는 단자 중 하나를 선택하여 속 단자와 함께 직접 봉투에 써 보시오.

(3) 문상(問喪)할 때의 단자 쓰기

죽음은 사람이 겪는 마지막 통과의례이다. 그것도 산 사람이 죽은 사람을 위해 행하는 마지막 의식인 것이다. 조상에 대한 예우가 남달랐던 우리 민족은 그래서 예로부터 죽음에 대해 경외하는 마음을 가지고 이를 엄숙히 지켜 왔다. 지인이 돌아가시면 어떤 일도 내려놓고 문상을 가는 풍습에서 이런 마음을 읽을 수 있다.

상주에게 하는 말은 시대마다 늘 달랐다. 가장 좋은 것은 진심으로 애도하는 마음을 가지고 슬픔에 공감하기이다. 『논어』에서 공자는 "헛된 예의를 지키기보다 진심으로 슬퍼하는 마음이 중요하다"라고 언급한 바 있다. 하지만 굳이 말을 한다면 "얼마나 슬프십니까?", "뭐라 드릴 말씀이 없습니다", "삼가 조의를 표합니다"라는 표현을 쓰되, 이에 덧붙이는 말이 있다면 끝을 흐리는 것이 좋다. 이렇게 하는 이유는 문상하는 사람 역시 상을 당한 사람만큼 슬퍼서 제대로 말을 이을 수 없다는 보여주기 위한 배려이다. 이런 말을 들었을 때 상주는 "고맙습니다", "드릴 말씀이 없습니다"로 문상 와준 사람에게 예의를 표하면 된다.

문상하는 사람들은 예로부터 여러 가지 물품을 가지고 가서 예를 표했다. 이 때 쓰는 조의금 문구로는 '賻儀'가 가장 일반적인 표현이다.

① 謹弔(謹 : 삼갈 근, 弔 : 조상할 조) : 삼가 조상합니다.
② 賻儀(賻 : 부의 부, 儀 : 예절 의) : 물건을 드려 제사에 예를 표함.
③ 弔儀 : 상을 당하심에 예를 표합니다.
④ 奠儀(奠 : 제사지낼 전) : 영전 앞에 제물을 드려 예를 표함.
⑤ 哀悼(哀 : 슬플 애, 悼 : 슬퍼할 도) : 죽음을 슬퍼함.
⑥ 哀痛(痛 : 아플 통) : 몹시 슬퍼함.
⑦ 哀慟(慟 : 서럽게 울 통) : 큰 소리로 울면서 서러워 함.

❀ 겉 단자 쓰기의 예

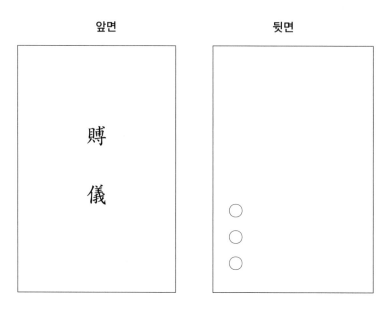

〈단자 내려쓰기 예〉

〈단자 옆으로 쓰기 예〉

✿ 속 단자 쓰기의 예

```
賻
儀

      金
        ○
   年    ○
        ○
○  月    ○
○        圓
○  日
謹
呈
```

```
삼
가

    조
금   의
     를
  ○
  년   표
  ○   합
  ○   니
○ 월   다
○ 원
○ 일
근
정
```

➥ **연습** 문상할 때 쓰는 단자를 아래에 써 보시오.

3) 각종 호칭과 날짜(시간)를 나타내는 한자어

(1) 편지 봉투나 저서, 논문 기증할 때의 호칭

최근 들어 컴퓨터의 보급, 휴대전화, 팩스 등으로 편지를 쓰는 경우가 현저히 줄어들고 있다. 하지만 아직도 정중한 부탁을 할 때나 각종 모임, 회의, 안내, 선거 등에서는 여전히 편지가 중요한 역할을 하고 있다. 그럼에도 불구하고 편지보다는 이메일을 사용하는 인구가 늘고 있다. 그런 까닭으로 현대인은 격식에 맞게 편지 겉봉투를 쓰지 못하고 있어, 문제가 되고 있다. 특히 이름 밑에 붙이는 호칭의 경우 그 문제가 더욱 심각하다. 편지 봉투에 쓰인 호칭은 사람의 얼굴과 같다. 그래서 아무리 좋은 내용으로 편지를 썼다 하더라도 호칭을 잘못 사용하게 되면 바라던 성과를 기대할 수 없게 된다. 이름 밑에 사용하는 호칭의 경우는 다음과 같다.

- 氏(씨) : 나이나 지위가 비슷한 사람에게 존경의 의미로 쓴다.
- 貴下(귀하) : 가장 일반적인 존칭으로 대개 남자에게 쓴다.
- 貴中(귀중) : 개인이 아닌 단체나 회사에 보낼 때 쓴다.
- 女史(여사) : 가장 일반적인 존칭으로 여자에게 쓴다.
- 兄, 大兄, 學兄(형, 대형, 학형) : 지위나 나이가 비슷한 사람 중 친한 사람을 높여 부를 때 쓴다.
- 君(군) : 나이가 같거나 아래 사람 중 남자에게 쓴다.
- 孃(양) : 나이가 같거나 아래 사람 중 처녀에게만 쓴다.
- 展(전) : 아래 사람에게 쓴다.
- 座下(좌하) : 부모나 선생님 같이 마땅히 존경받을 사람에게 쓴다.
- 閣下(각하) : 높은 사람에 대한 경칭으로 쓴다.
- 畫伯(화백) : 화가에 대한 존경의 의미로 쓴다.
- 雅仁(아인) : 문학하는 친구에게 존경의 의미로 쓴다.

요즘에는 지위나 직함, 학위 등에 '-님'자를 붙여 사용하는 경우도 많다. 敎授님, 博士님, 社長님, 會長님, 委員長님 등이 그러한 예이다.

이 밖에 논문이나 저서, 작품을 다른 사람에게 기증할 때 사용하는 한자로 惠存(혜존), 惠鑑(혜감), 下鑑(하감) 등이 있다.

· 惠存 : '받아 간직해 주세요'라는 뜻으로 대개 자기 작품을 남에게 기증할 때 많이 쓴다.

· 惠鑑 : 혜존과 같은 뜻으로 쓰인다.

· 下鑑 : '보잘 것 없는 내용을 보아 주십시오'라는 뜻으로 높은 사람에게 자기 저서나 작품, 논문 등을 드릴 때 쓴다.

· 雅正(아정) : '기품이 높고 바르다'라는 뜻으로, 윗 사람이 후배나 제자에게 자기 저서나 작품, 논문 등을 줄 때 쓴다.

(2) 호칭법(呼稱法)

가족 간의 예절과 질서를 중시하는 한국의 전통문화에서는 가족 사이의 호칭법이 한자어로 매우 세분화 되어 있었다. 그러나 현대를 살아가는 한국인들에게는 그러한 한자어 호칭보다는 '큰아버지', '작은 아버지', '할아버지' 등이 흔히 사용되는 것이 현실이다. 하지만 형제자매 중 누군가가 결혼하여 새로운 가족 구성원이 생기면, 그를 어떻게 불러야 하는지 혼란스러워 하는 것 역시 현실이다. 또한 책을 읽을 때, 낯선 가족 호칭을 보게 되면 어려워 하는 것도 현실임에는 분명하다.

아래는 현대 사회에서도 흔히 사용되는 가족 간 호칭이다.

① 아버지를 부르는 호칭 : 父親(부친), 家親(가친), 嚴親(엄친, 생존시) / 先親(선친), 先考(선고), 先人(선인, 돌아가신 후)

② 어머니를 부르는 호칭 : 母親(모친), 慈母(자당), 萱堂(훤당 : 남의 어머니를 부르는 존칭. 자당과 같은 의미, 생존시), 老親(노친) / 先妣(선비, 돌아가신 후)

③ 할아버지를 부르는 호칭 : 祖父(조부)

④ 할머니를 부르는 호칭 : 祖母(조모)

⑤ 삼촌들을 부르는 호칭 : 伯父(백부, 큰아버지). 仲父(중부, 둘째 아버지). 叔父(숙부, 작은 아버지)

⑥ 아주머니들을 부르는 호칭 : 伯母(백모, 큰어머니), 叔母(숙모, 작은 어머니)

※ 돌아가신 삼촌과 아주머니를 부르는 경우에는 앞에 '先'을 붙이면 된다.

(예 : 先伯父, 선백부)

⑦ 누나가 결혼한 사람을 부르는 호칭 : 妹兄(매형), 姊兄(자형)

⑧ 여동생과 결혼한 사람을 부르는 호칭 : 妹弟(매제)

⑨ 아내의 여동생을 부르는 호칭 : 妻弟(처제)

⑩ 아내의 언니를 부르는 호칭 : 妻兄(처형)

⑪ 남편의 형/동생을 부르는 호칭 : 媤叔(시숙)

⑫ 동생의 아내를 부르는 호칭 : 弟嫂氏(제수씨), 季嫂氏(계수씨, 막내의 아내를 부를 때)

(3) 날짜(시간)를 나타내는 한자어

현재는 날짜를 나타내는 한자어가 실생활에서 흔히 사용되고 있지는 않다. 그러나 회사 업무를 하거나, 격식 있는 자리 혹은 공문서에서는 날짜를 나타내는 한자어가 자주 사용된다. 그리고 문학 작품에서 시간을 나타내는 한자어는 매우 자주 사용되고 있다. 그래서 국어를 능숙하게 사용하기 위해서는 날짜를 나타내는 한자어를 필수적으로 학습할 필요가 있다.

• **회의 일시 및 장소**

   - 일시 : 금일 오전 10시
   - 장소 : 청와대

> 💬 길동아! 우리 회의 언제하니?
> 💬 금일 오전 10시에 하기로 했어.
> 💬 금요일 오전 10시면 아직 몇 일 남았네. 고마워. ㅋㅋㅋ
> 💬 기선아! 금일은 오늘이고 몇 일이 아니라 며칠이라고 해야 올바른 맞춤법이야!
> 💬 웬 지적질... 길동아! 지적 고마워... ㅎㅎㅎ

• **오찬회 일시 및 장소**

   - 일시 : 명일 오후 6시
   - 장소 : 청와대 영빈관

① 昨日(작일) : 어제

② 今日(금일) : 오늘

③ 明日(명일) 혹은 來日(내일) : 내일

④ 前日(전일) : 일정한 시기를 기준으로, 그 시기의 전날. (예 : 前日 先親께서 말씀하셨습니다.)

⑤ 當日(당일) 혹은 卽日(즉일) : 바로 그날. (예: 當日부터 청소당번은 너야.)

⑥ 翌日(익일) : 기준이 되는 날의 다음 날. (예 : 이 조치는 翌日부터 시행된다.)

⑦ 霎時間(삽시간) : 매우 짧은 순간. (예 : 둑이 터지자 들판은 霎時間에 물바다가 되고 말았다.)

⑧ 頃刻(경각) : 눈 깜빡할 사이. 또는 아주 짧은 시간. (예 : 頃刻을 다투다.)

(4) 생활안전 및 일상생활과 관련된 한자어

흔히 안전은 산업현장에서만 지켜져야 할 필수 요소라 생각한다. 그러나 그렇지 않다. 안전은 우리의 일상생활에서 지켜져야 한다. 위험을 미리 확인하고 안전을 점검하고 예방하는 생활 습관화가 필요하다. 누군가가 나의 생명을 지켜주지는 않는다. 나 스스로가 위험으로부터 나를 보호해야 한다. 아울러 우리의 일상생활에서도 한자어가 많이 사용되고 있기 때문에, 원활한 사회생활을 위해서는 여러 한자어를 알아두어야만 한다.

• 건물 입구와 출구 관련 한자

· 入口(입구) : 안으로 들어가는 어귀나 문. (예) 백화점 入口, 지하철역 入口.

· 出口(출구) : 밖으로 나갈 수 있는 통로. (예) 비상 出口, 出口를 찾지 못한 사람들.

· 出入門(출입문) : 드나드는 문. (예) 出入門을 나서다. 공연 시간에 出入門이 열리다.

· 非常門(비상문) : 非常口에 붙어 있는 문. (예) 非常門을 닫다. 경비원이 非常門을 잠그다.

• 화재와 관련된 한자

火災 發生(화재 발생), 申告 方法(신고 방법), 消防官(소방관), 救急 隊員(구급 대원)

- **교통사고와 관련된 한자**

  交通事故(교통사고), 事故者(사고자), 運轉席(운전석), 同乘者(동승자), 飮酒運轉(음주운전), 救助(구조), 出血(출혈).

- **일상생활과 관련된 한자**

  甚深(심심)하다 : 마음의 표현 정도가 매우 깊고 간절하다.
  예 심심한 조의를 표합니다.

  武運(무운)을 빈다 : 전쟁 따위에서 이기고 지는 운수. '행운을 빈다' 정도의 의미.
  예 여러분의 무운과 건승을 빕니다. 안녕히 가십시오.

2. 고사성어(故事成語)의 이해와 활용

우리가 사용하고 있는 한자 중에서 가장 활용도가 높은 것은 고사성어라 할 수 있다. 고사성어는 오랜 세월을 통해 만들어졌으므로 거기에는 신화·전설·역사·고전·시가작품 등을 통해 나온 다양한 말들이 포함되어 있다.

고사성어에는 선인들의 삶의 지혜와 정서, 해학과 풍자, 비판과 경계 등이 헤아릴 수 없을 만큼 저장되어 있다. 따라서 교훈·경구·비유·상징 등으로 활용됨은 물론 관용구나 속담으로도 폭넓게 쓰인다. 결과적으로 고사성어는 교양과 표현을 풍부하고 알차게 해주는 도구이다. 유래를 정확히 알고 활용해야 그것이 지지는 진정한 의미를 올바로 전달할 수 있을 것이다.

고사성어는 우리나라의 속담과 마찬가지로 간결하고도 비유적인 표현을 주로 사용하고 있다. 그러므로 교훈적이고 경구적인 의미를 전달해줄 뿐만 아니라 글의 객관성이나 신뢰성을 유지하는 데에도 상당한 도움을 준다. 따라서 이들 고사성어를 잘 활용하면 글의 첫머리나 마무리를 쓸 때 매우 유용하다.

1) 글쓰기와 고사성어

(1) 첫머리 쓰기

① 시사적인 상황과 관계있는 고사성어를 언급하며 시작하는 경우

글을 쓰는 과정에서 최근 문제시되고 있는 시사적인 내용이나 세태에 대하여 자신의 주장을 펼칠 때가 많다. 이러한 경우에 자신이 말하려는 주제와 관련된 고사성어를 언급하며 주의를 환기하는 방법은 매우 유용하다. 많은 사람들이 알고 있는 고사성어는 대중적 관심을 제고하기 위한 효과적인 방법이다. 더불어 해당 고사가 현재의 구체적 상황과 관련된 이야기이기에 극적인 흥미를 유발할 수 있고, 나아가 독자들의 경각심을 일깨우는 데에도 효과적이다.

> 가을을 생각하면 독서를 연상할 수 있을 만큼 많은 분들이 '천고마비의 계절'과 '여행의 계절' 등의 단어를 가깝게 생각하고 있다. 그런데 문득 궁금해지는 것은 가을은 정말 '독서의 계절'이 맞는지 의문이 간다. 가을이 되었지만 책 읽기는 옛이야기가 되고 있다. 도서 매출이 전반적으로 떨어져 서점가는 파리를 날린다. 국회도서관도 텅텅 비어 있다는 소식이다. 가을이 독서의 계절로 불리는 것은 농경문화의 관습에서 유래한다고 보는 견해가 많다. 가을에 독서를 장려하기 위해 쓰이는 사자성어 '등화가친(燈火可親)'이 그런 관습을 담은 대표적인 사례이다.
>
> (《경북신문》, 2022. 10. 20.)

가을이 독서의 계절이라는 것은 잘 알려진 형용어구이다. 그런데 오늘날의 세태는 그렇다고 보기 어렵다. 필자는 독서와는 거리가 먼 세태를 풍자하기 위해 '등화가친', 즉 '등불을 가까이할 만하다는 뜻으로, 서늘한 가을밤은 등불을 가까이 하여 글 읽기에 좋음을 이르는 말'을 끌어들인다. 우리 사회의 전통적인 문화와 환경 속에서 가을에 책을 읽는 전통이 수립되어 온 맥락을 설명하고, 오늘날의 세태에 대한 대조를 향해 자연스럽게 논지를 전개해가고 있는 것이다. 이처럼 시의에 어울리는 고사성어를 적절히 활용한다면 효과적인 글을 작성하는 데에 큰 도움이 된다.

② 사건이나 일화를 인용하며 시작하는 경우

글의 내용과 관련된 사건을 먼저 보여주면서 시작하는 방법이다. 사건이나 일화는 제시된 주제로 자연스럽게 넘어가는 도입문의 역할을 할 수 있는 것이어야 한다. 이러한 방법은 읽는 사람에게 강렬한 인상을 줄 수 있으나 제시된 사건이나 일화가 논지의 강화에 도움을 주지 못하거나 객관화에 실패할 경우 사적인 신변담이 될 수도 있다. 그러므로 어조나 문체에 각별히 유의해야 한다. 그리고 무엇보다도 중요한 점은 적합하고도 참신한 예를 제시하는 것 또한 잊어서는 안 된다.

> 항우와 유방의 싸움을 그린 『초한지』에 보면, 한나라 군사가 초군의 항우를 사면에서 포위하고 북과 꽹과리를 치면서 초나라 노래를 불렀다는 구절이 나온다. 요즈음에도 매우 위급한 상황에 놓인 경우를 일컬어 '사면초가(四面楚歌)에 놓여 있다'는 표현을 쓴다. 우리 주위의 여건을 둘러보면, 국제적으로는 정보 통신 혁명의 급격한 진전, 선진국의 기술 이전 기피, EC의 보호 무역 장벽, 일본의 핵심 부품 공급 조절, 국제화 조류에 따른 내수 시장 개방 압력, 동남아 후발국의 맹렬한 추격 등으로 국제 경쟁력이 급격히 약화되고 있으며, 국내적으로는 임금 인상, 노동 의욕의 감소, 과소비 풍조 확산 등의 이유 때문에 심각한 위기를 맞고 있다. 이러한 주변 여건을 둘러볼 때, 오늘의 우리 산업은 사면초가에 놓여 있다고 할 수 있다.
>
> (이면우, 『W이론을 만들자』)

'사면초가'라는 말을 서두로 삼아 '우리 경제가 놓인 어려운 상황'에 대해 글을 쓴 경우이다. 사면초가는 많은 사람에게 익숙한 고사성어일 뿐만 아니라 그 기원이 되는 『초한지』는 대중들에게도 친숙한 이야기이다. 이렇게 익숙한 일화 혹은 삽화에 대해 언급하면서 글의 서두를 꺼내는 방식은 독자와의 친근감을 불러일으킬 수 있다는 점에서 매우 효과적이다.

③ 명언이나 경구를 환기하며 시작하는 경우

고사성어에는 삶의 지혜와 역사의 교훈이 담겨 있다. 누가 보더라도 인정할 수밖에 없는 가치의 보고가 곧 고사성어이기도 한 것이다. 우리가 인생을 살아가는 태도를 이야기하고자 할 때 고사성어에 담긴 혜안을 인용한다면 논리적으로 반박하기가 힘들다. 이처럼 적절한 고사성어는 그 어떤 논거보다도 설득력 있는 근거로 기능할 수 있다.

한편 이러한 방법은 자신의 글쓰기에 있어서 의도를 노골적으로 드러내지 않고, 앞으로 전개할 논지에 대해 간접적이지만 강렬하게 각인하는 방식으로도 유용하다.

> 직장곡로(直壯曲老)라는 고사성어가 있다. '곧은 것은 싱싱하고 굽은 것은 시든다.'는 뜻이다. 마음이 곧은 사람, 즉 정직한 사람은 항상 태평스럽게 이 세상을 살아간다. 정정당당하기 때문이다. 어느 곳, 어느 경우, 어느 누구에게도 꿀릴 일이 없다. 그래서 늘 즐겁고 싱싱해 보이는 것이다. 이와는 반대로 마음이 곧지 못하고 언제나 자기 이익만을 쫓아 정신을 바르지 못하게 쓰는 사람은 항상 켕기는 것이 있어 어디를 가나 남의 눈치를 살피게 되고 풀이 죽어 보인다. 겉으로 큰소리친다 하더라도 메아리는 공허하게 들릴 수밖에 없다. '정직이 최상의 정책'이라는 영국의 속담도 있지만 뭐니뭐니 해도 세상살이에는 정직이 가장 좋은 방편이다. 우선 속이 편해서 좋고 거기에다 남한테 존경도 받을 수 있으니 수지 맞는 일인 것이다.
>
> (최근덕, 『고사성어 백과사전』)

위 인용문의 필자는 '직장곡로'라는 생소한 고사성어를 인용하며 글을 시작한다. 대중적으로 널리 알려진 말은 아니지만 그 뜻풀이를 보면 누구든 쉽게 공감할 만한 내용을 담고 있다. 마음이 곧은 사람은 정정당당하고, 그렇기에 태평스럽게 세상을 살아갈 수 있다는 말을 부정하기는 어렵다. 비유적인 수사를 통해 언어의 의미를 반추해보게 하는 것도 고사성어가 지닌 중요한 매력이다. 이처럼 삶의 교훈과 지혜를 담은 고사성어를 활용함으로써 우리가 주장하려는 바를 보다 쉽고 설득력 있게 전개시키는 방법을 익힐 필요가 있다.

④ 관련된 일화를 풀이하면서 시작하는 경우

어떤 목적을 가지고 글을 쓸 때 고사성어를 사용하는 효과적인 방법 중 하나는 인용한 고사성어가 만들어지게 된 일화와 함께 소개하는 것이다. 고사성어는 그 자체로도 의미가 있지만, 그 단어와 관련된 옛 이야기를 함께 소개하면 독자가 흥미를 가지고 글을 읽게 된다.

> 단미서제(斷尾噬臍)라는 고사성어가 있다. 글자 그대로 풀이하면 '꼬리를 자르고 배꼽을 물어뜯는다'는 뜻이다. 그런데 단미서제는 수탉과 관련된 단미웅계(斷尾雄鷄)와 아울러 사향노루와 관련된 서제막급(噬臍莫及)의 두 가지 의미를 합친 말인데 매우 재미있고

교훈적인 이야기로 중국의 춘추좌씨전(春秋左氏傳)에 나오는 말이다.

수탉은 그 모습이 너무 수려하다 보니 오히려 그 수려함 때문에 졸지에 통째로 삶겨져 고사상이나 제사상에 오를 위기에 처할 가능성이 농후하다. 그래서 그 낌새를 알게 된 수탉은 살아남기 위해 사전에 스스로 제 잘난 꼬리를 부리로 물어뜯어서 고사나 제사에 관련된 사람이 보기에 상품가치를 훼손함으로써 고사상이나 제사상에 삶겨서 올라가는 죽을 위기를 모면하게 된다는 내용이다.

이와는 달리 사향노루는 사냥꾼들에게 포위당하여 잡혀 죽을 위기에 봉착하자 그때서야 사냥꾼들이 노리는 것은 다름 아닌 자기의 배꼽에 모여 있는 값비싼 사향임을 알고서는 '아 내가 이 사향 때문에 죽는구나. 그놈의 사향만 없었으면'하는 생각에 살기 위한 몸부림으로 스스로 제 배꼽을 물어뜯으려 하는 것이다. 그러나 사향노루는 신체구조상 아무리 해도 입이 배꼽에 닿지 않으니 물어뜯으려 해도 아무 소용이 없는, 그야말로 이미 때가 늦은, 바로 후회막급이라는 것이다.

수탉이 미리 대비하여 죽음을 모면했듯이 항상 위기에 대비한 철저한 사전준비가 필요하며 사향노루처럼 평소 위기에 대한 대비가 전혀 없거나 소홀하면 막판에 아무리 안간힘을 써도 아무런 소용이 없다는 것이다.

이 이야기는 사람에게도 해당되는 말이다. 남보다 뛰어나거나, 남들이 가지지 못한 진귀한 것을 가졌다면 인재로 발탁되거나 크게 출세할 수 있는 기회를 만들어주는 계기가 될 수도 있으나 반대로 본인에게 오히려 화나, 독이 될 수도 있으니 항상 삼가고, 경계하며 스스로 겸손할 줄 알고 사전에 위험에 대비하는 지혜가 있어야 무사히 살아남을 수 있다는 섬뜩한 교훈을 남긴다.

(신한춘, 「단미서제(斷尾噬臍)」, 《국제신문》, 2022. 11. 29)

인용한 글의 필자는 흔히 사용하지 않는 단미서제(斷尾噬臍)라는 고사성어를 소개하면서 그 어휘의 출전을 밝히며 글을 시작하고 있다. '모난 돌이 정 맞는다'는 말처럼 너무 뛰어난 탓에 다른 사람들의 질시를 받아 실패하는 경우는 흔한 일이다. 이는 동양의 중용(中庸)과도 일맥상통하는 것이기도 하다. 글의 서문에는 그 어휘가 어떤 의미를 지니는 것인지를 '주제'와 관련해서 서술하는 일차적 의미 부분이 있어야 한다. 그후 고사성어의 의미를 부연하거나, 다른 맥락에서는 어떤 의미를 더 부여받는지를 심층적으로 설명해야 한다. 독자의 관심을 끌기 위해 사용했던 인용구가 전체적으로 어떤 맥락에 있는가를 알려주면, 논의의 범위가 자연스럽게 드러나며 논점이 암시된다. 이 글에서도 단미서제라는 사자성어를 사용하여, 사회 생활에서 중용의 미덕과 미리 준비하는 자세를 자연스럽게 설명하고 있다.

⑤ 표제나 주제어로 강조하는 경우

예전에 우리는 신문사나 방송국 등의 언론사가 만든 뉴스를 일방적으로 시청해야만 했다. 그러나 인터넷이 보급되고 휴대폰 기술이 발달하면서 사람들은 언제 어디에서나 자신이 원하는 뉴스를 시청할 수 있게 되었고, 반대로 언론사들은 시청자(또는 독자)의 선택을 기다리는 처지가 되었다. 그래서 어떤 기사에서는 시청자(또는 독자)의 관심을 끌기 위해서 네 글자로 된 사자성어를 사용하기도 한다.

"4년 뒤에 보자!" 잉글랜드의 **와신상담**… 거물신예 2명이 성장한다

"주드 벨링엄과 부카요 사카가 있다." 잉글랜드는 숙적 프랑스에게 패했다. 하지만, 냉정하면서도 냉정하지 않았다. 냉정하게 프랑스를 인정했다. 영국 BBC는 12일(한국시각) '세계 최강 프랑스와의 경기에서 비록 지긴 했지만, 잘 싸웠다. 패배가 부끄럽지 않다'고 했다. 희망을 얘기하고 있다. 유로 2024, 4년 뒤 월드컵에서 더욱 희망적이라고 했다. BBC는 '잉글랜드는 더욱 강해질 것이다. 이번 월드컵에서 주드 벨링엄은 월드스타로서 완벽한 퍼포먼스를 보였고, 부카요 사카는 프랑스와의 8강전에서 매우 위협적인 움직임으로 페널티킥을 얻어냈다. 여기에 수비형 미드필더 데클란 라이스도 매우 견고했다'고 했다. 이들에 거는 기대가 높은 것은 이유가 있다. 벨링엄은 불과 19세, 사카는 20세, 그리고 라이스는 23세에 불과하다. 당연히 4년 뒤에는 더욱 강력한 경기력을 가질 수 있다. 또, BBC는 '부상으로 제외된 리스-제임스는 23세이고, 트렌트 알렉산더-아놀드는 24세에 불과하다. 리버풀의 하비 엘리엇은 19세, 첼시 코너 갤러허는 22세다. 여기에 아스널 에밀 스미스 로우는 22세, 아스턴 빌라 제이콥 램지도 21세에 불과하다'며 '4년 전 러시아 월드컵이 끝났을 때보다 미래는 훨씬 더 밝다'고 했다.

(《스포츠조선》, 2022. 12. 12.)

제목에 사용된 '와신상담(臥薪嘗膽)'은 '불편한 섶에 몸을 눕히고 쓸개를 맛본다는 뜻으로, 원수를 갚거나 마음먹은 일을 이루기 위하여 온갖 어려움과 괴로움을 참고 견딤을 비유적으로 이르는 말'이다. 이처럼 사자성어를 사용하면 손쉽게 기사 전체를 압축해서 전달할 수 있다. 인터넷의 발달로 뉴스 환경이 변화했지만 여전히 수십 마디의 말보다 네 글자로 된 사자성어가 독자들의 관심을 끌고 글의 주제를 전달하는 데 효과

적이다. 글을 쓸 때에도 글의 인상을 좌우하는 제목이나 글의 처음 부분에서 적절한 사자성어를 사용하면 독자들의 관심을 효과적으로 끌면서 동시에 글의 주제를 확실하게 전달할 수 있다.

(2) 마무리 쓰기

결론을 쓰는 가장 일반적인 방법은 논의해 온 내용을 요약하거나 결론을 내려주면서 마무리하는 방법이다. 반면 요즘에는 결론에서도 강한 인상을 주거나 여운을 남기며 끝을 맺기도 한다.

① 희망을 기대하며 마무리하는 경우

우리 사회에는 다양한 미풍양속이 있다. 현실이 고통스럽고 절박하더라도 모든 인생은 살 만한 가치를 지닌다는 사실은 동서고금의 진리이기도 하다. 이러한 윤리적 가치는 다양한 글쓰기의 주요 내용이자 주제가 된다는 점에서 주목할 필요가 있다. 이때 고사성어를 사용함으로써 기대의 효과를 높이는 것은 익숙한 방법에 해당된다.

> 두 번째 카타르시스를 느낄 이야기의 주인공은 김영권 대한민국 축구 국가대표 수비수입니다. 2014년 브라질 월드컵에서는 '자동문'이라는 비난을 들었지만, 4년 후 2018 러시아 월드컵에서는 '통곡의 벽'으로 환골탈태했습니다. 또 2022 카타르 월드컵까지 대한민국의 최후방 라인을 책임지고 있는데요. 김 선수는 "카타르 월드컵은 자신의 마지막 무대일 것 같다"라고 말하며 무실점에 대한 각오를 다지고 있습니다. 그의 축구 인생은 '인간만사 새옹지마'라는 말을 그대로 보여주고 있습니다.
>
> (《아주경제》, 2022. 11. 23.)

위 기사문에서는 '새옹지마'라는 사자성어를 적절히 활용하며 마무리하는 구성을 보여준다. 표준국어대사전에 따르면 새옹지마는 '인생의 길흉화복은 변화가 많아서 예측하기가 어렵다는 말'이다. 관련 고사는 다음과 같다. 옛날에 새옹이 기르던 말이 오랑캐 땅으로 달아나서 노인이 낙심하였는데, 그 후에 달아났던 말이 준마를 한 필 끌고 와서 그 덕분에 훌륭한 말을 얻게 되었다. 그런데 아들이 그 준마를 타다가 떨어져서 다리가 부러졌으므로 노인이 다시 낙심하였다. 하지만 그로 인하여 아들이 전쟁에 끌려 나가지 아니하고 죽음을 면할 수 있었다. 좋은 일이 있으면 나쁜 일도 있기 마련이고, 그 나쁜 일 역시 영원하지 않는다는 보편적 진리를 담은 말이다. 위의 글은 오랜 난관을 거치면서 2020년대 한국 축구의 대표적인 수비수가 된 선수의 성장 과정과 앞으로의 기대를 새옹지마에 빗대어 설득력 있게 전달하고 있다.

② 당부하며 마무리하는 경우

우리가 글을 종결하면서 무엇인가 재차 당부하며 마무리하는 방법이 있다. 이런 경우에도 고사성어는 유용하게 활용되곤 한다. 위에서 본 기대하며 마무리하는 방법보다 좀더 강한 인상을 남기는 방법이기도 하다. 경우에 따라서는 당부대로 이행되지 않았을 때의 상황을 경계하며 주의를 환기함으로써 설득력 효과를 도모하는 경우도 종종 발견되는 양상이다.

> 노후화된 공동주택 등은 재개발·재건축이 활성화될 수 있도록 인센티브 등 민간 투자를 적극 유도하고, 공공보행통로 확보, 원도심의 경관 형성을 위한 건축물 색채, 간판, 야간 경관 등에 대한 구체적인 지침과 실행방안을 마련함으로써 원도심 경관지구 해제에 대한 우려를 불식시켜야 한다. 민선 8기 시정의 원도심 정책 방향은 기반 시설 확충을 통한 체계적인 개발을 유도하는 것이라 할 수 있다. 원도심 스카이라인은 계획적으로 관리하되 부족한 기반 시설 확충을 담보로 파격적인 인센티브를 지원해서라도 재건축과 재개발을 유도하겠다는 계획이다. 정책이란 시민들 누구나 누려야 할 권리를 위해 중요하다. 정책을 수립하고 집행하는 과정에서 간과할 수 없는 것이 절차적 정당성을 확보하는 것이다. 누군가는 정책으로 인해 수혜를 입게 되지만 또 다른 누군가는 고통을 받게 되는 것이다. 역지사지(易地思之)의 심정으로 결자해지(結者解之)가 필요한 때이다.
>
> (원광희, 「원도심 고도제한, 역지사지와 결자해지로부터」, 《충북일보》, 2022. 9. 18.)

이 글의 필자는 공동주택 재개발과 재건축 활성화를 위한 다양한 방안을 제시해 왔다. 글을 마무리하는 단계에서 원도심 경관지구 해제에 대한 우려를 불식시키는 지침과 방안의 확보가 중요함을 재차 강조한다. 합리적인 정책을 수행하는 주체는 곧 지자체의 권력이자 행정 기관이다. 그 당위성을 강조하기 위해 '역지사지'(처지를 바꾸어 생각함)와 '결자해지'(맺은 사람이 풀어야 한다는 뜻으로, 자기가 저지른 일은 자기가 해결해야 한다는 말)를 활용하고 있다. 대중적인 고사성어를 통해 입론의 당위성을 강조하는 효과적인 수사 전략이라 하겠다.

③ 인용하며 마무리하는 경우

촌철살인(寸鐵殺人)이라는 사자성어처럼 글을 쓰거나 말을 할 때 간혹 수 십 마디의 말보다 짧은 몇 마디의 말이 사람들의 기억에 더 남는 경우가 많다. 특히 대중들에게 끊임없이 자신의 메시지를 전달해야 하는 정치인들의 경우, 사자성어를 인용하여 자신의 메시지를 대중들에게 기억시키려는 경향이 있다.

요즘 국민의힘 의원들 사이에선 "사자성어 모르면 싸움도 못 하겠다"는 우스갯소리가 떠돈다. 몇 달 동안 이어진 당 내분에서 각종 사자성어가 난무하고 있기 때문이다. 이준석 대표가 친윤계를 가리켜 '양두구육(羊頭狗肉·양 머리 걸어 놓고 개고기를 판다)'이라고 비난하면, 친윤 측에서 '망월폐견(望月吠犬·개가 달 보고 짖는다)'으로 맞받는 식이다. 한 국민의힘 당직자는 "모르는 사자성어가 나오면 유래나 뜻은 물론이고 무슨 한자가 쓰였는지도 검색해본다"고 했다. 여권의 사자성어 내전(內戰)은 지난 6월로 거슬러 올라간다. 이준석 대표가 자신의 우크라이나 방문을 '자기 정치'라고 비판한 정진석 위원장을 향해 "추태에 가깝다"고 공격하자, 정 위원장은 '소이부답(笑而不答·웃을 뿐 대답하지 않음)'이 쓰여 있는 액자 사진을 소셜미디어에 올렸다. 확전을 자제하겠다는 의미였지만, 이 대표는 다시 "소이부답은 행동으로 하는 것이다. 소이부답하겠다고 올리는 게 소이부답이 아니다"라고 했다. '양두구육 논쟁'은 이 대표가 먼저 키웠다. 이 대표는 지난달 13일 기자회견에서 "돌이켜 보면 (대선 때) 양의 머리를 흔들면서 개고기를 가장 열심히, 가장 잘 팔았던 사람은 바로 저였다"고 했다. 맥락상 '개고기'가 윤석열 대통령을 빗댄 것으로 볼 여지도 있어 당내에서 큰 논란이 일었다. 이 대표는 나아가 일부 윤핵관(윤석열 대통령 핵심 관계자)들의 행태에 대해서는 '호가호위(狐假虎威·여우가 호랑이의 위세를 빌린다)'라고 했다. 정식 사자성어는 아니지만 '삼성가노(三姓家奴)'란 조어도 동원했다. 삼성가노는 '성을 셋 가진 종'이란 의미로, 한 윤핵관이 과거 대선 때 3명의 후보를 돌아가며 밀었다고 조롱한 것이다. 친윤계 이철규 의원은 이런 이 대표를 향해 '혹세무민(惑世誣民·세상을 어지럽힌다)' '앙천대소(仰天大笑·하늘을 우러러 큰 소리로 웃는다)' '망월폐견'이라고 연이어 반격했다. 국민의힘 의원들은 지난달 의원총회에서 "개고기, 양두구육 발언은 당원들에게 모멸감을 주는 언행"이라면서 이 대표의 추가 징계를 요구했다. 이에 이 대표는 "사자성어만 보면 흥분하는 우리당의 의원들을 위해서 작금의 상황을 표현하자면 지록위마(指鹿爲馬·권세를 함부로 부린다)"라고 했다.

(김형원, 「요즘 與의원들, 사자성어 모르면 싸움도 못한다」, 《조선일보》, 2022. 9. 9.)

여기에서 정치인들이 인용한 사자성어는 대부분 상대방을 비판하기 위해서 사용되었다. 해당 사자성어를 사용한 정치인들의 의도를 알기 위해서는 사자성어의 정확한 의미를 알아야 하지만, 사자성어를 사용한 맥락도 함께 살펴야 한다. 예를 들어 '소이부답'은 중국 당나라 때 시인 이백이 쓴 시의 "내게 묻기를 무슨 일로 청산에 사는가, 웃으며 대답하지 않으니 마음 절로 한가롭네, 복숭아꽃 흐르는 물에 아득히 흘러가니, 별천지요 인간 세상 아니로세(問余何事栖碧山, 笑而不答心自閑, 桃花流水杳然去, 別有天地非人間)"의 일부 구절로, 인간 세상이 아닌 별천지에 사는 사람의 편안하고 한가로운 삶을 함축하고 있다. 사자성어의 의미는 틀리지 않았지만, 해당 사자성어가 어울리는 상황이라고 보기는 어렵다. 이처럼 고사성어를 인용할 때에는 사자성어의 정확한 의미뿐만 아니라 맥락을 잘 고려해야 한다.

(3) 실용문의 사례

한자어는 사설과 칼럼뿐만 아니라 일상적인 실용문에서도 많이 사용된다. 자기소개서나 연설문, 홍보문 등에서도 적절히 인용하면 수사적 효과를 배가할 수 있다. 본 절에서는 일부 사례를 감상해보는 시간을 갖도록 한다. 무엇보다 자신의 글쓰기에도 적용할 방법을 스스로 생각해보는 계기가 필요하다.

> 주머니에 송곳을 넣으면 어떻게 되겠습니까?
> '추처낭중(錐處囊中)'은 전국시대 조나라 사람 모수가 자신을 알아주지 않자 스스로를 천거하면서 "저를 자루에 미리 넣어주셨다면 자루 밖으로 빠져 나왔을 것입니다."라고 한 말에서 유래된 것으로 인재가 남의 눈에 띄지 않고 잠시 묻혀 있는 것을 가리키는 고사성어입니다. 저도 그런 심정으로 저 자신을 소개해 보려고 합니다.
>
> (학생 자기소개서 사례)

> 여러분!
> 오늘날 세계는 급변하고 있습니다. 그러한 급변의 소용돌이 속에서 못나 한 공부에 내한 미련과 대학을 나오지 못해 쉽게 꺼내 놓지 못했던 이력서에 대한 한(恨), 그리고 가족이나 주위 사람들에 대한 편견 등을 가슴 깊이 앓아 왔기에 우리는 이 자리에 오게 되었습니다. 그래서 우리는 한 가족이 된 것입니다. 그리고 그것은 우리가 ○○학과의 영원한 동문이 되었음을 의미합니다. 그러한 의미에서 순망치한(脣亡齒寒)이 주는 교훈 또

한 새겨야 할 것입니다.

우리가 흔히 쓰는 말 중에 '국적은 바뀌어도 학적은 바뀌지 않는다'는 말이 있습니다. 그 만큼 동문의 중요성을 말하는 것이겠지요. 그리고 오늘날 같이 학교나 학과에 대해 별로 관심이 없는 현실에서는 그것이 시사하는 바가 그 어느 때보다도 크다 하겠습니다.

(야간대학 학회장 후보 연설문 사례)

오늘날, 우리가 필요로 하는 서적 중에는 입수하기 어려운 것도 있다는 불평이 많은 것도 사실이지만, 그러나 인류가 지금까지 이루어 낸 서적의 양은 실로 막대한 바가 있다. 옛날에도 서적이 많다는 표현을 오거서(五車書, 다섯 대의 수레에 실을 만한 서적)와 한우충동(汗牛充棟, 소에 실으면 소가 땀을 흘리며 끌 정도요, 집에 쌓아 놓으면 천장에 닿을 지경)이라고 하였다.

그러나 오늘날에 와서는 '오거서'나 '한우충동' 따위의 표현으로는 이야기도 안 될 만큼 서적은 많다.

우리나라 사람은 일반적으로 책에 대한 관심이 적은 것 같다. 학교에 다닐 때에는 시험이란 악마의 위력 때문이랄까. 울며 겨자 먹기로 교과서를 파고들지만, 일단 졸업이란 영예의 관문을 돌파한 다음에는 대개 책과는 인연이 멀어지는 것 같다.

옛말에 "하루 책을 읽지 않으면 입에 가시가 돋친다(一日不讀書 口中生荊棘)"라는 말이 있지만, 오늘날은 하루 책을 안 읽으면 입에 가시가 돋치는 문제만에 그치는 것이 아니라, 오늘날처럼 생존경쟁이 격심한 마당에 있어서 하루만큼 낙오자가 되어, 열패자(劣敗者)의 고배와 비운을 맛보지 않을 수 없게 될 것이다.

(이희승, 「인생의 지혜로서의 독서」)

끝으로 아주 오래 전의 칼럼 일부를 읽어보기로 한다. 한자어에 익숙하지 않은 대학생들의 현실을 풍자하는 내용이다. 이어지는 글은 2020년대의 세태를 다룬다. 모두 한자어 혹은 사자성어와 관련하여 생각할 만한 화제를 담고 있다.

얼마 전에 내가 재직 중인 대학교 벽에 붙은 대자보를 읽어보았다. 자신들이 '배재'된다고 비분강개하는 부분이 눈에 띄었다. '배제(排除)'라고 쓰고 싶었는데 타이프 과정에서 '제'자를 '재'자로 잘못 쓴 것이려니 생각했다. 그런데 그 다음 문장에서도 계속해 자신들은 '배재'당하고 있다고 열을 올리는 것이 아닌가. 한번은 수업 시간에 1960년대 영화를 수업자료로 사용해 보았다. 주인공 책상 앞에 '考試突破'라고 써 붙인 쪽지가 보였다. 혹시나 해서 학생들에게 물어보았더니 80명의 학생 중에 이 간단한 한자를 읽는 학생이 거의 없었다. 그 중에는 고시생들도 꽤 있으련만⋯⋯.

한번은 학생들과 함께 여행을 갔는데 절벽 가까이에 '危險'이라고 쓴 표지판이 있었다. 학생들이 그 앞에서 "이게 뭐라고 쓴 거야?"하는 것이었다. 이런 '위험한' 사정이니 내가 가르쳐서 사회에 내보내는 많은 학생은 적어도 한자에 관한 한 문맹이라 하지 않을 수 없다.

꼭 한자 해독만의 이야기가 아니다. 영어나 수학·제2외국어 등 여러 가지 점에서 요즘 대학생들은 깜짝 놀랄 정도로 기본이 안 돼 있다.

요즘 좋은 대학에 들어가기 위해 수험생 자신과 학부모들이 얼마나 많은 애를 쓰는가. 초등학교 때부터 대학 입학시험 준비를 하는 것이 우리의 현실이다. 사실 우리 아이들을 위해 많은 교육 투자를 한다는 것 자체야 나쁘게만 생각할 일은 아니다. 문제는 그 투자가 정말로 비교육적이며 비효율적이라는 데 있다. 그 많은 투자를 받았고, 그 가운데에서 다른 사람들과의 경쟁에서 이기고 들어온 학생들이라면 의당 우리 민족과 세계의 미래를 밝힐 수재들이어야 한다. 그런데 현실은 전혀 그렇지 않다.

(주경철, 「중앙시평」, 《중앙일보》, 2003. 10. 2.)

'당신의 어휘력'을 평가하는 약방의 감초. "'당랑거철'이 뭔 뜻이지? 마부작침'은?" 하면서 상대방 기죽이기용 무기로 자주 쓰인다. 한국어능력시험에서도 한두 문제는 거르지 않고 나오니 달달 외우지 않을 수 없다.

딸에게 '마이동풍'을 아냐고 물으니, 들어는 봤지만 정확한 뜻을 모른다고 한다. 어릴 적 마을학교에서 소학이나 명심보감을 배웠는데도 모른다고 하니, 배우는 것과 기억하는 것은 다를뿐더러 아는 것과 쓰는 것은 전혀 다른 차원이라며 사뭇 진지한 '변명'을 했다.

모두 한 뭉텅이의 '옛날 말'이나 '꼰대말'처럼 보이겠지만, 사자성어도 각자의 운명이 있다. '표리부동, 명실상부, 시시비비'처럼 한자를 알면 쉽게 알 수 있는 단어는 생명력을 갖지만, '교각살우'처럼 겉의미와 속의미를 연결해야 하는 말은 덜 쓰인다. 한술 더 떠서 고사성어는 '초나라 항우가'라거나 '장자의 제물론을 보면' 같은 식으로 관련한 옛이야기도 알아야 한다.

사자성어가 유창성이나 어휘력을 판별하는 척도인지 의문이다. 알아두면 좋다는 식으로 퉁칠 일은 아니다. 자신의 문장에 동원되지 않는 말은 생명력이 없기 때문이다. 그렇다고 구식이니 버리자거나 쉬운 말로 바꿔 쓰자고만 할 수도 없다. 문체적 기교든, 아는 체하려는 욕망이든 그것을 써야 하는 순간이 있다. 게다가 축약어 만들기에 면면히 이어지는 방식의 하나다. '내로남불, 찍먹부먹, 내돈내산, 낄끼빠빠, 할많하않'. 실질이 요동치지만 형식은 남는다. 뒷방 늙은이 신세이지만 시민권을 깡그리 잃지도 않았다. 시험에 자주 나오지만, 외롭고 어정쩡하다.

(김진해, 「외로운 사자성어」, 《한겨레》, 2021. 5. 9.)

    지금 현재에도 한자어에 익숙하지 못해 발생하는 에피소드는 더욱 많으리라 짐작된다. 디지털 매체가 일상화된 근래 대학생들이 한자를 유창히 읽거나 수기(手記)로 작성하는 모습은 거의 찾아보기 힘들다. 최고 학부를 다니는 대학생임에도 기본적 한자 어휘를 읽지 못하는 풍경을 담은 이상의 일화는 웃기지만 웃을 수 없는 모순적 현실일 수밖에 없다. 우리말을 구성하는 상당수의 어휘가 한자어라는 사실은 부정할 수 없기 때문이다. 우리가 지식인으로서 살아가야 하는 운명이라면, 세태와 무관하게 한국어의 저변을 형성하는 기본 한자어에 대한 이해와 자의식이 필요함을 우리 스스로 인식할 필요가 있다.

연습 다음 글에 알맞은 고사성어를 보기에서 골라 보시오.

① 손에서 책을 놓지 않고 열심히 독서함을 비유.

② 우공이 산을 옮긴다는 뜻으로 아무리 어렵고 큰일이라도 잔꾀를 부리지 않고 끊임없이 노력하면 결국에는 이루어진다는 것을 비유.

③ 눈을 비비고 상대를 다시 본다는 말로 남의 학식이나 재주가 현저하게 발전한 것을 뜻함.

④ 먹다 남은 복숭아를 먹인 죄라는 뜻으로 처음에는 총애하였으나 미워진 뒤에는 지난 일까지도 도리어 죄가 됨을 비유.

⑤ 사슴을 가리켜 말이라고 한다는 뜻으로 윗사람을 속이고 권세를 제 마음대로 휘두르거나 사람을 속이려 억지를 쓰는 것을 비유.

⑥ 송나라 양공의 어짊이란 뜻으로 자신의 처지도 모르고 분수도 없이 남을 동정하는 것을 비웃는 말.

⑦ 적과 싸울 때 강이나 바다를 등지고 치는 진이라는 뜻으로 어떤 일에 필사의 각오로 대처하는 것을 말함.

⑧ 용을 그린 그림에 눈을 그려 넣는다는 뜻으로 어떤 일의 가장 중요한 부분을 완성시키는 것.

⑨ 맹자의 어머니가 맹자를 교육하기 위하여 세 번이나 이사했다는 고사.

⑩ 배에 새겨두고 칼을 찾는다는 뜻으로 판단력이 둔하여 세상일에 어둡고 어리석음을 뜻함.

보 기					
愚公移山	伯牙絶絃	管鮑之交	刎頸之交	鐵杵成針	水滴穿石
刮目相對	餘桃之罪	酒池肉林	斗酒不辭	兎死狗烹	指鹿爲馬
刻舟求劍	亡羊補牢	月下冰人	天高馬肥	群盲撫象	膠柱鼓瑟
宋襄之仁	臥薪嘗膽	背水之陣	畫龍點睛	孟母三遷	手不釋卷

2) 고사성어의 실제

(1) 효도(孝道)에 관계되는 고사성어

- 昏定晨省(혼정신성) : 저녁에는 잠자리를 정해 드리고 아침에는 안녕히 주무셨는지를 살핀다는 뜻으로 자식이 아침저녁으로 부모를 보살피는 것을 이름.

- 冬溫夏淸(동온하청) : 겨울에는 따뜻하게 해드리고 여름에는 시원하게 해드린다는 뜻으로 효도를 일컫는 말.

- 無諾唯起(무약유기) : 부모가 부를 때는 느릿느릿 대답하지 말고 짧게 대답하고 일어나야 하는 것을 이르는 말.

- 下氣怡聲(하기이성) : 부모를 섬길 때는 기운을 낮추고 목소리를 기쁘게 해야 한다는 말.

- 斑衣之戲(반의지희) : 부모를 기쁘게 해드리고 어린아이처럼 색동저고리를 입고 춤을 추는 것을 말함.

- 反哺報恩(반포보은) : 까마귀가 먹이를 물어다가 어미 새를 봉양함과 같이 부모의 길러주신 은혜에 보답함(= 反哺之孝).

- 立身揚名(입신양명) : 수양하고 출세하여 후세에 이름을 날림.

- 衣不解帶(의불해대) : 부모님이 병환 중일 때, 효자는 옷을 벗지 않고 옆에서 간호함을 이름.

- 藥必親嘗(약필친상) : 부모가 병환 중일 때, 자식이 반드시 약을 맛본 다음에 드림을 이름.

- 王祥得鯉(왕상득리) : 西晉시대에 王祥이라는 사람은 어려서부터 지극한 효자였는데 불행하게도 어려서 어머님이 돌아가시고 말았다. 그래서 계모 밑에서 자라는데 그 계모가 그를 무자비하게 대하고 아버지께 도 항상 이간질하여 아버지도 점점 그를 미워했다고 한다. 그 렇지만 왕상은 더욱 부모님께 공손하고 몸가짐을 조심하였다. 언젠가 몹시도 추운 겨울에 계모가 왕상에게 신선한 생선이 먹고 싶다고 하여 왕상은 강에 나가 보았으나 강은 꽁꽁 얼어 붙었고 사방을 둘러보아도 얼음을 깰 도구가 보이지 않아 하 는 수 없이 옷을 벗고 얼음 위에 누워 체온으로 얼음을 녹여 물고기를 잡으려고 하였다. 그러자 갑자기 얼음이 녹으면서 물속에서 잉어 두 마리가 어름위로 뛰어 올라 왔다고 한다.

- 舐犢之情(지독지정) : 부모가 자식 사랑함을 어미 소가 송아지를 핥는 데 비유한 말(= 舐犢之愛).

- 望雲之情(망운지정) : 객지에서 부모를 생각하는 마음. 어버이를 그리워하는 심정.

- 風樹之嘆(풍수지탄) : 바람이 불면 나무가 가만히 있지 못한다는 뜻으로 효도를 다 하지 못하고 어버이를 여읜 자식의 슬픔을 비유.

(2) 진정한 우정에 관계되는 고사성어

- 管鮑之交(관포지교) : 시세에 따라서도 변치 않는 지극히 친밀한 친구 사이의 교제.

- 刎頸之交(문경지교) : 목이 잘리어도 한이 없을 만큼 굳은 생사를 같이하는 친한 벗. 또는 그런 교제.

- 水魚之交(수어지교) : 물과 물고기의 관계처럼 교분이 매우 깊은 것을 말함. 대개 군 주와 신하의 사이가 친밀한 것을 비유(= 君臣水魚).

- 莫逆之友(막역지우) : 마음이 맞아 서로 거스르는 일이 없는 生死와 存亡을 같이 할 수 있는 아주 친밀한 벗(= 莫逆之交, 莫逆之間).

- 金蘭之契(금란지계) : 쇠처럼 단단하고 난초처럼 향기로운 맺음이란 뜻으로 친구간 의 두터운 우정을 이름(= 金蘭之交).

- 金石之契(금석지계) : 쇠나 돌 같은 굳은 사귐(= 金石之交).

- 肝膽相照(간담상조) : 간과 쓸개를 서로 꺼내 보여줄 정도로 진심을 터놓고 사귀는 사이나 마음이 잘 맞는 사이를 비유.

- 松茂柏說(송무백열) : 소나무가 무성하니 잣나무가 기뻐한다는 뜻으로 친구간의 잘 됨을 서로 좋아한다는 의미.

- 竹馬故友(죽마고우) : 죽마를 함께 타고 놀던 벗이란 뜻으로 어릴 때부터 같이 놀며 자란 친구를 일컫는 말(= 竹馬舊友, 竹馬之友, 竹馬交友, 十年 知己, 忽竹之交).

- 朋友責善(붕우책선) : 벗들은 서로 권하여 착한 일을 해야 한다는 뜻.

- 桃園結義(도원결의) : 복숭아밭에서 맺은 결의라는 뜻으로 목숨을 걸고 굳게 맺은 의형제를 말함.

- 伯牙絶絃(백아절현) : 자기를 알아주는 참다운 벗의 죽음을 슬퍼함. 거문고를 잘 타는 유백아가 자신의 거문고 소리를 이해해주던 종자기가 죽자 절망하여 그 뒤로 거문고 줄을 끊고 다시는 거문고를 타지 않았다는 고사에서 유래. 자기를 진정으로 알아주는 친구인 知己를 가리켜 知音知友(줄여서 知音)라고 하는 것도 여기에서 나옴.

- 斷金之交(단금지교) : 쇠를 끊는 사귐이란 뜻으로 두 사람이 힘을 모으면 어떠한 일도 할 수 있는 교분을 이름.

- 芝蘭之交(지란지교) : 지초와 난초 같은 사귐이란 뜻으로 우아하고 고상한 친분을 이름.

(3) 학문 연마에 관계되는 고사성어

- 自强不息(자강불식) : 학문하는 데 있어 항상 스스로 최선을 다하고 힘써 그치지 아니함.

- 發憤忘食(발분망식) : 발분하여 끼니까지 잊을 정도로 열심히 노력함을 이름.

- 手不釋卷(수불석권) : 손에서 책을 놓지 않고 열심히 독서함을 비유.

- 螢雪之功(형설지공) : 반딧불과 눈빛을 이용하여 공부해서 얻은 보람이란 뜻으로 갖은 고생을 하며 수학함을 비유.

- 螢窓雪案(형창설안) : 반딧불이 비치는 창과 눈에 비치는 책상이라는 뜻으로 어려운 역경을 딛고 학문에 힘쓰는 것을 비유. 서재를 가리키는 말로도 쓰임.

- 晝耕夜讀(주경야독) : 낮에는 농사를 짓고 밤에는 공부한다는 뜻으로 바쁜 틈을 타서 어렵게 공부함을 비유.

- 切磋琢磨(절차탁마) : 옥돌을 쪼고 갈아서 빛을 냄. 학문이나 인격을 수련·연마함을 비유.

- 日就月將(일취월장) : 날이 가고 달이 갈수록 학문이나 기술이 나날이 발전함.

- 韋編三絕(위편삼절) : 책을 맨 가죽 끈이 세 번이나 끊어질 정도로 책을 많이 읽음.

- 大器晚成(대기만성) : 큰 그릇이나 큰 종을 만드는데 시간이 오래 걸리듯이 크게 될 사람은 늦게 이루어짐.

- 刮目相對(괄목상대) : 눈을 비비고 상대를 다시 본다는 말로 남의 학식이나 재주가 현저하게 발전한 것을 뜻함(= 刮目相看).

- 他山之石(타산지석) : 다른 산에서 나는 하찮은 돌도 자기의 옥을 가는 데 쓰임. 곧 다른 사람의 하찮은 언행일지라도 자기의 지덕을 닦는 데 도움이 된다는 말.

- 孔子穿珠(공자천주) : 어리석은 사람에게도 배울 만한 지혜가 있음.

- 不恥下問(불치하문) : 아랫사람에게 묻는 것도 부끄럽게 여기지 말아야 함.

- 斷機之戒(단기지계) : 맹자의 어머니가 베틀의 피륙을 끊어 맹자를 가르쳤다는 고사에서 유래 된 말로 학문을 中途에서 포기하는 일은 베의 날을 끊는 것과 같다는 뜻(= 斷機之敎, 孟母斷機).

- 晝思夜度(주사야탁) : 밤낮으로 깊이 생각하고 헤아림.

- 溫故知新(온고지신) : 옛 것을 배워 새것을 앎.

- 汗牛充棟(한우충동) : 공부하는 자는 모름지기 수레에 실으면 소가 땀을 흘리고, 쌓아 놓으면 대들보에 닿을 정도로 많은 책을 읽어야 함.

- 畵龍點睛(화룡점정) : 용을 그린 그림에 눈동자를 그려 넣는다는 뜻으로 어떤 일의 가장 중요한 부분을 완성시키는 것을 비유.

- 換骨奪胎(환골탈태) : 형태나 얼굴이 전보다 변해 완전히 다르게 변함.

- 過猶不及(과유불급) : 정도를 지나침은 도리어 미치지 못하는 것과 같다는 말로 중용의 중요함을 비유.

- 單刀直入(단도직입) : 문제의 핵심에 직접 들어간다는 말.

- 懸頭刺股(현두자고) : 머리를 묶어 천장에 매고 허벅지를 찌르면서까지 열심히 공부함.

- 南橘北枳(남귤북지) : 남쪽의 귤도 북쪽으로 옮기면 탱자가 된다는 말로 환경의 중요성을 말함.

- 孟母三遷(맹모삼천) : 맹자의 어머니가 맹자를 교육하기 위하여 세 번이나 이사했다는 고사.

- 多岐亡羊(다기망양) : 갈림길이 많아 양을 잃어 버렸다는 뜻으로 학문적 주장이 다양하여 정도를 찾을 수 없을 때나 방침이 너무 많아 갈피를 잡지 못할 때를 말함.

- 下學上達(하학상달) : 아래를 배워서 위에 통달한다는 뜻으로 쉬운 것부터 배워 깊고 어려운 것을 깨달음.

(4) 올바른 생활에 관계되는 고사성어

- 三綱五倫(삼강오륜) : 유교의 기본 생활 덕목. 君臣·父子·夫婦 간의 관계와 長幼·朋友 간의 수칙.

- 仁者無敵(인자무적) : 어진 이는 사랑으로 모든 일을 하므로 적이 없다는 뜻.

- 身言書判(신언서판) : 사람이 갖추어야 할 네 가지 조건. 곧 신수, 말씨, 문필, 판단력.

- 上行下敎(상행하교) : 윗사람의 행동을 아랫사람이 본받음.

- 克己復禮(극기복례) : 자기를 이기고 예로 돌아옴.

- 殺身成仁(살신성인) : 목숨을 버려서 인을 이룸.

- 明哲保身(명철보신) : 맑은 정신과 지혜로운 자세로 자신의 몸을 잘 간수함.

- 見利思義(견리사의) : 눈앞에 이익이 보일 때 의리를 생각함.

- 見危授命(견위수명) : 나라의 위태로움을 보면 목숨을 아끼지 않고 나라를 위하여 싸움.

- 愛人如己(애인여기) : 다른 사람 사랑하기를 내 몸 하듯이 함.

- 隱忍自重(은인자중) : 괴로움을 참고 몸가짐을 조심함.

- 敎學相長(교학상장) : 가르치는 것과 배우는 것은 서로 도움이 됨.

- 貧者一燈(빈자일등) : 석가께서 가난한 여인의 등 하나를 칭찬하셨다는 말로 진정한 정성을 강조한 말.

- 三顧草廬(삼고초려) : 유비가 제갈량을 신하로 삼기 위해 그의 초가집으로 세 번이나 찾아가 간청한 고사에서 유래(= 三顧之禮).

- 柔能制剛(유능제강) : 부드러운 것이 능히 강한 것을 제압함.

- 泣斬馬謖(읍참마속) : 제갈량이 자신의 지시를 지키지 않아 전쟁에서 패전한 마속을 울면서 목을 베었다는 뜻으로 사사로운 감정보다 규율을 우선함.

- 改過遷善(개과천선) : 허물을 고치어 착하게 됨(= 改過自新).

- 敬天愛人(경천애인) : 하늘을 공경하고 백성을 사랑함.

- 勸善懲惡(권선징악) : 선을 권하고 악을 징계함.

- 格物致知(격물치지) : 사물의 이치를 탐구하여 지식을 명확히 함.

- 修身齊家(수신제가) : 자기 자신의 心身을 먼저 닦고 집안을 다스리는 일.

- 居安思危(거안사위) : 편안할 때에 앞으로 닥칠 위태로움을 생각함.

(5) 인생의 성정(性情)과 관계있는 고사성어

· 漁父之利(어부지리) : 도요새와 조개가 다투는 사이에 어부가 이 둘을 모두 잡았다
는 데서 유래된 말로 서로의 이해관계로 인해 둘이 싸우는 사
이에 제 삼자가 힘들이지 않고 이득을 본다는 뜻.

· 犬兔之爭(견토지쟁) : 개와 토끼의 다툼이란 뜻으로 둘이 다투고 있는 사이에 제 삼
자가 이득을 봄(= 田父之功).

· 作心三日(작심삼일) : 한 번 먹은 마음이 삼일밖에 지속되지 않음.

· 朝三暮四(조삼모사) : 교묘한 술수로 남을 우롱하고 속이는 것을 이름. 또는 눈앞에
보이는 차별만 알고 그 결과는 같은 것임을 모르는 어리석음
을 풍자.

· 緣木求魚(연목구어) : 나무 위에 올라가서 물고기를 구한다는 뜻으로 당치 않은 일
을 하는 것을 비유.

· 以卵投石(이란투석) : 계란으로 바위 치기.

· 陸地行船(육지행선) : 뭍으로 배를 저으려 한다는 뜻으로 불가능한 일을 이름.

· 暴虎馮河(포호빙하) : 맨손으로 호랑이를 잡고 맨몸으로 황하를 건넌다는 뜻으로 위
험을 두려워하지 않는 무모한 용기를 비유한 말.

· 刻舟求劍(각주구검) : 배에 새겨두고 칼을 찾는다는 뜻으로 판단력이 둔하여 세상일
에 어둡고 어리석음을 뜻함(= 刻舟, 刻船, 刻舷).

· 膠柱鼓瑟(교주고슬) : 거문고에 아교를 붙여 연주한다는 뜻으로 고지식하고 변통성
이 없는 사람을 비유.

· 尾生之信(미생지신) : 미생의 신의라는 뜻으로 융통성이 없는 막무가내의 믿음이나
어리석은 신념을 말함. 노나라의 미생이란 사람이 한 여인과
다리 밑에서 만나기로 약속했는데, 시간이 지나도 나타나지
않는 여인을 끝까지 기다리다 홍수로 물에 빠져 죽었다는 고
사에서 유래.

· 守株待兔(수주대토) : 그루터기를 지키며 토끼를 기다린다는 뜻으로 융통성이 없고

어리석은 사람을 비유.

· 井中之蛙(정중지와) : 우물 안의 개구리라는 뜻으로 세상 물정에 어둡고 시야가 좁음(= 井底之蛙).

· 坐井觀天(좌정관천) : '井中之蛙'나 '井底之蛙'와 같은 뜻으로 '우물 안의 개구리'를 일컫는 말.

· 邯鄲之步(한단지보) : 자기 분수를 잊고 무턱대고 남을 흉내 내는 일을 비유.

· 亡羊補牢(망양보뢰) : 양을 잃어버린 뒤 양 우리를 고쳐도 늦지 않는다는 뜻으로 잘못이 발생한 후라도 즉시 시정하면 때가 늦지 않는다는 말.

· 渴而穿井(갈이천정) : 목이 말라야 우물을 판다는 뜻으로 사전에 준비하지 않다가 일이 일어난 후에 노력해봤자 소용없음을 비유. 소를 잃고 외양간 고친다는 말과 같은 뜻.

· 臨渴掘井(임갈굴정) : 渴而穿井과 같은 뜻으로 곧 준비가 없이 일을 당하여 허둥지둥하는 것을 가리키는 말.

· 晩時之歎(만시지탄) : 기회를 놓쳐버려 안타까워하는 탄식을 비유.

· 吳牛喘月(오우천월) : 오나라의 소는 더위를 몹시 타 달을 보고도 해인 줄 알고 헐떡인다는 뜻.

· 杯中蛇影(배중사영) : 술잔 안에 활 그림자 비친 것을 뱀인 줄 알고 놀랐다는 뜻으로 의심이 많음을 비유.

· 風聲鶴唳(풍성학려) : 바람소리나 학의 울음소리를 듣고도 놀랄 정도로 두려워함.

· 草木皆兵(초목개병) : 적을 두려워함이 지나치면 온 산의 초목까지도 적군으로 보인다는 말.

· 百年河淸(백년하청) : 중국 황하의 물이 항상 흐리어 맑을 날이 없다는데서 유래된 말로 아무리 오래 되어도 일이 이루어지기 어려움을 이름.

· 漢江投石(한강투석) : 지나치게 미미하여 전혀 효과가 없음.

· 掩耳盜鈴(엄이도령) : 자기의 허물을 듣지 않으려고 스스로 귀를 막으나 아무 소용없는 짓임을 일컫는 말(= 掩耳盜鐘).

· 凍足放尿(동족방뇨) : 잠시 효력이 있을 뿐 오래가지 않음.

· 錦衣夜行(금의야행) : 비단옷 입고 밤 길 간다는 뜻으로 아무 보람 없는 행동을 함(
= 衣錦夜行, 繡衣夜行).

· 口尙乳臭(구상유취) : 입에서 아직도 젖내가 난다는 뜻으로 언행이 유치하거나 식견
이 없는 사람을 비유.

· 狗尾續貂(구미속초) : 개꼬리로 담비꼬리를 잇는다는 뜻으로 벼슬아치가 너무 많아
번다하게 된 것을 가리킴 또는 어떤 일이 앞은 잘 되었으나
뒤가 잘못된 경우를 이름.

· 隔靴搔癢(격화소양) : 가죽신을 신고 가려운 곳을 긁는다는 뜻으로 힘써 노력하지만
성과는 아무 것도 없거나 일이 철저하지 못해서 성에 차지 않
는다는 의미.

· 見蚊拔劍(견문발검) : 모기를 보고 칼을 뽑는다는 뜻으로 하찮은 일에 지나치게 성
을 내어 덤빔을 비유.

· 矯角殺牛(교각살우) : 뿔을 바로 잡으려다가 소를 죽인다는 뜻으로 결점이나 흠을
바로 잡으려다가 수단이 지나쳐 일을 그르침 또는 지엽적인
일에 얽매여 본체를 그르침을 비유.

· 群盲撫象(군맹무상) : 좁은 식견을 가지고 어떤 사물을 자기 주관대로 그릇되게 판
단하는 것 또는 어떤 사물의 전체를 보지 못하고 그 일부밖에
파악하지 못하는 것을 비유(= 群盲評象, 群盲摸象, 盲人摸象).

· 獨不將軍(독불장군) : 따돌린 외로운 사람 또는 혼자서는 장군이 못 된다는 뜻으로
남과 협조해야 한다는 의미.

· 得隴望蜀(득롱망촉) : 농 땅을 얻고 나니 촉 땅을 바란다는 뜻으로 인간의 욕심이 끝
이 없음을 비유(= 望蜀, 平隴望蜀, 望蜀之歎).

· 傍若無人(방약무인) : 곁에 사람이 없는 것처럼 행동한다는 뜻으로 성격이 활달해서
남의 이목에 얽매이지 않고 자유롭게 행동하거나 오만불손한
태도를 보이는 것을 비유.

- 宋襄之仁(송양지인) : 송나라 양공의 어짊이란 뜻으로 자신의 처지도 모르고 분수도 없이 남을 동정하는 것을 비웃는 말.

- 蝸角之爭(와각지쟁) : 달팽이 뿔 위에서의 싸움(촉각끼리의 싸움)이란 뜻으로 좁디좁은 세상에서 서로 땅을 더 차지하려는 부질없는 싸움이나 애써 다투어 보았자 얻는 것이 극히 적은 싸움을 비유.

- 子莫執中(자막집중) : 전국시대 사람인 子莫이 중용만을 지키고 있었던 데서 유래한 말로 융통성이 없는 사람을 이름.

- 於陵仲子(오릉중자) : 지나치게 고지식하여 다른 이치를 모름. 진중자(陳仲子)는 전국시대 제나라 사람이다. 그는 자기 형 진대(陳戴)의 녹봉이 만 종(種)에 이르렀으나 의롭지 않다 하여 같이 살지도 먹지도 않았다. 결국 부모형제를 떠나 초나라에 가서 살면서 스스로 오릉중자(於陵仲子)라 불렀다. 빈궁했지만 구차하게 구하지 않았고 의롭지 않은 음식은 먹지도 않았다. 자신이 직접 신발을 짰고 부인이 삼실을 자아 먹을 것 입을 것과 바꿔 생활하였다. 초나라 왕이 그가 어질다는 소문을 듣고 재상으로 삼고자 사신을 보내 황금 100일(일, 1鎰은 24냥)을 전해왔다. 진중자는 아내에게 "오늘 재상이 되면 내일 성대한 수레를 타고, 한 상 가득 진수성찬을 늘어놓고 먹을 텐데 어떻게 생각하느냐"고 물었다. 그러자 그의 아내는 "지금 무릎을 들여놓을 만한 공간의 편안함과 한 점의 고기 맛 때문에 초나라의 근심을 떠안게 된다면 어지러운 세상에는 해로움이 많은 지라 당신이 목숨을 부지하지 못할까 두렵습니다."라고 말했다. 진중자가 아내의 말을 듣고 재상의 자리를 사양한 것은 물론이다. 이후 진중자는 사람이 알지 못하는 곳으로 떠났으며 농사를 지으며 일생을 보냈다 한다. 그러한 삶으로 말미암아 그는 전국시대를 대표하는 청렴한 인물의 표상이 되었다.

- 目不識丁(목불식정) : 고무래보고도 정(고무래 정)자를 모른다는 뜻으로 일자무식을 이름.

- 魚魯不辨(어로불변) : 어(魚)자와 로(魯)자를 구별하지 못할 정도로 무식함을 비유. 세상물정에 어둡거나 어리석은 사람을 말할 때 씀.

- 菽麥不辨(숙맥불변) : 콩인지 보리인지 분별하지 못한다는 뜻으로 사물을 잘 분별하지 못하여 어리석은 사람을 비유한 말(= 菽麥).

- 一字無識(일자무식) : 아주 무식함을 비유.

- 杞人之憂(기인지우) : 기나라 사람이 하늘과 땅이 무너질 것을 걱정했다는 고사에서 유래된 말로 쓸데없는 근심을 뜻함(= 杞憂).

- 畵蛇添足(화사첨족) : 뱀의 다리를 그렸다는 뜻으로 쓸데없는 짓을 하다가 오히려 실패함을 비유한 말(= 蛇足).

- 助長(조장) : 억지로 힘을 가해 자라게 한다는 뜻.

- 效顰(효빈) : 월(越)나라의 서시(西施)가 심장에 병이 있어 얼굴을 찡그리자 어떤 추녀(醜女)가 미인은 얼굴을 찡그린다고 여겨 자기도 찡그렸다는 고사에서 유래된 말로 함부로 남의 흉내를 내거나 남의 결점을 장점인 줄 알고 본뜨는 것을 이름(= 西施矉目, 效矉).

- 死後藥方文(사후약방문) : 사람이 죽은 뒤에야 약방문을 써 가지고 온다는 말로 때가 늦음을 비유.

- 作舍道傍(작사도방) : 길가에 집을 지을 때 왕래하는 사람들의 의견이 많아 어떤 것을 따를지 결정하기 어렵다는 뜻으로 이론이 많아 일을 이루기 힘들 때 씀(= '作舍道傍 三年不成'의 준말).

(6) 인간의 세태와 관계있는 고사성어

- 吳越同舟(오월동주) : 오나라와 월나라 사람이 한 배를 탔다는 뜻으로 적대 관계에 있는 사람이 같은 처지에 놓이게 됨을 비유.

- 朝變夕改(조변석개) : 아침저녁으로 뜯어고침(= 朝改暮變).

- 朝令暮改(조령모개) : 아침에 명령을 내리고 저녁에 다시 변경한다는 뜻으로 법령이 자주 바뀌어 믿을 수 없음을 비유. 아침에 조세를 부과하고 저

녁에 벌써 걷어 들인다는 의미로도 쓰임.

· 甘呑苦吐(감탄고토) : 달면 삼키고 쓰면 뱉는다는 뜻으로 사리의 옳고 그름을 돌보
지 않고 자기 비위에 맞으면 좋아하고 그렇지 않으면 싫어함
을 비유.

· 兔死狗烹(토사구팽) : 토끼 사냥이 끝나면 사냥개를 삶아 먹는다는 뜻으로 필요할
때는 긴요하게 쓰다가 쓸모없어지면 제거함을 비유.

· 姑息之計(고식지계) : 아녀자나 어린아이가 꾸미는 것 같은 계책을 말하는 것으로
생각이 단순하거나 당장 편한 것만 취하는 계책. 또는 눈앞에
있는 어려움만 우선 피하려는 계책을 이름(= 彌縫策, 下石上
臺, 冬足放尿).

· 臨機應變(임기응변) : 어떤 경우에 임하여 적절히 바꾼다는 뜻으로 그때 그때의 상
황에 따라 융통성 있게 일을 잘 처리함을 비유(= 臨機變通,
機變, 應變, 機略, 機謀, 機材, 隨時變通, 枕流漱石, 漱石枕流).

· 口蜜腹劍(구밀복검) : 입에는 꿀을 바르고 있지만 뱃속에는 칼을 품고 있다는 뜻으
로 말로는 친하나 속으로는 해칠 생각을 품음.

· 面從腹背(면종복배) : 겉으로는 복종하는 체하면서 속으로는 배반함을 비유(= 面從
後言, 陽奉陰違).

· 勸上搖木(권상요목) : 나무 위에 오르라고 권하고는 오르자마자 아래에서 흔들어댄
다는 뜻으로 겉 다르고 속 다른 사람을 일컬음.

· 羊頭狗肉(양두구육) : 양 머리를 내걸고 개고기를 판다는 뜻으로 겉은 그럴 듯하나
속은 형편없음을 비유(= 勸上搖木, 敬而遠之, 口蜜腹劍, 表裏
不同).

· 同牀異夢(동상이몽) : 같은 잠자리에서 다른 꿈을 꾼다는 뜻으로 겉으로는 같이 행
동하면서 속으로는 각기 다른 생각을 함(= 同牀各夢).

· 鹿皮之曰(녹피지왈) : 사슴가죽에 써 놓은 글씨가 잡아당기는 대로 변하는 것처럼
제도나 법령을 자기편의 대로 고쳐 씀.

- 附和雷同(부화뇌동) : 자기주장 없이 남이 하는 대로 따라 감.

- 曲學阿世(곡학아세) : 그릇된 학문으로 세상 사람에게 아첨함을 비유.

- 識字憂患(식자우환) : 글자를 아는 것이 도리어 근심을 사게 된다는 말.

- 指鹿爲馬(지록위마) : 사슴을 가리켜 말이라고 한다는 뜻으로 윗사람을 속이고 권세를 제 마음 대로 휘두르거나 사람을 속이려 억지를 쓰는 것을 비유.

- 養虎遺患(양호유환) : 호랑이를 길러 근심을 남긴다는 뜻으로 공연히 화근을 남겨 걱정거리를 산다는 의미.

- 得魚忘筌(득어망전) : 고기를 잡으면 통발을 잃어버린다는 말로 목표를 성취하면 옛 일을 망각함.

- 巧言令色(교언영색) : 남의 환심을 사기 위해 아첨하는 교묘한 말과 보기 좋게 꾸미는 얼굴 빛을 말함.

- 餘桃之罪(여도지죄) : 먹다 남은 복숭아를 먹인 죄라는 뜻으로 처음에는 총애하였으나 미워진 뒤에는 지난 일까지도 도리어 죄가 됨을 비유.

- 桀犬吠堯(걸견폐요) : 걸 임금의 개는 요 임금을 보고도 짖는다는 뜻으로 주인이 포악하면 그를 따르던 사람이나 물건도 덩달아 사악해진다는 말.

- 彌縫策(미봉책) : 꿰매다, 빈 구석을 메우다, 모자란 곳을 때우고 잇는다는 의미로 시급한 일을 눈가림으로 대충 덮어두거나 임시변통으로 마련한 계책을 말함.

(7) 인생의 허무와 관계있는 고사성어

- 桑田碧海(상전벽해) : 뽕나무밭이 변하여 푸른 바다가 된다는 뜻으로 시세의 변화가 심함을 이름.

- 天旋地轉(천선지전) : 하늘은 돌고 땅이 구르는 것처럼 대자연의 법도가 떳떳함을 말함.

· 南柯一夢(남가일몽) : 남쪽 나무 가지의 꿈이란 뜻으로 한 때의 헛된 부귀영화나 인생이 덧없음을 비유.

· 一場春夢(일장춘몽) : 한 바탕의 봄꿈처럼 헛된 영화를 이름.

· 邯鄲之夢(한단지몽) : 한단에서의 꿈이란 뜻으로 인생의 榮古盛衰가 한 바탕의 꿈처럼 덧없다는 것을 비유하는 말(= 邯鄲夢枕, 盧生之夢, 一炊之夢, 黃粱之夢, 黃粱一炊夢).

· 巫山之夢(무산지몽) : 무산의 꿈을 뜻하는 말로 남녀 간의 은밀한 만남을 비유.

· 一炊之夢(일취지몽) : 이 세상의 富貴榮華가 덧없음을 비유.

· 白駒過隙(백구과극) : 흰 망아지가 문틈으로 지나가는 것을 보는 것처럼 세월이 빠름을 비유(白駒之過郤).

· 髀肉之嘆(비육지탄) : 오랫동안 전장에 나가지 않아 말을 타지 않은 관계로 허벅지에 살만 찐 것을 탄식한다는 뜻으로 영웅이 할 일없이 虛送歲月하면서 아무 공도 세우지 못함을 탄식함(= 脾肉之嘆, 髀肉復生, 髀肉重生, 撫髀興嘆, 拊髀嗟, 脾裏肉生).

· 麥秀之嘆(맥수지탄) : 보리 싹이 빼어난 것을 보고 탄식한다는 뜻으로 망한 나라를 바라보며 탄식함을 비유(= 麥秀黍油, 麥秀之詩, 黍離麥秀之嘆).

· 隔世之感(격세지감) : 세대를 뛰어 넘은 것 같이 몹시 달라진 느낌.

· 天高馬肥(천고마비) : 하늘은 높고 말은 살찐다는 뜻으로 하늘이 맑고 모든 초목이 결실하는가을을 이르는 말(= 秋高馬肥).

· 十日之菊(십일지국) : 핀지 열흘이 지난 국화꽃이란 뜻으로 영화가 쇠함을 이름.

· 送舊迎新(송구영신) : 묵은해를 보내고 새해를 맞이함.

· 武陵桃源(무릉도원) : 신선이 살았다는 전설적인 곳. 곧 별천지.

· 空手來空手去(공수래공수거) : 사람이 세상에 났다가 헛되이 죽는 것을 일컬음.

(8) 불굴의 의지와 관계있는 고사성어

· 百折不屈(백절불굴) : 백 번을 꺾어도 굽히지 않는다는 뜻으로 어떠한 난관에도 굽히지 않음을 비유(= 百折不撓, 百折不回, 不屈不撓).

· 百折不撓(백절불요) : 아무리 억눌려도 뜻을 굽히지 않음. 의지가 무척 강함을 이름.

· 七顚八起(칠전팔기) : 일곱 번 넘어져도 여덟 번 일어난다는 말로 수없이 실패해도 굽히지 않음을 비유.

· 鵬程萬里(붕정만리) : 붕조가 만 리를 날아간다는 뜻으로 머나먼 여로나 앞길이 아주 양양한 장래를 말할 때 씀(= 鵬鯤, 鵬圖).

· 吾舌尙在(오설상재) : "내 혀가 아직 살아 있소?"라는 뜻으로 비록 몸이 망가졌어도 혀만 살아 있으면 뜻을 펼 수 있다는 말이다.

· 愚公移山(우공이산) : 우공이 산을 옮긴다는 뜻으로 아무리 어렵고 큰일이라도 잔꾀를 부리지 않고 끊임없이 노력하면 결국에는 이루어진다는 것을 비유(= 移山倒海).

· 苦盡甘來(고진감래) : 쓴 것이 다하면 단 것이 온다는 뜻으로 고생 끝에 낙이 옴을 비유.

· 獨也靑靑(독야청청) : 홀로 고고히 푸르름을 자랑함.

· 刻骨難忘(각골난망) : 남의 은혜가 마음에 깊이 새겨져 잊혀 지지 아니함.

· 犬馬之勞(견마지로) : 자기가 남을 위해 한 일에 대해 겸손을 표할 때 또는 임금이나 나라에 충성을 다하는 노력을 비유할 때 씀.

· 堅忍不拔(견인불발) : 굳게 참고 견디어 마음을 뺏기지 않음.

· 結草報恩(결초보은) : 풀을 엮어서 은혜를 갚는다는 뜻으로 죽어서까지도 은혜를 잊지 않고 갚는다는 말.

· 櫛風沐雨(즐풍목우) : 바람으로 머리를 빗고 비로 몸을 씻는다는 뜻으로 긴 세월을 객지에서 떠돌며 갖은 고생을 다함.

· 風饌露宿(풍찬노숙) : 바람을 맞으며 음식을 먹고 이슬을 맞으며 잘 정도로 크게 고생함을 비유(= 風餐露宿).

(9) 인간의 능력과 관계있는 고사성어

- 群鷄一鶴(군계일학) : 많은 닭 가운데의 한 마리 학이란 뜻으로 평범한 여러 사람들 가운데 뛰어난 한 사람이 섞여 있음을 비유(= 鷄群一鶴, 鷄群孤鶴).

- 鐵中錚錚(철중쟁쟁) : 많은 쇠 중에서 좋은 쇠 소리가 난다는 뜻으로 凡人보다 조금 뛰어난 사람을 비유.

- 傭中佼佼(용중교교) : 많은 일군 중에 훌륭한 사람이 섞여 있음을 일컫는 말.

- 叫叫武夫(규규무부) : 무부(斌玞)의 소리가 멀리 들린다는 뜻으로 사람의 이름이 크게 떨침을 비유.

- 股肱之臣(고굉지신) : 넓적다리와 팔뚝 같이 귀중한 신하를 말함. 곧 임금이 가장 믿는 중요한 신하를 이름.

- 社稷之臣(사직지신) : 나라의 安危를 맡은 중신을 말함.

- 棟梁之材(동량지재) : 기둥과 들보가 될 정도의 능력 있는 인물.

- 柱石之臣(주석지신) : 나라에 없어서는 안 될 가장 중요한 신하를 말함.

- 干城之材(간성지재) : 방패와 성처럼 나라를 위험에서 지킬만한 능력이 있는 신하.

- 爪牙之士(조아지사) : 맹수의 발톱이나 어금니처럼 힘 있고 중요한 신하를 말함.

- 毛遂自薦(모수자천) : 모수라는 사람이 자신을 천거함(因人成事).

- 經天緯地(경천위지) : 온 천하를 경륜하여 다스림.

- 聞一知十(문일지십) : 하나를 들으면 열을 안다는 뜻으로 총명하고 지혜로움을 이름.

- 靑出於藍(청출어람) : 쪽에서 나온 푸른 물감이 쪽보다 더 푸르다는 뜻으로 제자가 스승보다 뛰어남을 비유(= 靑出于藍).

- 後生可畏(후생가외) : 후배들을 두려워 할 만하다는 뜻으로 학문의 길에는 나이가 중요치 않음을 비유.

- 甲男乙女(갑남을녀) : '갑'이라는 남자와 '을'이라는 여자라는 뜻으로 평범한 보통 사람을 일컬음(= 匹夫匹婦, 張三李四, 樵童汲婦, 善男善女,

愚夫愚婦).

- 張三李四(장삼이사) : 중국에서 가장 흔한 성인 張氏의 셋째 아들과 李氏의 넷째 아들이란 뜻으로 신분도 없고 이름도 나지 않은 사람 곧 평범한 사람을 이름.

- 愚夫愚婦(우부우부) : 평범한 백성을 말함.

- 匹夫匹婦(필부필부) : 평범한 남녀를 이름.

- 樵童汲婦(초동급부) : 나무하는 아이와 물 긷는 아낙네라는 뜻으로 평범한 사람을 일컬음.

(10) 유아와 관계있는 고사성어

- 呱呱聲(고고성) : 사람이 태어날 때 내는 첫 울음이란 뜻으로 힘찬 첫 출발을 알릴 때 씀.

- 孩提之童(해제지동) : 두서너 살 된 어린아이를 말함.

- 三尺童子(삼척동자) : 어린아이를 일컫는 말.

- 弄璋之慶(농장지경) : 아들을 낳으면 구슬을 선물했다는 고사에서 유래된 말로 아들을 낳은 경사를 이름.

- 弄瓦之慶(농와지경) : 딸을 낳으면 실패를 선물했다는 고사에서 유래된 말로 딸을 낳은 경사를 이름.

- 掌中寶玉(장중보옥) : 손안의 보석처럼 귀한 자식을 말함.

- 金枝玉葉(금지옥엽) : 임금의 집안과 자손 또는 아주 귀한 자식을 일컬을 때 씀.

(11) 여자와 관계있는 고사성어

- 傾國之色(경국지색) : 나라를 위태롭게 할 정도로 아름다운 여자를 비유(= 傾國).

- 傾城之美(경성지미) : 성을 기울이고 나라를 망하게 할 정도로 요염한 절세의 미녀를 의미하는 말(= 傾城之色, 傾城)

- 花容月態(화용월태) : 꽃다운 얼굴과 달 같은 자태라는 뜻으로 아름다운 여인을 일

컫는 말.

- 丹脣皓齒(단순호치) : 붉은 입술과 하얀 이라는 뜻으로 미인의 용모를 말함(= 朱脣皓齒).

- 沈魚落雁(침어낙안) : 물고기를 잠기게 하고 기러기를 떨어뜨릴 정도로 아름다운 여인을 비유.

- 糟糠之妻(조강지처) : 지게미와 겨를 같이 먹은 아내라는 뜻으로 고생을 함께 한 아내를 말함.

- 佳人薄命(가인박명) : 아름다운 여자는 명이 짧고 운수가 사나움을 비유(= 美人薄命).

- 綠衣紅裳(녹의홍상) : 초록 저고리와 다홍치마라는 뜻으로 젊은 여자가 곱게 입은 의상을 말함.

- 纖纖玉手(섬섬옥수) : 보드랍고 고운 여자의 손을 말함.

- 絶代佳人(절대가인) : 비할 데 없이 아름다운 여자(= 絶世佳人, 絶世美人, 絶代花容).

- 雪膚花容(설부화용) : 눈같이 흰 살과 꽃 같은 얼굴이라는 뜻으로 미임을 말함.

(12) 전쟁과 관계있는 고사성어

- 乾坤一擲(건곤일척) : 하늘과 땅을 걸고 주사위를 던진다는 뜻으로 나라의 운명과 흥망을 걸고 단판 승부를 내는 것을 일컫는 말.

- 臥薪嘗膽(와신상담) : 섶나무 장작더미에서 자고 쓴 쓸개를 씹는다는 뜻으로 원수를 갚기 위해 온갖 고초를 참고 견디는 것을 비유. 越王 句踐과 吳王 夫差의 숙명적인 대결에서 유래한 말.

- 背水之陣(배수지진) : 적과 싸울 때 강이나 바다를 등지고 치는 진이라는 뜻으로 어떤 일에 필사의 각오로 대처하는 것을 말함.

- 捲土重來(권토중래) : 흙먼지를 말아 일으키며 다시 쳐들어온다는 뜻으로 한 번 실패한 뒤에 세력을 회복하여 다시 도전함을 비유.

- 烏合之卒(오합지졸) : 까마귀를 모아놓은 듯 시끄럽고 무질서한 군졸들. 즉 임시로 모집한 훈련이 안된 병력(= 烏合之衆).
- 骨肉相爭(골육상쟁) : 뼈와 살이 싸운다는 뜻으로 형제나 같은 민족끼리 서로 다툼을 이름(= 骨肉相戰, 同族相殘).
- 山戰水戰(산전수전) : 세상의 온갖 고생과 어려움을 다 겪어 경험이 많음을 비유.
- 一敗塗地(일패도지) : 한 번 패함에 뇌와 오장이 진흙 창에서 뒹굴게 된다는 뜻으로 성한 곳이 한 군데도 없을 정도로 싸움에서 크게 패한 것을 가리키는 말.
- 百戰百勝(백전백승) : 백 번 싸워서 백 번 다 이긴다는 뜻으로 싸울 때마다 모두 승리함을 이름.
- 百戰不殆(백전불태) : 백 번 싸워 백 번 모두 위태롭지 않다는 뜻.
- 臨戰無退(임전무퇴) : 싸움에 나아가 물러서지 않음.
- 馬革裹屍(마혁과시) : 말가죽으로 시체를 싼다는 뜻으로 싸움터에서 적과 싸우다 죽음을 비유.
- 孤軍奮鬪(고군분투) : 수적으로 열세인 군대가 힘겨운 적을 맞이하여 용감히 싸움. 또는 약한 힘으로 남의 도움도 없이 힘겨운 일을 해나감.
- 多多益善(다다익선) : 많으면 많을수록 좋음(= 多多益辯).
- 四面楚歌(사면초가) : 사방에서 초나라의 노래가 들려온다는 뜻으로 적에게 사면이 포위되어 진퇴양난의 곤경에 빠졌을 때를 비유.
- 逐鹿之戰(축록지전) : 중원의 사슴을 쫓는 전투라는 뜻으로 천하를 차지하기 위한 싸움을 이름.

(13) 인생의 변화와 관계있는 고사성어

- 進退兩難(진퇴양난) : 나아갈 수도 없고 물러갈 수도 없는 어려운 입장을 비유(= 進退維谷).
- 一觸卽發(일촉즉발) : 한 번 닿으면 곧 터진다는 뜻으로 위기가 절박한 모양을 말함.

· 累卵之勢(누란지세) : 알을 쌓아 놓은 형세라는 뜻으로 아주 조급하고 위험한 상태에 처해 있는 것을 말함(= 累卵之危).

· 百尺竿頭(백척간두) : 아주 높은 장대 끝에 오른 것과 같이 더 할 수 없이 위태하고 어려운 상태나 지경에 빠짐.

· 風前燈火(풍전등화) : 바람 앞의 등불이란 뜻으로 사물이 아주 위험한 상태에 있음을 말함.

· 命在頃刻(명재경각) : 금방 숨이 끊어질 지경에 이름. 즉, 거의 죽게 됨.

· 危機一髮(위기일발) : 조금도 여유가 없는 위급한 상황에 다다른 순간.

· 焦眉之急(초미지급) : 불길이 눈썹을 태울 지경이라는 뜻으로 매우 위급한 상황을 일컬음.

· 康衢煙月(강구연월) : 한가한 거리에 밥 짓는 연기 피어오르는 달밤이라는 뜻으로 太平聖代를 가리킴.

· 鼓腹擊壤(고복격양) : 배를 두드리고 땅을 구르며 흥겨워한다는 뜻으로 의식이 풍부하여 안락한 삶을 영위하는 태평성대를 말함.

· 比屋可封(비옥가봉) : 늘어선 집마다 모두 표창해야 할 정도로 잘 다스려지는 세상.

· 太平聖代(태평성대) : 어진 임금이 나라를 잘 다스려 태평한 세상.

· 含飽鼓腹(함포고복) : 배불리 먹고 즐겁게 지냄. 즉, 태평성대를 이름(= 含哺鼓腹).

· 不俱戴天之讐(불구대천지수) : 함께 하늘을 이고 살 수 없는 원수라는 뜻으로 반드시 죽여야할 철천지원수를 가리키는 말.

· 雲泥之差(운니지차) : 하늘의 구름과 땅의 진흙처럼 큰 차이가 있음.

· 百年偕老(백년해로) : 부부가 서로 사이좋고 즐겁게 함께 늙음.

· 偕老同穴(해로동혈) : 부부가 늙도록 같이 살고 죽어서는 같은 땅에 묻힘.

· 琴瑟相和(금슬상화) : 부부가 서로 다정하고 화목함을 비유적으로 이르는 말.

· 桂玉之嘆(계옥지탄) : 땔감 구하기가 계수나무 구하는 것처럼 어렵고 식량이 옥처럼 귀하다는 뜻으로 생활이 곤궁함을 말함.

- 三旬九食(삼순구식) : 삼십일 동안 아홉 번밖에 먹지 못한다는 말로 몹시 가난함을 이름.

- 截髮易酒(절발역주) : 부인의 머리를 잘라 술과 바꾸어 올 정도로 가난한 살림살이.

- 南負女戴(남부여대) : 남자는 지고 여자는 인다는 뜻으로 가난한 사람이 떠돌아다니며 사는 모양을 이름.

- 十匙一飯(십시일반) : 열 술이 모아지면 한 사람 먹을 밥이 된다는 뜻으로 여러 사람이 힘을 합하면 한 사람을 구제하기가 쉽다는 의미(= 十匙一飯, 還成一飯).

- 孤掌難鳴(고장난명) : 한 쪽 손바닥으로는 소리를 내기 어렵다는 뜻으로 혼자서는 일을 성사시키기 어려움을 비유.

- 賊反荷杖(적반하장) : 도둑이 매를 든다는 뜻으로 잘못한 사람이 오히려 시비나 트집을 잡는 경우를 말함.

- 主客顚倒(주객전도) : 사물의 輕重, 先後, 緩急의 순서가 뒤바뀜.

- 天崩之痛(천붕지통) : 하늘이 무너지는 것과 같은 슬픔이란 뜻으로 아버지가 돌아가심을 말 함.

- 叩盆之痛(고분지통) : 항아리를 두드리고 노래하며 느끼는 슬픔. 곧 아내의 죽음을 말함.

- 鷄鳴拘盜(계명구도) : 얕은꾀로 남을 속임.

- 尸位素餐(시위소찬) : 직책을 다하지 않고 자리만 차지하여 녹만 받아먹는 일.

- 脣亡齒寒(순망치한) : 입술이 없으면 이가 시리다는 뜻으로 서로 의지하는 사이에 있어 하나가 망하면 다른 하나도 온전하지 못함을 비유.

- 殃及池魚(앙급지어) : 재앙이 뜻하지 않게 아무런 죄도 없는 연못의 고기들에게까지 미친다는 뜻으로 이유 없이 화를 당하게 되는 것을 말함.

- 梁上君子(양상군자) : 대들보 위의 군자라는 뜻으로 도둑을 비유.

- 牛溲馬勃(우수마발) : 쇠오줌과 말 방귀라는 뜻으로 가치 없는 말이나 글 또는 천한

물건을 비유.

· 燈下不明(등하불명) : 등잔 밑이 어둡다는 뜻으로 가까이 있는 것이나 가까이에서 일어나는 일은 오히려 먼 데 있는 것보다 알기 어렵다는 의미.

· 畵中之餠(화중지병) : 그림 속의 떡이란 뜻으로 아무 소용이 없는 것을 이름.

· 螳螂拒轍(당랑거철) : 사마귀가 수레를 멈추려 한다는 뜻으로 제 분수도 모르고 덤벼드는 어리석음을 비유.

· 門前成市(문전성시) : 권세가나 부자 집 문 앞이 방문객으로 붐벼 저자를 방불케 한다는 의미(= 門前如市, 門庭如市).

· 喪家之狗(상가지구) : 초상집의 개 신세라는 뜻으로 여의고 기운 없이 초라한 꼴로 이리저리 얻어먹을 것을 찾아 기웃거리는 사람을 멸시하여 일컫는 말.

· 首鼠兩端(수서양단) : 구멍에서 머리를 내밀고 나갈까 말까 망설이고 있는 쥐라는 말로 양 다리를 걸친 채 정세를 살피고 있는 상태나 애매한 태도를 가리킨다.

· 因人成事(인인성사) : 남의 힘으로 일을 이루었다는 뜻으로 조나라의 모수와 관련된 고사에서 유래.

· 自暴自棄(자포자기) : 자신을 학대하는 자와 스스로 자신을 내던져버리는 자라는 뜻으로 몸가짐이나 행동을 아무렇게나 하여 자신을 돌보지 않는 것을 일컫는다.

· 左顧右眄(좌고우면) : 왼쪽을 바라보고 오른쪽을 돌아본다는 뜻으로 옆을 둘러보기만 하고 일을 결정짓지 못함을 이름.

· 轉轉反側(전전반측) : 이리저리 뒤척이며 잠 못 이루는 모양을 뜻함. 곧 배필을 사모하는 마음에 밤새도록 뒤척이며 잠 못 이루는 모양을 말함.

· 轍鮒之急(철부지급) : 수레바퀴 자국에 고여 있는 거의 말라 가는 물에서 괴로워하는 붕어라는 뜻으로 생활에 몹시 쪼들린 사람이나 위급한 일이 눈앞에 닥친 사람을 비유(= 焦眉之急).

- 狐假虎威(호가호위) : 여우가 범의 위세를 빌어 다른 짐승을 놀라게 한다는 뜻으로 남의 권세를 이용 위세 부리는 것을 비유.

- 風飛雹散(풍비박산) : 바람에 날리어 안개가 흩어지듯 한꺼번에 흩어짐을 비유.

- 寸鐵殺人(촌철살인) : 한 치밖에 안 되는 쇠붙이로 사람을 죽인다는 뜻으로 짧막한 경구로 사람의 의표를 찔러 핵심을 꿰뚫는 것을 비유.

- 牽强附會(견강부회) : 이치에 맞지 않는 것을 자기편에 유리하도록 억지로 둘러맞춤.

- 結者解之(결자해지) : 맺은 자가 풀어야 한다는 말로 자기가 저지른 일은 자기가 해결해야 한다는 의미.

- 首丘初心(수구초심) : 여우는 죽을 때 머리를 자기가 살던 언덕 쪽을 향하고 죽는다는 뜻으로 근본을 잊지 않거나 또는 고향을 생각하는 것을 일컫는 말이다.

- 乞人憐天(걸인련천) : 거지가 하늘을 불쌍히 여긴다는 말로 자기 분수에 맞지 않는 언행을 비유.

- 鯨戰鰕死(경전하사) : 고래 싸움에 새우가 죽는다는 뜻으로 강자가 싸우는 틈에 끼여 약자가 아무 상관없이 화를 당하는 것을 비유.

- 簞食瓢飮(단사표음) : 한 광주리의 밥과 한 표주박의 물이란 뜻으로 가난하게 생활하지만 부끄러워하지 않고 도를 추구하며 살아감을 의미.

- 善游者溺(선유자익) : 헤엄을 잘 치는 자가 익사한다는 뜻으로 자기의 능한 바를 믿다가 도리어 위험이나 재난에 빠지는 것을 이름.

- 近墨者黑(근묵자흑) : 먹을 가까이 하면 검어진다는 뜻으로 악한 사람을 가까이 하면 그 버릇이 물들기 쉽다는 말.

- 近朱者赤(근주자적) : 붉은 것에 가까이 하면 붉어진다는 뜻으로 사람이 그 환경에 따라 변해감을 일컬음.

- 秉燭夜遊(병촉야유) : 밤에도 촛불을 잡고 꽃구경을 하며 논다는 뜻.

- 鳶飛魚躍(연비어약) : 솔개가 하늘로 나는 것이나 물고기가 못에서 뛰는 것은 모두 자연스러운 道의 작용이어서 새나 물고기가 스스로 체득한 것

이라는 뜻으로 대자연의 이치 곧 조화가 우주에 펼쳐져 있음을 말함. 또는 군자의 덕이 세상에 널리 미친 상태를 의미.

· 堤潰蟻穴(제궤의혈) : 큰 둑도 개미구멍으로 인하여 무너짐.

· 吐哺握髮(토포악발) : 밥을 먹다가도 그 밥을 토해내고, 머리를 감다가도 머리를 움켜쥐고 뛰어나올 정도로 어진 선비를 맞이함(= 吐哺捉髮).

· 鷄口牛後(계구우후) : 닭의 부리가 될지언정 쇠꼬리는 되지 말라는 뜻으로 큰 집단의 말석 보다는 작은 집단의 우두머리가 낫다는 말.

· 拈華微笑(염화미소) : 석가모니가 영취산에서 설법을 할 때 말없이 연꽃을 집어 들고 제자들에게 어떤 뜻을 암시하니 오직 迦葉만이 그 뜻을 알고 소리 없이 미소를 지었다는 말에서 유래된 것으로 문자와 말에 의하지 않고 마음에서 마음으로 전하는 일을 일컬음 (= 拈華示衆, 不立文字, 敎外別傳, 以心傳心, 心心相印).

· 以心傳心(이심전심) : 말이나 글에 의하지 않고 마음에서 마음으로 전함.

· 不立文字(불립문자) : 문자로써 세우지 않는다는 뜻으로 말과 문자에 의하지 않고 마음에서 마음으로 전함을 의미.

· 敎外別傳(교외별전) : 禪宗에서 석가가 문자나 말에 의하지 않고 마음으로써 심원한 뜻을 전함. 즉 마음으로 전하는 가르침을 말함.

· 理判事判(이판사판) : 원래 이판과 사판은 불교 교단을 크게 양분해서 부르던 명칭이었다. 즉, 이판은 주로 교리를 연구하고 수행에 주력하면서 득도의 길을 걸었던 학 승을 말하고 사판은 수행에도 힘쓰지만 아울러 사찰의 행정업무나 살림살이 일체를 돌보던 사람들을 일컫는 말이었다. 그러던 것이 차츰 교구가 확장되고 사찰마다 주지가 책임자가 되는 제도가 정착되면서 묘한 문제가 일어났다. 어떤 사찰에는 이판 출신의 승려가 주지가 되고 어떤 사찰에는 사판 출신의 승려가 주지가 되는 일이 생겼기 때문이다. 산사를 찾는 승려가 들어가면 대뜸 물어 보는 것이 이판인가 사판인가 하는 것이었다. 때문에 산사를 찾는 승려들

은 그 산사의 주지가 이판승 출신인지 사판승 출신인지를 잘 알아두는 것이 처신에도 유리했던 것이다. 이런 연유로 해서 '이판사판'이라는 성구가 나오게 되었다. 오늘날에는 원 유래와 상관없이 상태가 막다른 곳에 다다라 더 이상 어쩔 수가 없게 되었을 때 자포자기하는 기분으로 결정을 내리는 것을 이르는 말로 쓰인다.

· 惹壇法席(야단법석) : 원래의 의미는 들판에 설치한 단 위의 부처님이 설법하는 자리를 말한다. 그랬던 것이 부처님이 설법을 하게 되면 수많은 대중들이 들판으로 모여들어 떠들썩했기 때문에 많은 사람들이 모여 부산을 떠는 것을 이렇게 표현하였다.

· 紅 一 點(홍 일 점) : 푸른 잎 가운데 한 송이 붉은 꽃이 피어 있다는 뜻으로 많은 남자들 사이에 있는 여자를 가리킴.

· 嚆 矢(효 시) : 크게 우는 소리를 내는 신호용 화살을 말하는 것으로 옛날 開戰의 신호로 먼저 우는 화살을 적진에 쏘았다는 고사에서 유래. 일의 맨 처음을 뜻함.

· 濫 觴(남 상) : 양자강 같은 큰 강도 근원을 따라 올라가면 술잔을 띄울 만한 細流라는 뜻에서 유래. 즉 잔을 띄울 정도의 작은 샘이라는 뜻으로 사물의 연원을 말함.

한문의 이해

연습편

05장

한자어(漢字語)

　본 장은 한자어에 대해 학습할 수 있도록 다양한 어휘의 쓰기란으로 구성되어 있다. 일생생활에서 자주 사용되는 한자어를 중심으로 연습란을 구성하였다. 학생들은 꾸준히 연습하면서 한자어에 대해 자신의 감각을 형성할 필요가 있다. 무엇보다 중요한 것은 획순에 맞게 써야 한다는 점이다. '생각하는 쓰기'를 생활화해야 한다. 한자는 쓰는 것이다. 결코 그리는 것이 아니라는 점을 명심하며 연습에 임해 보자.

覺 悟

깨달을 각　깨달을 오

(見,13)　　(忄,7)

看 過

볼 간
지킬 간　　지날 과

(目,4)　　(辶,9)

簡 略

편지 간　줄일 략
간략할 간　빼앗을 략

(竹,12)　　(田,6)

幹 部

줄기 간　나눌 부
등뼈 간　거느릴 부

(干,10)　　(邑,8)

奸 邪

간사할 간　간사할 사

(女,3)　　(阝,4)

懇 切

정성 간　끊을 절

(心,13)　　(刀,2)

鑑 賞	
거울 감 볼 감 (金,14)	즐길 상 상줄 상 (貝,8)

監 獄	
볼 감 (皿,9)	옥 옥 (犭,10)

剛 直	
굳셀 강 (刂,8)	곧을 직 (目,3)

鋼 鐵	
강철 강 (金,8)	쇠 철 (金,13)

介 入	
끼일 개 (人,2)	들 입 (入,0)

開 拓	
열 개 (門,4)	열 척 (扌,5)

慨 歎		
분개할 개 (忄,11)	탄식할 탄 (欠,11)	

改 革		
고칠 개 (攵,3)	고칠 혁 가죽 혁 (革,0)	

距 離		
떨어질 거 (足,5)	떠날 리 (隹,11)	

拒 否		
막을 거 맞설 거 (扌,5)	아닐 부 막힐 비 (口,4)	

健 康		
군셀 건 건강할 건 (亻,9)	편안할 강 (广,8)	

絹 織		
명주 견 (糸,7)	짤 직 (糸,12)	

缺 席	
이지러질 결 없을 결 (缶,4)	자리 석 (巾,7)

謙 讓	
겸손할 겸 (言,10)	사양할 양 (言,17)

兼 職	
겸할 겸 (八,8)	직분 직 (耳,12)

警 戒	
경계할 경 (言,13)	경계할 계 (戈, 3)

敬 老	
공경 경 (攵,9)	늙을 로 (老, 0)

經 濟	
경서 경 지날 경 (糸,7)	건널 제 (水,14)

啓 蒙

열 계
일깨울 계
(口,8)

어릴 몽
입을 몽
(艹,10)

契 約

맺을 계

(大,6)

맺을 약
약속할 약
(糸,3)

枯 渴

마를 고

(木,5)

목마를 갈

(水,9)

孤 獨

외로울 고

(子,5)

홀로 독

(犬,13)

考 慮

상고할 고
헤아릴 고
(老,2)

생각할 려

(忄,11)

高 麗

높을 고

(高,10)

고울 려
나라이름 려
(鹿,8)

孤 立
외로울 고　　설 립
(子,5)　　　(立,0)

古 稀
옛 고　　　드물 희
(口, 2)　　(禾,7)

攻 擊
칠 공　　　칠 격
(攴,3)　　　(手,13)

供 給
이바지할 공　줄 급
(亻,6)　　　(糸,6)

恐 怖
두려울 공　두려워할 포
(心,6)　　　(忄,5)

貢 獻
바칠 공　　바칠 헌
(貝,3)　　　(犬,16)

關	係
빗장 관 닫을 관	맬 계
(門,11)	(亻,7)

觀	光
볼 관 생각 관	빛 광
(見,18)	(儿,4)

寬	待
너그러울 관	기다릴 대
(宀,12)	(彳,6)

慣	例
익숙할 관 버릇 관	법식 례 보기 례
(忄,11)	(亻,6)

貫	通
꿸 관	통할 통
(貝,4)	(辶,7)

怪	狀
기이할 괴	형상 상
(忄,5)	(犬,4)

* 기괴한 모양

郊 外			
성밖 교 (阝,6)	바깥 외 (夕,2)		

交 替			
바꿀 교 사귈 교 (亠,4)	바꿀 체 (曰,8)		

具 備			
갖출 구 (八,6)	갖출 비 (亻,10)		

構 想			
얽을 구 (木,10)	생각 상 (心,9)		

拘 束			
잡을 구 (扌,5)	묶을 속 (木,3)		

區 域			
지경 구 (匚,9)	지경 역 (土,8)		

國 際	
나라 국	사이 제 사귈 제
(口,8)	(阝,11)

屈 伏	
굽을 굴 다할 굴	엎드릴 복 숨을 복
(尸,5)	(亻,4)

鬼 神	
귀신 귀	귀신 신
(鬼,0)	(示,5)

貴 賤	
귀할 귀	천할 천
(貝,5)	(貝,8)

規 模	
법 규	법 모
(見,4)	(木,11)

龜 裂	
틀 균 거북 귀	찢을 렬 터질 렬
(龜,0)	(衣,6)

* 균열의 원말

均 衡

고를 균 저울대 형
평평할 균 가로 횡
(土,4)　　(行,10)

勤 務

부지런할 근 힘쓸 무
(力,11)　　(力,9)

謹 愼

삼갈 근　　삼갈 신
(言,11)　　(忄,10)

禽 獸

날짐승 금 짐승　수
사로잡을 금 길짐승 수
(内,8)　　(犬,15)

琴 瑟

거문고 금 큰 거문고
　　　　　　슬
(玉,8)　　(玉,9)

肯 定

즐길 긍　정할 정
(月,4)　　(宀,5)

紀 綱	
벼리 기 (糸,3)	벼리 강 (糸,8)

祈 禱	
빌 기 (示,4)	빌 도 (示,14)

記 錄	
기록할 기 적을 기 (言, 3)	기록할 록 문서 록 (金,8)

器 物	
그릇 기 (口,13)	만물 물 (牛,4)

技 術	
재주 기 (扌,4)	재주 술 (行,5)

記 憶	
기록할 기 (言,3)	생각할 억 (忄,13)

奇 異

기이할 기　다를 이

(大,5)　　(田,6)

基 礎

터 기　주춧돌 초

(土,8)　　(石,13)

忌 憚

꺼릴 기　꺼릴 탄

(忄,3)　　(忄,12)

企 劃

도모할 기　그을 획

(人,4)　　(刂,12)

緊 張

굳게 얽을 긴　베풀 장

(糸,8)　　(弓,8)

納 付

들일 납　줄 부

(糸,4)　　(亻,3)

娘 子

아가씨 낭　　아들 자

(女,7)　　　(子,0)

勞 苦

일할 로　　쓸 고

(力,10)　　(艹,5)

* 노고의 원말

努 力

힘쓸 노　　힘 력

(力,5)　　　(力,0)

奴 婢

종 노　　　여종 비

(女,2)　　　(女,8)

弄 談

희롱할 롱　　말씀 담

(廾,4)　　　(言,8)

* 농담의 원말

濃 淡

짙을 농　　맑을 담

(水,13)　　(水,8)

* 짙음과 옅음

茶 果
차 다　실과 과
(艹,6)　(木,4)

團 結
둥글 단　맺을 결
(囗,11)　(糸,6)

斷 水
끊을 단　물 수
(斤,14)　(水,0)

擔 當
멜 담　마땅할 당
(手,13)　(田,8)

踏 査
밟을 답　조사할 사
(足,8)　(木,5)

臺 本
누대 대　근본 본
책 본
(至,8)　(木,1)

隊 列	
대 대 벌일 렬	
(阜,9) (力,4)	
* 대열의 원말	

對 照	
대답할 대 비출 조	
(寸,11) (火,9)	

陶 冶	
질그릇 도 불릴 야	
(阝,8) (冫,7)	
* 도기를 만드는 일	
* 심신을 닦아 기름	

跳 躍	
뛸 도 뛸 약	
(足,6) (足,14)	

盜 賊	
도둑 도 도둑 적	
(皿,7) (貝,6)	

挑 戰	
돋울 도 싸울 전	
(手,6) (戈,12)	

桃 花
복숭아나무 도   꽃 화
(木,6)   (艹,4)

毒 感
독 독   느낄 감
(毋,4)   (心,9)

督 勵
살펴볼 독   힘쓸 려
(目,8)   (力,15)

敦 篤
도타울 돈   도타울 독
(攵,8)   (竹,10)

豚 舍
돼지 돈   집 사
(豕,4)   (舌,2)

突 破
갑자기 돌   깨뜨릴 파
(穴,4)   (石,5)

凍傷

凍 傷
얼 동　다칠 상
(冫,8)　(亻,11)

銅像

銅 像
구리 동　형상 상
(金,6)　(亻,12)

幕後

幕 後
막 막　뒤 후
(巾,11)　(彳,6)

罔極

罔 極
없을 망
그물 망　다할 극
(罒,3)　(木,9)

妄想

妄 想
망령 망　생각할 상
(女,3)　(心,9)

媒介

媒 介
중매 매　끼일 개
(女,9)　(人,2)

埋 沒

문을 매   빠질 몰

(土,7)   (水,4)

梅 花

매화나무 매   꽃 화

(木,7)   (艹,4)

脈 絡

줄기 맥   이을 락

(肉,6)   (糸,6)

盟 邦

맹세 맹   나라 방

(皿,8)   (阝,4)

* 동맹을 맺은 나라

猛 獸

사나울 맹   짐승 수

(犭,8)   (犬,15)

盲 點

소경 맹   점 점

(目,3)   (黑,5)

明 鏡

밝을 명　　거울 경

(日,4)　　　(金,11)

* 맑은 거울

冥 福

어두울 명　　복 복

(冖,8)　　　(示,9)

銘 心

새길 명　　마음 심

(金,6)　　　(心,0)

矛 盾

창 모　　방패 순

(矛,0)　　　(目,4)

沐 浴

머리감을 목　목욕할 욕

(水,4)　　　(水,7)

貿 易

바꿀 무　　바꿀 역
　　　　　　쉬울 이

(貝,5)　　　(日,4)

霧 散

안개 무   흩을 산

(雨,11)   (攵, 8)

微 妙

작을 미   묘할 묘

(彳,10)   (女,4)

迷 惑

미혹할 미   미혹할 혹

(辶,6)   (心,8)

蜜 月

꿀 밀   달 월

(虫,8)   (月,0)

* 결혼하고 난 바로 다음의
즐거운 한두 달

薄 氷

엷을 박   얼음 빙

(艹,13)   (水,1)

博 識

넓을 박   알 식

(十,10)   (言,12)

叛 亂

배반할 반　어지러울 란

(又,7)　　（乙,12)

拔 擢

뺄 발　뽑을 탁

(扌,5)　　（扌,14)

倍 加

곱 배　더할 가

(人,8)　　（力,3)

配 慮

짝 배　생각할 려

(酉,3)　　（心,11)

培 養

북돋을 배　기를 양

(土,8)　　（食,6)

排 斥

밀칠 배　물리칠 척

(扌,8)　　（斤,1)

白 眉

흰 백　　눈썹 미

(白,0)　　(目,4)

飜 譯

뒤칠 번　　통변할 역

(飛,12)　　(言,13)

範 圍

법 범　　둘레 위

(竹,9)　　(口,9)

汎 稱

넓을 범　　일컬을 칭
　　　　　저울 칭

(氵,3)　　(禾, 9)

碧 眼

푸를 벽　　눈 안

(石, 9)　　(目, 6)

辨 濟

분별할 변　　건널 제

(辛,9)　　(水,14)

* 빚을 갚거나 손해를 물어
주는 것

辯 護	
말잘할 변	보호할 호
(辛,14)	(言,14)

竝 立	
아우를 병	설 립
(立,5)	(立,0)

寶 庫	
보배 보	창고 고
(宀,17)	(广,7)

補 助	
도울 보	도울 조
(衣,7)	(力,5)

補 佐	
기울 보 도울 보	도울 좌
(衤,7)	(亻,5)

普 遍	
두루 보	두루 편
(日,8)	(辶,9)

複	寫
겹칠 복	베낄 사
(衤,9)	(宀,12)

福	祉
복 복	복 지
(示, 9)	(示,4)

封	墳
봉할 봉	무덤 분
(寸,6)	(土,12)

蜂	蝶
벌 봉	나비 접
(虫,7)	(虫,9)

* 벌과 나비

鳳	凰
봉새 봉	봉황새 황
(鳥,3)	(几,9)

附	屬
붙을 부	무리 속 맡길 촉
(阝,5)	(尸,18)

賦 與	
구실 부 줄 부 (貝,8)	줄 여 (臼,7)

赴 任	
나아갈 부 (走,2)	맡길 임 (亻,4)

符 籍	
부신 부 (竹,5)	호적 적 (竹,14)

奮 發	
떨칠 분 (大,13)	필 발 (癶,7)

分 析	
나눌 분 (刀,2)	쪼갤 석 (木,4)

粉 飾	
가루 분 (米,4)	꾸밀 식 (食,5)

* 실제보다 좋게 보이도록
거짓으로 꾸미는 것

紛 爭	
어지러울 분 (糸,4)	다툴 쟁 (爪,4)

崩 壞	
무너질 붕 (山,8)	무너질 괴 (土,16)

肥 滿	
살찔 비 (月,4)	찰 만 (水,11)

秘 密	
숨길 비 (示,5)	빽빽할 밀 (宀,8)

批 判	
비평할 비 (扌,4)	판단할 판 (刂,5)

頻 繁	
자주 빈 (頁,7)	번성할 번 (糸,11)

詐 欺

속일 사　속일 기

(言,5)　(欠,8)

司 法

맡을 사　법 법

(口,2)　(氵,5)

思 索

생각할 사　찾을 색

(心,5)　(糸,4)

蛇 足

뱀 사　발 족

(虫,5)　(足,0)

* 쓸데없는 일을 함.

朔 望

초하루 삭　보름 망
　　　　　바랄 망

(月,6)　(月,7)

* 음력 초하루와 보름

削 除

깎을 삭　덜 제

(刂,7)　(阝,7)

祥 瑞

상서로울 상   상서 서

(示,6)   (玉,9)

* 경사롭고 길한 좋은 징조

詳 細

자세할 상   가늘 세

(言,6)   (糸,5)

相 互

서로 상   서로 호

(目,4)   (二,2)

償 還

갚을 상   돌아올 환

(亻,15)   (辶,13)

狀 況

형상 상   상황   황
           하물며 황

(犬,4)   (氵,5)

署 名

나눌 서   이름 명
부서 서

(罒,9)   (口,3)

庶 務	
뭇 서 (广,8)	힘쓸 무 (力,9)

徐 行	
천천히 서 (彳,7)	갈 행 (行,0)

釋 放	
풀 석 (釆,13)	놓을 방 (攵,4)

選 拔	
가릴 선 (辶,12)	뺄 발 (扌,5)

宣 傳	
베풀 선 (宀,6)	전할 전 (亻,11)

聖 域	
성인 성 (耳,7)	지경 역 (土,8)

省 察	
살필 성	살필 찰
(目,4)	(宀,11)

消 息	
사라질 소	숨쉴 식
(水,7)	(心,6)

騷 音	
시끄러울 소	소리 음
(馬,10)	(音,0)

掃 除	
쓸 소	덜 제
(扌,8)	(阝,7)

素 質	
흴 소 바탕 소	바탕 질
(糸,4)	(貝,8)

速 度	
빠를 속	법도 도
(辶,7)	(广,6)

損 失

덜 손   잃을 실

(扌,10)   (大,2)

刷 新

인쇄할 쇄
씻을 쇄   새 신

(刀,6)   (斤,9)

壽 宴

목숨 수   잔치 연

(士,11)   (宀,7)

需 要

구할 수   구할 요

(雨,6)   (襾,3)

熟 語

익을 숙   말씀 어

(火,11)   (言,7)

瞬 間

눈깜박일 순 사이 간

(目,12)   (門,4)

純 粹	
순수할 순　순수할 수	
(糸,4)　　(米,8)	

殉 職	
따라죽을 순　벼슬 직	
(歹,6)　　(耳,12)	

巡 廻	
순행할 순　돌 회	
(巛,4)　　(廴,6)	

崇 拜	
높을 숭　절 배	
(山,8)　　(扌,5)	

濕 氣	
축축할 습　기운 기	
(氵,14)　　(气,6)	

勝 負	
이길 승　질 부	
(力,10)　　(貝,2)	

昇 進	오를 승 (日,4) 나아갈 진 (辶,8)	昇 進			

試 驗	시험할 시 (言,6) 증험할 험 (馬,13)	試 驗			

信 賴	믿을 신 (亻,7) 힘입을 뢰 (貝,9)	信 賴			

愼 重	삼갈 신 (心,10) 무거울 중 (里, 2)	愼 重			

實 踐	열매 실 (宀,11) 밟을 천 (足,8)	實 踐			

審 美	살필 심 (宀,12) 아름다울 미 (羊,3)	審 美			

惡 臭	
나쁠 악 미워할 오 (心,8)	냄새 취 (自,4)

安 寧	
편안할 안 (宀,3)	편안할 녕 (宀,11)

暗 誦	
어두울 암 욀 암 (日,9)	욀 송 말할 송 (言,7)

弱 冠	
약할 약 (弓,7)	갓 관 (冖,7)

* 스무 살을 달리 이르는 말

兩 班	
두 양 (入, 6)	나눌 반 (玉, 6)

養 蜂	
기를 양 (食, 6)	벌 봉 (虫,7)

諒 解

살펴 알
량(양)   풀 해
믿을 량(양)

(言, 8)   (角, 6)

抑 制

누를 억   누를 제
         마를 제

(扌,4)   (刂,6)

餘 暇

남을 여   겨를 가

(食, 7)   (日, 9)

輿 論

가마 여   논할 론
수레 여

(車,10)   (言,8)

役 割

부릴 역   나눌 할

(彳,4)   (刂,10)

連 帶

이을 연   띠 대

(辶,7)   (巾,8)

鍊 磨	
단련할 련(연)　갈 마 (金,9)　　(石,11) * 연마의 원말	

戀 慕	
그리워할 련(연)　그리워할 모 (心,19)　　(心,11) * 연모의 원말	

憐 憫	
불쌍히 여길　불쌍히 여길 련(연)　　민 (心,12)　　(心,12) * 연민	

燃 燒	
불사를 연　불사를 소 (火,12)　　(火,12)	

演 奏	
흐를 연　아뢸 주 (水,11)　　(大,6)	

沿 岸	
따를 연　언덕 안 (水,5)　　(山,5)	

廉恥

청렴 렴(염) 부끄러울 치

(广,10)   (心,6)

* 염치

影響

그림자 영   울림 향

(彡,12)   (音,13)

映像

비칠 영   형상 상

(日,5)   (亻,12)

靈魂

신령 령(영)   넋 혼

(雨,16)   (鬼,4)

* 영혼

藝術

재주 예   꾀 술
            재주 술

(艹,15)   (行,5)

禮讚

예도 례(예)   기릴 찬

(示,13)   (言,19)

* 예찬

豫 測

미리 예　헤아릴 측

(豕,9)　　(水,9)

傲 慢

거만할 오　게으를 만

(亻,11)　　(忄,11)

汚 染

더러울 오　물들일 염

(水,3)　　(木,4)

完 遂

완전할 완　이룰 수

(宀,4)　　(辶,9)

緩 衝

느릴 완　찌를 충

(糸,9)　　(行,9)

遙 遠

멀 요　멀 원

(辶,10)　　(辶,10)

容 恕

얼굴 용　　용서할 서

(宀,7)　　（心,6）

五 輪

다섯 오　　바퀴 륜

(二,2)　　（車,8）

愚 鈍

어리석을 우　우둔할 둔

(心,9)　　（金,4）

* 어리석고 둔함

優 雅

넉넉할 우　바를 아
품위있는 우　맑을 아

(亻,15)　　（隹,4）

右 翼

오른쪽 우　날개 익

(口,2)　　（羽,6）

郵 便

역참 우　　편할 편

（阝,8）　　（亻,7）

雄 辯	
수컷 웅　말 잘할 변	
(隹,4)　(言,14)	

援 助	
도울 원　도울 조	
(扌,9)　(力,5)	

元 旦	
으뜸 원　아침 단	
(儿,2)　(日,4)	
* 설날 아침	

違 背	
어길 위　배반할 배 등 배	
(辶,9)　(肉,5)	

危 殆	
위태할 위　위태할 태	
(卩,4)　(歹,5)	

類 似	
무리 류 닮을 류　같을 사	
(頁,10)　(亻,5)	
* 유사	

遊	說		
놀 유	달랠 세 말씀 설		
(辶,9)	(言,7)		

遺	蹟		
남길 유	자취 적		
(辶,11)	(足,11)		

維	持		
지탱할 유 밧줄 유	가질 지		
(糸,8)	(扌,6)		

誘	惑		
꾈 유	미혹할 혹		
(言,7)	(心,8)		

潤	澤		
젖을 윤	못 택 윤택할 택		
(氵,12)	(氵,13)		

隆	崇		
클 륭(융)	높을 숭		
(阝,9)	(山,8)		

* 융숭, 두텁게 존중함

隱 蔽

숨을 은　　가릴 폐

(阝,14)　　(++,12)

陰 謀

그늘 음
가릴 음　　꾀 모

(阝,8)　　(言,9)

疑 懼

의심할 의　두려울 구

(疋,9)　　(忄,18)

忍 耐

참을 인　　견딜 내

(心,3)　　(而,3)

引 導

끌 인　　이끌 도

(弓,1)　　(寸,13)

印 刷

도장 인　　인쇄할 쇄
　　　　　씻을 쇄

(卩,4)　　(刂,6)

賃	貸		
품팔이 임	빌릴 대		
(貝,6)	(貝,5)		

孕	胎		
아이밸 잉	아이밸 태		
(子,2)	(肉,5)		

慈	悲		
사랑 자	슬플 비		
(心,9)	(心,8)		

姿	態		
맵시 자	모양 태		
(女,6)	(心,10)		

潛	伏		
잠길 잠	엎드릴 복		
(氵,12)	(亻,4)		

裝	飾		
꾸밀 장	꾸밀 식		
(衣,7)	(食,5)		

掌 握		
손바닥 장 쥘 악		
(手,8) (手,9)		

莊 嚴		
엄숙할 장 엄할 엄		
(艹,7) (口,17)		

災 殃		
재앙 재 재앙 앙		
(火,3) (歹,5)		

抵 觸		
거스를 저 닿을 촉		
(扌,5) (角,13)		

積 極		
쌓을 적 다할 극		
(禾,11) (木,9)		

適 宜		
알맞을 적 마땅할 의		
갈 적 화목할 의		
(辶,11) (宀,5)		

* 알맞고 마땅함

專 攻		傳 統	
오로지 전 (寸,8)	칠 공 (攵,3)	전할 전 (亻,11)	거느릴 통 (糸,6)

轉 換		正 鵠	
구를 전 (車,11)	바꿀 환 (扌,9)	바를 정 (止,1)	고니 곡 정곡 곡 (鳥,7)

整 備		情 緖	
가지런할 정 (攵,12)	갖출 비 (亻,10)	뜻 정 (忄,8)	실마리 서 (糸,9)

靜 肅	
고요할 정 (靑,8)	엄숙할 숙 (聿,7)

訂 正	
바로잡을 정 (言,2)	바를 정 (止,1)

停 滯	
멈출 정 (亻,9)	막힐 체 (氵,11)

提 供	
끌 제 (扌,9)	줄 공 (亻,6)

諸 般	
모두 제 (言,9)	돌 반 (舟,4)

祭 祀	
제사 제 (示,6)	제사 사 (示,3)

彫 刻			
새길 조	새길 각		
(彡,8)	(刂,6)		

租 稅			
세금 조	세금 세		
(禾,5)	(禾,7)		

朝 廷			
조정 조 아침 조	조정 정		
(月,8)	(廴,4)		

組 織			
짤 조	짤 직		
(糸,5)	(糸,12)		

條 項			
가지 조	항목 항 조목 항		
(木,7)	(頁,3)		

尊 稱			
높일 존 술잔 준	일컬을 칭 저울 칭		
(寸, 9)	(禾, 9)		

拙 劣

못날 졸　못할 렬(열)

(扌,5)　　(力,4)

宗 廟

사당 종
마루 종　사당 묘

(宀,5)　　(广,12)

縱 橫

세로 종
늘어질 종　가로 횡

(糸,11)　　(木,12)

座 談

자리 좌　말씀 담

(广,7)　　(言,8)

周 邊

둘레 주
두루 주　가 변

(口,5)　　(辶,15)

遵 守

좇을 준　지킬 수

(辶,12)　　(宀,3)

仲 裁

버금 중   마를 재

(亻,4)   (疑,6)

憎 惡

미워할 증   미워할 오
            나쁠 악

(忄,12)   (心,8)

智 慧

슬기 지   슬기로울 혜

(日,8)   (心,11)

指 摘

가리킬 지   딸 적
손가락 지   가리킬 적

(扌,6)   (扌,11)

志 操

뜻 지   절개 조
        잡을 조

(心,3)   (扌,13)

進 級

나아갈 진   등급 급

(辶,8)   (糸,4)

鎭 壓

진압할 진
메울 전

(金,10)

누를 압

(土,14)

眞 僞

참 진

(目,5)

거짓 위

(亻,12)

執 着

잡을 집

(土,8)

붙을 착

(目,7)

徵 兆

부를 징

(彳,12)

조짐 조

(儿,4)

錯 誤

섞일 착
둘 조

(金,8)

그릇할 오

(言,7)

燦 爛

빛날 찬

(火,13)

빛날 란

(火,1`7)

參 照

참여할 참
별이름 삼
(厶, 9)

비칠 조
(火,9)

慚 悔

부끄러울 참
(心,11)

뉘우칠 회
(忄,7)

創 造

비롯할 창
(刂,10)

지을 조
이를 조
(辶,7)

債 券

빚 채
(亻,11)

문서 권
(刀,6)

冊 曆

책 책
(冂,3)

책력 력
(日,12)

* 천체를 측정하여 절기를
적은 책

哲 學

밝을 철
(口,7)

배울 학
(子,13)

添 加		
더할 첨	더할 가	
(氵,8)	(力,3)	

尖 端		
뾰족할 첨	끝 단	
(小,3)	(立,9)	

抄 本		
가릴 초 노략질 초	근본 본	
(扌,4)	(木,1)	

招 聘		
부를 초	부를 빙	
(扌,5)	(耳,7)	

肖 像		
닮을 초	형상 상 닮을 상	
(肉,3)	(亻,12)	

超 越		
넘을 초	넘을 월	
(走,5)	(走,5)	

促 迫

재촉할 촉　다그칠 박

(亻,7)　　(辶,5)

聰 明

귀밝을 총　밝을 명

(耳,11)　　(日,4)

推 薦

옮을 추
밀 퇴　천거할 천

(扌,8)　　(艹,13)

抽 出

뺄 추　날 출

(扌,5)　　(凵,3)

秋 毫

가을 추　가는털 호

(禾,4)　　(毛,7)

* 몹시 작음을 비유하여
　이르는 말

縮 小

오그라들 축　작을 소

(糸,11)　　(小,0)

趣味

달릴 취
재촉할 촉
(走,8)

맛 미
(口,5)

測 量

헤아릴 측
(氵,9)

헤아릴 량
(里,5)

親 睦

친할 친
(見,9)

화목할 목
(目,8)

沈 黙

잠길 침
성 심
(氵,4)

잠잠할 묵
(黑,4)

侵 犯

침범할 침
(亻,7)

범할 범
(犭,2)

透 徹

통할 투
(辶,7)

통할 철
(彳,12)

快 愈	
쾌할 쾌 나을 유	
(心,4) (心,9)	

妥 協	
평온할 타 합할 협	
(女,4) (十,6)	

打 破	
칠 타 깨뜨릴 파	
(扌,2) (石,5)	

炭 鑛	
숯 탄 쇳돌 광	
(火,5) (金,15)	

奪 取	
빼앗을 탈 취할 취	
(大,11) (又,6)	

探 索	
찾을 탐 찾을 색 동아줄 삭	
(扌,8) (糸,4)	

貪 慾

탐할 탐　　욕심 욕

(貝,4)　　(心,11)

怠 慢

게으를 태　　게으를 만

(心,5)　　(心,11)

胎 夢

아이밸 태　　꿈 몽

(肉,5)　　(夕,11)

討 議

칠 토　　의논할 의

(言,3)　　(言,13)

痛 哭

아플 통　　울 곡

(疒,7)　　(口,7)

退 却

물러날 퇴　　물리칠 각

(辶,6)　　(卩,5)

投 票
던질 투　　표 표
　　　　불똥 표
(扌,4)　　(示,6)

鬪 爭
싸움 투　다툴 쟁
(鬥,10)　(爪,4)

特 殊
남다를 특　다를 수
　　　　　죽일 수
(牛,6)　　(歹,6)

派 遣
물갈래 파　보낼 견
(水,6)　　(辶,10)

播 種
뿌릴 파　씨 종
　　　심을 종
(扌,12)　(禾,9)

判 斷
판가름할 판　끊을 단
(刂,5)　　(斤,4)

販賣
팔 판　　팔 매
(貝,4)　　(貝,8)

編輯
엮을 편　　모을 집
(糸,9)　　(車,9)

偏頗
치우칠 편　　치우칠 파
　　　　　자못 파
(亻,9)　　(頁,5)

捕捉
잡을 포　　잡을 착
(扌,7)　　(扌,7)

漂流
떠돌 표　　흐를 류
(氵,11)　　(氵,7)

標準
표할 표　　견줄 준
(木,11)　　(水,10)

表 彰	
겉 표	밝을 창
(衣,3)	(彡,11)

諷 刺	
풍자할 풍	찌를 자
(言,9)	(刂,6)

被 告	
입을 피	알릴 고
(衤,5)	(口,4)

* 고발을 당한 당사자

疲 困	
피곤할 피	곤할 곤
(疒,5)	(口,4)

皮 膚	
가죽 피	살갗 부
(皮,0)	(虍,11)

畢 納	
마칠 필	들일 납
(田,6)	(糸,4)

* 납세나 납품 따위를 끝냄

荷 役	
멜 하 부릴 역	
(艹,7) (彳,4)	

汗 蒸	
땀 한 찔 증	
(氵,3) (艹,10)	

虐 殺	
모질 학 죽일 살 덜 쇄	
(虍, 3) (殳,7)	

恨 歎	
원한 한 한탄할 탄	
(忄,6) (欠,11)	

閑 寂	
한가할 한 문지방 한 고요할 적	
(門,4) (宀,8)	

割 引	
나눌 할 당길 인	
(刂,10) (弓,1)	

陷 沒
빠질 함 　 빠질 몰
(阝,8) 　 　 (氵,4)

含 蓄
머금을 함 　 쌓을 축
　　　　 기를 축
(口,4) 　 　 (艹,10)

抗 拒
막을 항 　 막을 거
(扌,4) 　 　 (扌,5)

港 口
항구 항 　 입 구
(氵,9) 　 　 (口,0)

降 服
항복할 항 　 엎드릴 복
내릴 강 　 옷 복
(阝,6) 　 　 (月,4)

航 海
건널 항 　 바다 해
(舟,4) 　 　 (氵,7)

該 博	
갖출 해 모두 해 (言,6)	넓을 박 (十,10)

解 釋	
풀 해 (角,6)	풀 석 (釆,13)

核 心	
씨 핵 (木,6)	마음 심 (心,0)

享 樂	
누릴 향 (亠,6)	즐거울 락 풍류 악 좋아할 요 (木,11)

許 諾	
허락할 허 (言,4)	허락할 낙(락) 내답할 낙(락) (言,9)

獻 納	
바칠 헌 (犬,16)	들일 납 (糸,4)

脅 迫	刑 罰
으를 협　다그칠 박	형벌 형　벌줄 벌
(肉,6)　(辶,5)	(刂,4)　(网,9)

豪 傑	呼 吸
호걸 호　뛰어날 걸	숨 내쉴 호　숨 들이쉴 부를　호　　흡
(豕,7)　(亻,10)	(口,5)　(口,4)

昏 迷	婚 姻
어두울 혼　미혹할 미	혼인할 혼　혼인할 인
(日,4)　(辶,6)	(女,8)　(女,6)
* 정신이 흐리고 멍한 상태	

華 麗

빛날 화　　고울 려

(艹,8)　　　(鹿,8)

禍 福

재난 화　　복 복

(示,9)　　　(示,9)

確 率

굳을 확　　비율 률
　　　　　거느릴 솔

(石,10)　　　(玄,6)

擴 散

넓힐 확　　흩어질 산

(扌,15)　　　(攵,8)

環 境

고리 환　　지경 경

(玉,13)　　　(土,11)

荒 廢

거칠 황　　폐할 폐

(艹,6)　　　(广,12)

回 顧	
돌 회 (口,3)	돌아볼 고 (頁,12)

會 社	
모일 회 (曰,9)	단체 사 토지신 사 (示,3)

懷 抱	
품을 회 (忄,16)	안을 포 (扌,5)

獲 得	
얻을 획 (犭,14)	얻을 득 (彳,8)

厚 薄	
두터울 후 (厂,7)	얇을 박 (艸,13)

* 두꺼움과 얇음, 두텁게 구
는 일과 박하게 구는 일

後 悔	
뒤 후 (彳,6)	뉘우칠 회 (忄,7)

揮 毫

휘두를 휘   터럭 호
           붓 호

(扌,9)   (毛,7)

毀 損

헐 훼   덜 손

(殳,9)   (扌,10)

休 憩

쉴 휴   쉴 게

(亻,4)   (心,12)

* 잠시 쉼, (예) 휴게실

携 帶

끌 휴   띠 대
잡을 휴

(扌,10)   (巾,8)

興 奮

일 흥   떨칠 분
흥취 흥

(臼,9)   (大,13)

戱 弄

놀 희   희롱할 롱

(戈,12)   (廾,4)

* 말, 행동으로 놀리는 짓

喜 捨

기쁠 희   버릴 사

(口,9)   (扌,8)

* 즐거운 마음에서 돈이나
재물을 내놓음

犧 牲

희생 희   희생 생

(牛,16)   (牛,5)

06장

한자성어(漢字成語)

'한자성어'란 글자 그대로 한자로 이루어진 말을 뜻한다. 주로 교훈이나 유래를 담고 있다. 비슷한 말로 '고사성어(故事成語)'라는 단어도 흔히 사용되는데, 이는 옛이야기로 부터 유래한 것으로서 한자로 이루어진 말을 뜻한다. <위키백과>에 따르면 한자성어 혹은 고사성어는 비유적인 내용을 담은 함축된 글자로 상황, 감정, 사람의 심리 등을 묘사한 관용구로 설명된다. 주로 4글자로 된 것이 많기 때문에 사자성어(四字成語)라 일컬어지기도 한다. 일상생활이나 글에 많이 사용되기에 한자 학습에 유용한 수단이 된다. 본 장은 자주 사용되는 한자성어를 직접 써보며 익히도록 구성되었다.

街 談 巷 說			
거리 가 말씀 담 거리 항 말씀 설			
語義 길거리에서 떠도는 이야기나 항간에서 서민들 사이에 흘러다니는 소문이나 풍설.			

苛 斂 誅 求			
가혹할 가 거둘 렴 목벨 주 구할 구			
語義 가혹하게 세금을 거두거나 백성들의 재물을 억지로 빼앗음.			

肝 膽 相 照			
간 간 쓸개 담 서로 상 비칠 조			
語義 간과 쓸개를 서로 비춤. 즉, 서로의 마음을 터놓고 친하게 지냄.			

甘 呑 苦 吐			
달 감 삼킬 탄 쓸 고 토할 토			
語義 달면 삼키고 쓰면 뱉음. 자신의 비위에 따라서 사리의 옳고 그름을 판단함을 이르는 말.			

甲 男 乙 女				
갑옷 갑 사내 남 새 을 여자 녀				
語義 갑이라는 남자와 을이라는 여자란 뜻으로, 평범한 사람들을 이르는 말.				

去 頭 截 尾				
버릴 거 머리 두 끊을 절 꼬리 미				
語義 머리와 꼬리를 떼어 버림. 즉, 요점만 말하고 부수적인 것은 빼어 버림.				

去 者 日 疎				
갈 거 사람 자 날 일 성길 소				
語義 죽은 사람을 애석히 여기는 마음이 날이 갈수록 점점 사라진다는 뜻, 서로 멀리 떨어져 있으면 점점 사이가 멀어진다는 뜻.				

乾 坤 一 擲				
하늘 건 땅 곤 한 일 던질 척				
語義 운명과 흥망을 걸고 단판걸이로 마지막 승부나 성패를 겨룸.				

牽 强 附 會				
끌 견 억지로 강 부칠 부 모일 회				
語義 가당치 않은 말을 억지로 끌어다 붙여 필요한 조건이나 이치에 맞도록 함.				

犬 馬 之 勞				
개 견 말 마 어조사 지 수고로울 로				
語義 개와 말의 수고. 즉, 자기의 수고를 낮추어 이르는 말.				

見 蚊 拔 劍				
볼 견 모기 문 뺄 발 칼 검				
語義 모기 보고 칼 빼기. 즉, 보잘 것없는 작은 일에 지나치게 큰 대책을 씀.				

見 危 致 命				
볼 견 위태할 위 이를 치 목숨 명				
語義 위태함을 보면 목숨을 바침. 즉, 나라의 위태로움을 당하면 목숨을 아끼지 않고 나라를 위하여 싸움.				

經 國 濟 民				
다스릴 경 나라 국 구제할 제 백성 민				
語義 국가사(國家事)를 잘 다스려 도탄에 빠진 세상을 구한다는 뜻으로 '경제(經濟)'는 이의 준말.				

孤 軍 奮 鬪				
외로울 고 군대 군 떨칠 분 싸울 투				
語義 수가 적은 약한 군대가 강한 적과 용감하게 싸움, 적은 인원과 약한 힘으로 힘에 겨운 일을 악착스럽게 함.				

姑 息 之 計				
시어머니 고 자식 식 어조사 지 계획 계				
語義 임시변통이나 한때의 미봉으로 일시적인 안정을 얻기 위한 계책으로 당장의 편한 것만 취하는 것을 말함.				

孤 掌 難 鳴				
외로울 고 손바닥 장 어려울 난 울 명				
語義 한쪽 손뼉은 울리지 않는다는 뜻으로 상대가 없이는 무슨 일이든 이루어지기 어려움.				

曲 學 阿 世			
굽을 곡 배울 학 아첨할 아 세상 세			

語義 왜곡된 학문으로 세상 사람에게 아첨한다는 뜻으로 자신의 소신이나 철학을 굽혀 권세나 시세에 아첨함.

骨 肉 相 爭			
뼈 골 고기 육 서로 상 다툴 쟁			

語義 뼈와 살이 서로 다툼. 즉, 부자·형제 또는 동족끼리 서로 싸움.

管 中 之 天			
대롱 관 가운데 중 어조사 지 하늘 천			

語義 대롱 속의 하늘. 즉, 소견이 좁은 것을 비유.

矯 角 殺 牛			
바로잡을 교 뿔 각 죽일 살 소 우			

語義 뿔을 바로잡으려다가 소를 죽임. 즉, 조그만 일을 고치려다 큰 일을 그르침.

口 蜜 腹 劍			
입 구　꿀 밀　배 복　칼 검			

語義 입에는 꿀, 배에는 칼. 즉, 겉으로는 달콤한 태도로 상대를 유혹하면서 속으로는 상대를 해칠 생각을 가짐.

九 折 羊 腸			
아홉 구　꺾을 절　양 양　창자 장			

語義 꼬불꼬불하게 꼬인 양의 창자란 뜻으로, 꼬불꼬불하고 험한 산길.

群 鷄 一 鶴			
무리 군　닭 계　한 일　학 학			

語義 뭇 닭들 가운데의 한 마리 학. 즉, 여러 평범한 사람 가운데 유독 뛰어난 사람.

權 謀 術 數			
권세 권　꾀할 모　기술 술　셈 수			

語義 목적 달성을 위해서는 수단·방법을 가리지 않고 때와 형편에 따라 둘러맞추는 모략이나 술책.

權 不 十 年				
권세 권 아닐 불 열 십 해 년				
語義 권세는 10년을 가지 못한다는 뜻으로서 아무리 높은 권세라도 오래 가지 못함을 이르는 말.				

捲 土 重 來				
거둘 권 흙 토 거듭 중 올 래				
語義 흙먼지를 일으키며 다시 옴. 즉, 한번 실패하였다가 세력을 회복하여 다시 쳐들어옴.				

錦 衣 還 鄕				
비단 금 옷 의 돌아올 환 고향 향				
語義 비단옷 입고 고향으로 돌아옴. 즉, 객지에서 성공하여 고향으로 돌아옴.				

金 枝 玉 葉				
금 금 가지 지 옥 옥 잎 엽				
語義 금과 같은 가지와 옥과 같은 잎. 즉, 임금의 자손이나 집안의 귀한 자손을 이르는 말.(가지와 잎은 '자손'의 뜻을 지님)				

騎 虎 之 勢
말탈 기　범 호　어조사 지　형세 세

[語義] 내리다가는 범에게 잡아먹힐 판이라 타고 갈 수밖에 없다는 뜻, 한 번 시작한 일을 중단할 수 없는 경우의 비유.

囊 中 之 錐
주머니 낭　가운데 중　어조사 지　송곳 추

[語義] 주머니 속의 송곳. 즉, 재능이 있는 사람은 아무리 그것을 감추려 해도 저절로 드러나게 마련임.

勞 心 焦 思
수고로울 노　마음 심　탈 초　생각 사

[語義] 마음을 수고롭게 하고 생각에 천착함. 즉, 애쓰면서 속을 태움.

弄 璋 之 慶
희롱할 롱　구슬 장　어조사 지　경사 경

[語義] 아들을 낳은 경사. 아들을 낳으면 구슬(璋) 장난감을 준 고사에서 유래한 말.

累 卵 之 勢				
쌓을 루 알 란 어조사 지 형세 세				
語義 알을 쌓아 놓은 형세. 즉, 매우 위험한 상태.				

簞 食 瓢 飮				
대그릇 단 밥 사 표주박 표 마실 음				
語義 도시락 밥과 표주박 물. 즉, 청빈한 생활에 만족하는 것을 뜻함.				

大 書 特 筆				
큰 대 글 서 특히 특 붓 필				
語義 크게 쓰고 특별하게 씀. 신문이나 잡지에서 중요한 사건이나 새로운 소식을 전하기 위해 특히 드러나게 쓴 것을 일컬음.				

棟 梁 之 材				
기둥 동 들보 량 어조사 지 재목 재				
語義 집의 들보와 같이 한 집이나 나라를 맡아 다스릴 만한 인재.				

同 病 相 憐				
같을 동 병 병 서로 상 불쌍할 련				
語義 같은 병을 앓는 사람끼리 서로 가엾게 여김. 어려운 처지에 있는 사람끼리 서로 가엾게 여김을 이르는 말.				

同 床 異 夢				
같을 동 평상 상 다를 이 꿈 몽				
語義 같은 잠자리에서 다른 꿈을 꿈. 즉, 겉으로는 같이 행동하면서 속으로는 딴생각을 가짐.				

亡 羊 補 牢				
잃을 망 양 양 기울 보 우리 뢰				
語義 양 잃고 외양간을 수리함. 즉, 일이 이미 다 틀어진 뒤에 때늦게 손을 써 봐야 소용이 없음.				

明 鏡 止 水				
맑을 명 거울 경 그칠 지 물 수				
語義 맑은 거울과 고요한 물. 즉, 잡념과 허욕이 없는 맑고 깨끗한 마음.				

한자성어(漢字成語) **191**

名 實 相 符				
이름 명 열매 실 서로 상 부절 부				
語義 이름과 실상이 서로 들어맞음. 즉, 알려진 것과 실제의 상황이나 능력에 차이가 없음.				

命 在 頃 刻				
목숨 명 있을 재 잠깐 경 시각 각				
語義 목숨이 경각에 있음. 즉, 금방 숨이 끊어질 지경. * 頃刻(경각. 짧은 시간)				

目 不 識 丁				
눈 목 아닐 불 알 식 고무래 정				
語義 눈으로 정(丁)자도 알지 못함. 글자도 모르는 매우 무식한 자를 뜻함.				

猫 項 懸 鈴				
고양이 묘 목 항 매달 현 방울 령				
語義 고양이 목에 방울 달기. 즉, 실행할 수 없는 헛된 의논이라는 뜻.				

無 爲 徒 食				
없을 무　할 위　헛되이 도 먹을 식				
語義 하는 일 없이 한갓 먹기만 함. 즉, 게으르거나 능력이 없는 사람을 가리키는 말.				

門 前 成 市				
문 문　앞 전　이룰 성　저자 시				
語義 문 앞에 시장을 이룸. 즉, 권력가나 부자의 집 앞에 방문객들로 붐비는 것을 이름.				

博 而 不 精				
넓을 박 말이을 이 아닐 부　정할 정				
語義 여러 방면으로 널리 아나 정통하지 못함. 즉, 독서에 있어서 정독의 중요성을 강조하는 말.				

拔 本 塞 源				
뽑을 발　근본 본　막을 색　근원 원				
語義 폐단의 근본을 뽑고 근원을 없애 버림.				

傍 若 無 人 곁 방 같을 약 없을 무 사람 인				
語義 좌우에 사람이 없는 것 같음. 즉, 말이나 행동을 제멋대로 함.				

背 水 之 陣 등 배 물 수 어조사 지 진칠 진				
語義 물을 등지고 진을 친다는 뜻 으로 어떤 일에 목숨을 걸고 비장한 각오로 임함.				

百 年 河 淸 일백 백 해 년 물 하 맑을 청				
語義 무작정 황하가 맑아지기를 기 다림. 즉, 아무리 기다려도 성공하기 어려움.				

百 年 偕 老 일백 백 해 년 함께 해 늙을 로				
語義 백 년간 함께 늙음. 즉, 부부 가 화목하게 일생을 지냄.				

夫 唱 婦 隨				
남편 부 부를 창 아내 부 따를 수				
語義 남편의 주장에 아내가 따름. 즉, 부부의 화합이 매우 좋음을 이름.				

不 俱 戴 天				
아닐 불 함께 구 일 대 하늘 천				
語義 하늘을 같이 이지 못함. 즉, 세상에서 함께 살 수 없는 원수.				

不 撤 晝 夜				
아닐 불 거둘 철 낮 주 밤 야				
語義 밤과 낮을 가리지 아니함. 즉, 조금도 쉴 사이 없이 일에 힘씀.				

非 夢 似 夢				
아닐 비 꿈 몽 같을 사 꿈 몽				
語義 꿈 같기도 하고 아닌 것 같기도 함. 즉, 어렴풋한 상태.				

氷 炭 之 間				
얼음 빙 숯 탄 어조사 지 사이 간				
語義 얼음과 숯의 사이. 즉, 서로 화합할 수 없는 사이.				

四 顧 無 親				
넉 사 돌아볼 고 없을 무 친할 친				
語義 사방을 둘러보아도 친척이 없음. 즉, 믿고 의지할 만한 사람이 주위에 없음.				

沙 上 樓 閣				
모래 사 윗 상 다락 루 누각 각				
語義 모래 위에 세운 누각이라는 뜻으로 기초가 튼튼하지 못하여 오래 견디지 못할 일이나 물건.				

事 必 歸 正				
일 사 반드시 필 돌아갈 귀 바를 정				
語義 모든 일은 결과적으로 반드시 바른길로 돌아가기 마련임.				

山 戰 水 戰				
뫼 산 싸울 전 물 수 싸울 전				
[語義] 산에서의 전투와 물에서의 전투를 다 겪음. 험한 세상사에 경험이 많음.				

殺 身 成 仁				
죽일 살 몸 신 이룰 성 어질 인				
[語義] 몸을 죽여서 인을 이룬다는 뜻으로 몸을 바쳐 옳은 도리를 행함.				

三 思 而 行				
석 삼 생각 사 말이을 이 갈 행				
[語義] 세 번 생각한 다음 행동함. 즉, 여러 번 생각하고 행동한다는 뜻으로 모든 일에 조심하여 탈이 없도록 함을 이름.				

三 旬 九 食				
석 삼 열흘 순 아홉 구 먹을 식				
[語義] 서른 날에 아홉 끼니밖에 먹지 못함. 즉, 매우 가난함.				

喪 家 之 狗				
잃을 상　집 가　어조사 지　개 구				
語義 초상집의 개. 즉, 수척하거나 힘이 없이 느슨한 사람.				

桑 田 碧 海				
뽕나무 상　밭 전　푸를 벽　바다 해				
語義 뽕나무밭이 푸른 바다가 됨. 즉, 상황이나 모습이 엄청나게 변함.				

手 不 釋 卷				
손 수　아니 불　풀 석　책 권				
語義 손에서 책을 놓지 않는다는 뜻으로, 늘 책을 가까이하여 학문을 열심히 함.				

袖 手 傍 觀				
소매 수　손 수　곁 방　볼 관				
語義 팔짱을 끼고 곁에서 보기만 함. 즉, 응당히 해야 할 일에 아무런 관여도 하지 않고 그저 옆에서 보고만 있음.				

識 字 憂 患				
알 식　글자 자　근심 우　근심 환				
語義 글자를 아는 것이 오히려 근심이 된다는 뜻. 똑바로 잘 알고 있지 못하기 때문에 그 지식이 오히려 걱정거리가 됨.				

信 賞 必 罰				
믿을 신　상줄 상　반드시 필　벌할 벌				
語義 상을 줄 만한 사람에게 상을 주고, 벌을 줄 만한 사람에게는 벌을 준다는 뜻. 상벌을 공정하고 엄정하게 하는 일.				

身 言 書 判				
몸 신　말씀 언　글 서　판단할 판				
語義 인물을 선택하는 표준으로 삼던 네 가지 조건. 의용(儀容), 언변(言辯), 문필(文筆), 판단력(判斷力).				

神 出 鬼 沒				
귀신 신　날 출　귀신 귀　사라질 몰				
語義 귀신이 나타났다 사라졌다 함. 즉, 자유자재로 바뀌어 변화가 심함.				

深 思 熟 考				
깊을 심 생각 사 익을 숙 고찰할 고				
語義 깊이 생각하고 익히 고찰함. 즉, 신중을 기하여 곰곰이 생각함.				

十 匙 一 飯				
열 십 수저 시 한 일 밥 반				
語義 열 사람이 한 술씩 보태면 1인분의 한 끼니 식사가 됨. 즉, 여러 사람이 힘을 합하면 한 사람을 구원할 수 있다는 말.				

藥 房 甘 草				
약 약 방 방 달 감 풀 초				
語義 약방의 감초. 즉, 무슨 일에나 빠짐없이 낌, 또는 그러한 사물.				

羊 頭 狗 肉				
양 양 머리 두 개 구 고기 육				
語義 양의 머리를 내걸고 개고기를 팖. 즉, 보기에는 훌륭하되 속은 변변치 못함				

言 語 道 斷			
말씀 언 말씀 어 길 도 끊을 단			
語義 말문이 막힘. 즉, 어이가 없어 말을 잇지 못함.			

寤 寐 不 忘			
잘 오 잠잘 매 아니 불 잊을 망			
語義 자나 깨나 잊지 못함.			

烏 飛 梨 落			
까마위 오 날 비 배 리 떨어질 락			
語義 까마귀 날자 배 떨어진다는 뜻. 아무 관계없이 한 일이 공교롭게도 때가 같아 억울하게 의심을 받게 됨을 이르는 말.			

烏 合 之 卒			
까마귀 오 합할 합 어조사 지 병졸 졸			
語義 까마귀를 모아 놓은 듯한 군사. 즉, 훈련이 부족하여 전투력이 보잘것없는 병사.			

龍 頭 蛇 尾				
용 롱　머리 두　뱀 사　꼬리 미				
語義 용의 머리에 뱀의 꼬리. 즉, 처음은 야단스럽게 시작하였지만 끝이 흐지부지되어 버림.				

流 芳 百 世				
흐를 유　꽃다울 방　백 백　세상 세				
語義 향기가 백대에 걸쳐 흐름. 즉, 꽃다운 이름이 후세에 길이 전함.				

以 心 傳 心				
써 이　마음 심　전할 전　마음 심				
語義 마음에서 마음으로 전한다는 뜻으로 글이나 말에 의하지 않고 서로 통함.				

人 山 人 海				
사람 인　뫼 산　사람 인　바다 해				
語義 '사람의 산과 사람의 바다'이니 사람이 무척 많다는 뜻.				

臨 渴 掘 井				
임할 임 갈증 갈 팔 굴 우물 정				
語義 목이 말라서야 우물을 판다는 뜻. 즉, 미리 준비하지 않다가 다급해져서야 허둥지둥 서두름.				

臨 機 應 變				
임할 임 기틀 기 응할 응 변할 변				
語義 기회에 임해 변화에 순응함. 즉, 그때그때의 형편에 따라 융통성 있게 처리함.				

自 家 撞 着				
자신 자 집 가 부딪칠 당 입을 착				
語義 스스로 부딪침. 즉, 자기 스스로 한 말이나 행동의 앞과 뒤가 서로 맞지 않아 배치됨.				

賊 反 荷 杖				
도적 적 도리어 반 멜 하 장대 장				
語義 도둑이 도리어 매를 듦. 즉, 잘못한 사람이 도리어 시비를 걺.				

切 磋 琢 磨				
끊을 절 쪼을 차 쪼을 탁 갈 마				
語義 옥돌을 쪼고 갈음. 즉, 학문이나 인격을 수련하고 연마함.				

朝 令 暮 改				
아침 조 명령 령 저녁 모 고칠 개				
語義 아침에 내린 명령을 저녁에 바꾼다는 뜻으로 법령이 빈번하게 바뀜을 일컫는 말.				

主 客 顚 倒				
주인 주 객 객 뒤집힐 전 바뀔 도				
語義 주인과 손님이 서로 뒤바뀜. 앞뒤의 차례가 서로 뒤바뀜.				

滄 海 一 粟				
푸를 창 바다 해 한 일 곡식 속				
語義 넓은 바다에 좁쌀 한 알. 즉, 천지간에 사람의 존재가 바다 속 한 알의 좁쌀같이 미미하다는 것.				

天 壤 之 判				
하늘 천 땅 양 어조사 지 판단할 판				
[語義] 하늘과 땅 사이. 즉 아주 엄청난 차이.				

千 載 一 遇				
일천 천 실을 재 한 일 만날 우				
[語義] 천 년에 한 번 만난다는 뜻으로, 좀처럼 얻기 어려운 좋은 기회를 이르는 말.				

寸 鐵 殺 人				
마디 촌 쇠 철 죽일 살 사람 인				
[語義] 작은 쇠붙이로 사람을 죽일 수 있음. 즉, 간단한 말로도 남을 감동하게 하거나 남의 약점을 찌를 수 있음.				

針 小 棒 大				
바늘 침 작을 소 방망이 봉 클 대				
[語義] 작은 바늘을 큰 방망이로 만듦. 즉, 작은 일을 크게 부풀려 말하는 것.				

破 竹 之 勢			
쪼갤 파 대 죽 어조사 지 형세 세			
語義 대나무를 쪼개는 형세. 즉, 강하고 대단하여 거침없이 밀고 쳐들어가는 형세를 비유.			

風 樹 之 嘆			
바람 풍 나무 수 어조사 지 탄식할 탄			
語義 바람이 불면 나무가 가만히 있지 못한다는 뜻으로 효도를 다하지 못하고 어버이를 여읜 자식의 슬픔을 비유.			

汗 牛 充 棟			
땀 한 소 우 채울 충 기둥 동			
語義 짐으로 실으면 소가 땀을 흘리고, 쌓으면 대들보에까지 찬다는 뜻. 많은 장서를 가리키는 말.			

懸 頭 刺 股			
매달 현 머리 두 찌를 자 다리 고			
語義 머리를 노끈으로 묶어 높이 걸고 허벅다리를 찔러 잠을 깨워가며 공부한다는 뜻으로 학업에 힘쓰는 것을 일컬음.			

懸 河 之 辯 달 현　물 하　어조사 지 웅변 변				
語義 흐르는 물과 같은 연설. 즉, 매우 유창한 말솜씨.				

虎 死 留 皮 범 호　죽을 사　남길 유　가죽 피				
語義 범이 죽으면 가죽을 남기는 것과 같이 사람이 죽은 뒤에는 이름 을 남긴다는 말.				

浩 然 之 氣 넓을 호　그럴 연 어조사 지 기운 기				
語義 천지지간에 가득 차 있는 바 른 원기(元氣). 또는 공명정대하여 조금도 부끄러운 바가 없는 도덕적 용기.				

惑 世 誣 民 현혹할 혹 세상 세　속일 무　백성 민				
語義 세상을 어지럽히고 백성을 속 임.				

昏 定 晨 省				
저녁 혼 정할 정 새벽 신 살필 성				
[語義] 저녁에는 잠자리를 정하고 아침에는 살핌. 지극한 정성으로 부모님을 모심.				

畫 中 之 餠				
그림 화 가운데 중 어조사 지 떡 병				
[語義] 그림의 떡. 즉, 아무리 탐이 나도 차지하거나 이용할 수 없음.				

會 者 定 離				
만날 회 사람 자 반드시 정 떠날 리				
[語義] 만나면 언젠가는 헤어지게 되어 있다는 뜻. 인생의 무상함을 어찌할 수 없음을 일컫는 말.				

刻 舟 求 劍				
새길 각 배 주 구할 구 칼 검				
[語義] 사리에 어둡고 융통성이 없음.				

結 草 報 恩			
맺을 결　풀 초　보답할 보　은혜 은			
語義 풀을 묶어서 은혜를 갚는다는 뜻으로, 죽어 혼이 되더라도 입은 은혜를 잊지 않고 갚음.			

傾 國 之 色			
기울 경　나라 국　어조사 지　얼굴 색			
語義 임금이 혹하여 나라가 기울어져도 모를 정도의 미인이라는 뜻으로, 뛰어나게 아름다운 미인을 이르는 말.			

鷄 鳴 狗 盜			
닭 계　울 명　개 구　도적 도			
語義 닭의 울음소리를 잘 내는 사람과 개의 흉내를 잘 내는 좀도둑. 천한 재주를 가진 사람도 요긴하게 쓸모가 있음.			

季 布 一 諾			
끝 계　베 포　한 일　허락할 락			
語義 계포가 한 번 한 약속이라는 뜻으로, 틀림없이 승낙함을 뜻함.			

管 鮑 之 交				
대롱 관 절인어물 포 어조사 지 사귈 교				
語義 관중과 포숙의 사귐이란 뜻으로, 우정이 아주 돈독한 친구 관계를 이르는 말.				

刮 目 相 對				
비빌 괄 눈 목 서로 상 대할 대				
語義 눈을 비비고 다시 보며 상대를 대한다는 뜻으로, 다른 사람의 학식이 크게 진보한 것을 말함.				

膠 柱 鼓 瑟				
아교 교 기둥 주 칠 고 비파 슬				
語義 거문고 기둥을 풀로 붙여 놓고 거문고를 탐. 즉 어떤 규칙에 얽매여 변통을 모르는 것.				

口 尙 乳 臭				
입 구 오히려 상 젖 유 남새 취				
語義 입에서 아직 젖비린내가 난다는 뜻으로 상대가 어리고 말과 행동이 유치함을 얕잡아 일컫는 말.				

群 盲 評 象
무리 군　장님 맹　평할 평　코끼리 상

[語義] 장님 코끼리 만지기. 좁은 소견으로 사물을 속단하여 잘못 판단한다는 뜻이다.

錦 衣 夜 行
비단 금　옷 의　밤 야　갈 행

[語義] 비단옷을 입고 밤길을 간다는 뜻으로, 아무런 보람이 없는 행동을 비유함.

南 柯 一 夢
남녘 남　가지 가　한 일　꿈 몽

[語義] 남쪽 가지에서의 꿈이라는 뜻으로, 덧없는 꿈이나 한때의 헛된 부귀영화를 이름.

老 馬 之 智
늙을 로　말 마　어조사 지　지혜 지

[語義] 늙은 말의 지혜. 하찮은 인간일지라도 나름대로 경험과 지혜가 있음을 비유한 말.

多 岐 亡 羊				
많을 다 갈림길 기 잃을 망 양 양				
語義 학문의 갈래가 많아 바른 길을 잡기가 어렵다는 말.				

斷 機 之 戒				
끊을 단 베틀 기 어조사 지 계율 계				
語義 학문을 중도에 그만두면 안 됨을 경계한 말.				

大 義 滅 親				
큰 대 옳을 의 멸할 멸 친할 친				
語義 큰 뜻을 위해서는 부모 형제의 정도 돌보지 않음.				

磨 斧 爲 針				
갈 마 도끼 부 할 위 바늘 침				
語義 꾸준히 노력함				

麥 秀 之 嘆
보리 맥 빼어날 수 어조사 지 탄식할 탄

[語義] 옛 도읍지에 보리만 무성하게 자란 것을 한탄하였다는 데에서 유래한 것으로, 고국의 멸망을 한탄함.

墨 翟 之 守
먹 묵 꿩 적 어조사 지 지킬 수

[語義] 자기의 의견이나 주장을 굳게 지킴. 전통이나 관습을 굳게 지킴.

尾 生 之 信
꼬리 미 날 생 어조사 지 믿을 신

[語義] 융통성 없이 약속만을 굳게 지킴.

蚌 鷸 之 爭
조개 방 황새 휼 어조사 지 다툴 쟁

[語義] 두 사람의 이해관계로 제삼자가 이득을 보는 것을 비유한 말.

伯 牙 絶 絃 맏 백 어금니 아 끊을 절 줄 현				
語義 서로 마음속 깊이 이해하고 있는 절친한 친구.				

髀 肉 之 嘆 넓적다리 비 고기 육 어조사 지 탄식할 탄				
語義 헛되이 세월만 보내는 것을 탄식함.				

四 面 楚 歌 넉 사 얼굴 면 나라 초 노래 가				
語義 적에게 포위되어 고립된 상태. 또는 주위 사람들이 모두 자기 의견 을 반대하여 고립된 상태.				

三 顧 草 廬 석 삼 돌아볼 고 풀 초 집 려				
語義 인재를 얻기 위해 끈기 있게 노력함.				

三 人 成 虎			
석 삼 사람 인 이룰 성 범 호			
語義 근거 없는 말도 여러 사람이 하면 믿게 됨.			

塞 翁 之 馬			
변방 새 늙은이 옹 어조사 지 말 마			
語義 인생의 길흉화복은 늘 바뀌어 변화가 많음.			

宋 襄 之 仁			
나라 송 도울 양 어조사 지 어질 인			
語義 소용 없는 동정. 너무 착하기 만 하여 쓸데없는 아량을 베풂.			

守 株 待 兎			
지킬 수 그루 주 기다릴 대 토끼 토			
語義 주변이 없어 변통할 줄을 모르는 어리석음.			

脣 亡 齒 寒				
입술 순 망할 망 이 치 찰 한				
語義 한쪽이 망하면 다른 한쪽도 보전하기 어려움.				

殃 及 池 魚				
재앙 앙 미칠 급 못 지 고기 어				
語義 성문의 불을 끄느라 물고기까지 다 죽었다는 고사에서 유래. 재앙이 뜻밖의 곳까지 미침.				

梁 上 君 子				
들보 량 윗 상 임금 군 아들 자				
語義 도둑을 일컫는 말				

掩 耳 盜 鈴				
가릴 엄 귀 이 도적 도 방울 령				
語義 제 귀를 막고 방울을 훔친다는 뜻으로 드러난 것을 얕은 수로 속이려는 모양을 이름.				

吳 越 同 舟				
나라 오 나라 월 같을 동 배 주				
語義 오나라 사람과 월나라 사람이 한 배에 탄다는 뜻. 이해관계를 달리 하는 사람도 같은 처지에 놓이면 돕 게 된다는 말.				

緣 木 求 魚				
인연 연 나무 목 구할 구 고기 어				
語義 목적과 수단이 일치하지 않아 성공할 수 없음.				

五 十 笑 百				
다섯 오 열 십 웃을 소 백 백				
語義 좀 낫고 못한 정도의 차이는 있으나, 크게 보아서는 본질상 차이 가 없음을 말함.				

溫 故 知 新				
익힐 온 옛 고 알 지 새 신				
語義 옛것을 익혀 새로운 것을 안 다는 뜻임.				

臥 薪 嘗 膽 누울 와 땔나무 신 맛볼 상 쓸개 담				
語義 불편한 섶에 몸을 눕히고 쓸개를 맛본다는 뜻. 마음먹은 일을 이루기 위하여 온갖 어려움과 괴로움을 참고 견딤.				

愚 公 移 山 어리석을 우 공평할 공 옮길 이 뫼 산				
語義 우공이 산을 옮긴다는 뜻으로, 어떤 일이든 끊임없이 노력하면 반드시 이루어짐을 이르는 말.				

泣 斬 馬 謖 울 읍 벨 참 말 마 일어날 속				
語義 큰 목적을 위하여 자기가 아끼는 사람을 버림을 이르는 말.				

糟 糠 之 妻 술지게미 조 겨 강 어조사 지 아내 처				
語義 고생을 함께 한 아내. 또는 본처를 뜻함.				

酒 池 肉 林 술 주 못 지 고기 육 수풀 림			
語義 술은 못을 이루고 고기는 숲을 이룬다는 뜻으로 화려한 잔치를 말함.			

指 鹿 爲 馬 가리킬 지 사슴 록 할 위 말 마			
語義 윗사람을 속여 권세를 함부로 함을 말함.			

天 衣 無 縫 하늘 천 옷 의 없을 무 바느질 봉			
語義 선녀의 옷은 솔기나 바느질 흔적이 없다는 뜻으로 시가나 문장이 매우 자연스럽게 잘되어 흠이 없음을 비유함.			

兎 死 狗 烹 토끼 토 죽을 사 개 구 삶을 팽			
語義 쓸모가 없어지면 없애 버린다는 뜻임.			

泰 山 北 斗 클 태 뫼 산 북녘 북 말 두			
語義 사람들이 우러러 존경할 만한 훌륭한 인물을 말함.			

吐 哺 握 髮 뱉을 토 먹을 포 쥘 악 터럭 발			
語義 손님에 대한 극진한 대우, 또는 군주가 어진 인재를 예의를 갖추어 맞이함.			

邯 鄲 之 夢 고을 한 고을 단 어조사 지 꿈 몽			
語義 인생의 부귀영화가 헛됨을 이르는 말.			

邯 鄲 之 步 고을 한 고을 단 어조사 지 걸음 보			
語義 본분을 잊고 억지로 남의 흉내를 냄을 이르는 말.			

狐 假 虎 威 여우 호 빌릴 가 범 호 위세 위				
語義 남의 권세를 빌려 위세를 부림을 이르는 말.				

畫 龍 點 睛 그릴 화 용 룡 점 점 눈동자 정				
語義 무슨 일을 하는 데에 가장 중요한 부분을 완성함. 또는 사물의 가장 중요한 곳을 이르는 말.				

畫 蛇 添 足 그릴 화 뱀 사 보탤 첨 발 족				
語義 뱀을 다 그리고 나서 있지도 아니한 발을 덧붙여 그려 넣는다는 뜻. 쓸데없는 군짓을 하여 도리어 잘못되게 함.				

07장

한자능력 검정시험 및 공무원 고시에 대비한 한자어 습득

1. 한자능력 검정시험의 이해

흔히 영어를 잘하려면 국어를 잘해야 하고 국어를 잘하려면 한자어를 잘해야 한다고 말한다. 이 상투어(常套語)는 한자어의 훈(뜻)과 독(음)을 잘 알면 우리말에 대한 이해 능력이 높아질 수 있음을 의미한다. 작금(昨今)에 한자어의 중요성이 인식되고 현실에서 강조되면서 한자인증능력 시험이라는 제도 역시 생겨났다.

국가를 대신해 '한자능력검정시험'을 시행하는 대표적 기관으로는 <한국어문회>·<한국상공회의소>·<대한검정회>·<한국한자한문능력개발원> 등이 있다. 이들 기관에서 시행하는 한자인증능력 문제 유형을 살펴보면 각 기관마다 나름의 특징이 있다. 그리고 시행 기관마다 급수별로 양적·질적 수준도 조금씩 다르다. 그럼에도 불구하고 5급 이상에 해당하는 검정시험 문제의 일반적인 유형과 경향은 대개 비슷한 측면을 갖고 있다. 문제의 몇 가지 요점을 정리해보면 다음과 같다.

·**독음(讀音)** : 한자의 소리를 묻는 문제. 두음법칙, 속음현상, 장·단음 문제도 출제.

·**훈음(訓音)** : 한자의 뜻과 소리를 동시에 묻는 문제. 대표 훈·음을 중심으로 출제.

- **한자 쓰기** : 제시된 뜻·소리·단어 등에 해당하는 한자를 쓸 수 있는가를 확인하는 문제.

- **부수(部首)와 장단음(長短音)** : 한자의 부수와 첫소리 발음의 길고 짧음을 구분할 수 있는가를 묻는 문제. 준4급 이상에서 출제되는 것이 통례.

- **동의어(同義語)·유의어(類義語)** : 어떤 한자(단어)와 뜻이 같거나 유사한 한자(단어)를 알고 있는가를 묻는 문제.

- **반의어(反意語)·상대어(相對語)** : 어떤 한자(단어)와 뜻이 반대 혹은 상대되는 한자(단어)를 알고 있는가를 묻는 문제.

- **동음이의어(同音異議語)** : 소리는 같고, 뜻은 다른 단어를 알고 있는가를 묻는 문제.

- **약자(略字)** : 한자의 획을 줄여서 만든 글자를 알고 있는가를 묻는 문제.

- **어구 풀이와 완성형** : 단어나 고사성어의 뜻을 제대로 알고 있는가를 묻거나, 빈칸을 채우도록 하여 한자 어휘의 이해력 및 조어력을 묻는 문제.

한자능력의 등급과 기준은 한자능력 검정시험 시행 기관에 따라 다소 차이가 있다. 그러나 통상적으로 1등급에서 8등급까지 여덟 단계로 구분하며, 그 사이에 준3급·준4급·준5급 등의 세 단계를 더 설정해 11단계로 구분하기도 하고, 또 여기에 최고 등급인 특급을 설정하여 한자교육 지도사 자격을 부여하기도 한다. 이와 함께 3급(준3급) 이상을 '국가공인시험'으로 분류하며, 4급 이하를 '교육급수시험'으로 분류하여 시행하는 것이 일반적이다. 통상 '국가공인시험'에 해당하는 3급(준3급) 이상의 등급을 취득했을 때 한자에 대한 실질적인 능력을 갖춘 자로 인정한다. 3급(준3급) 이상 자격증 보유자의 경우 한자능력 인증을 필요로 하는 공공기관, 전문직 종사자 등의 직업 분야에서는 서류전형이나 자격요건 구비 항목에서 이른바 가산점을 부여하는 것이 통례다.

[한자능력 검정시험 급수와 배정 한자수 및 급수별 수준과 특성]

급수	읽기	쓰기	수준 및 특성
1급	3,500	2,005	국한 혼용 고전을 불편 없이 읽고 공부할 수 있는 수준
2급	2,355	1,817	일상 한자어를 구사할 수 있는 수준
3급	1,817	1,000	신문 또는 일반 교양어를 읽을 수 있는 수준
준3급	1,500	750	4급과 3급의 격차를 해소하기 위한 급수
4급	1,000	500	초급에서 중급으로 올라가는 급수
준4급	750	400	5급과 4급의 격차를 해소하기 위한 급수
5급	500	300	학습용 한자쓰기를 시작하는 급수
6급	300	150	기초 한자쓰기를 시작하는 급수
준6급	300	50	한자쓰기를 시작하는 급수
7급	150	–	한자공부를 처음 시작하는 사람을 위한 초급단계
8급	50	–	미취학 또는 초등학생의 학습 동기부여를 위한 급수

* 상위급수 한자는 하위 급수 한자를 모두 포함하고 있음.
* 쓰기 배정 한자는 한두 급수 아래의 읽기 배정 한자이거나 그 범위 내에 있음.

[한자능력 검정시험 급수별 출제 문항수와 합격 문항수 및 시험시간]

구분	공인급수		교육급수				
	1급	2급·3급·준3급	4급·준4급·5급	6급	준6급	7급	8급
출제 문항수	200	150	100	90	80	70	50
합격 문항수	160	105	70	63	56	49	35
시험시간	90분	60분	50분				

* 1급은 출제 문항의 80% 이상, 2급~8급은 70% 이상 득점하면 합격.

2. 한자어의 이해

다음은 공무원 시험 국가직, 서울직, 지방직 등에 자주 출제되는 한자 문제의 유형과
한자어의 사례이다.

✤ 출제 경향에 대한 분석

[문항 유형]

■ 한자어의 독음과 뜻

1. 밑줄 친 한자를 같은 음으로 읽는 것은?
2. 다음 한자의 바른 독음을 고르시오.

   * 전주자(轉注字) : 어떤 글자의 뜻을 그 글자와 같은 부류(部類) 안에서 다른 뜻으로 전용(轉用)하는 일

■ 한자어의 사용과 쓰기

1. 다음 글 중에서 한자가 잘못 적힌 것은?
2. 밑줄 친 어휘의 한자 표기로 옳지 않은 것은?
3. 다음 ㉠과 ㉡에 들어갈 '사전'의 한자가 바르게 짝지어진 것은?

'한자어의 이해'는 대체로 매 시험에서 2문제 이상이 출제되는 분야다. 요즘에는 독해 분야의 지문에서 동자이음어, 동음이의어, 중요 어휘의 비슷한 한자 표기를 묻는 등의 문제가 출제되기도 한다. 고득점을 위해 충분한 시간을 투자하여 반드시 익혀야 하는 분야다.

■ 한자어의 독음과 뜻

한자어의 독음을 묻는 문제는 한 한자에 뜻과 소리가 두 가지 이상이 있는 동자이음어·동음이의어, 곧 전주자에 관한 것이 잘 나온다. 중요한 한자를 중심으로 같은 한자의 다른 소리와 뜻을 분명하게 익혀야 한다.

■ 한자어의 사용과 쓰기

거의 빠지지 않고 매번 시험에 출제되는 분야다. 특히 요즘에는 독해 지문 속에 있는 단어의 바른 표기를 묻는 문제가 빈번하게 출제된다. 동음이의어나 모양이 비슷한 한자 등을 구별하여 익혀야 한다. 원래 그 한자가 지닌 뜻과 차이가 나는 의미를 지닌 한자어들도 따로 정리하여 익혀 두어야 한다.

1) 동자이음어(同字異音語 : 한 문자에 뜻과 발음이 둘 이상인 한자)

아래는 시험에 자주 출제되며 고시 준비생들이 가장 어려워하는 '동자이음어'를 정리한 자료이다. 이 한자들은 비단 취업에만 사용되는 것이 아니라, 일상생활에서도 흔히 사용하므로 반드시 익혀야 할 한자들이다.

※ * 1급 이상의 한자, ** 2급 이상의 한자, *** 3급 이상의 한자

***	干	방패 **간**/ 줄기 **간**	干涉(간섭) 涉 건널 섭, 干潮(간조) 潮 조수 조, 干拓(간척) 拓 넓힐 척
		일꾼 **한**	鹽干(염한): 소금 굽는 사람 鹽 소금 염, 豆腐干(두부한) 豆 콩 두 腐 썩을 부

*	降	내릴 **강**	降等(강등) 等 등급 등, 降臨(강림) 臨 임할 림, 降雨(강우), 下降(하강) 下 내릴 하
		항복할 **항**	降服(항복) 服 복종할 복, 投降(투항 : 적에게 항복함) 投 던질 투

**	見	볼 **견**	見聞(견문) 聞 들을 문, 見學(견학) 學 배울 학, 識見(식견) 識 알 식
		뵐 **현**	謁見(알현), 謁 뵐 알, 讀書百遍義自見(독서백편의자현 : 책이나 글을 백 번 읽으면 그 뜻이 저절로 이해된다) 讀 읽을 독 遍 두루·번 편 義 뜻 의

**	更	바꿀 **경**	更正(경정 : 바르게 고침, 납세 의무자의 신고가 없거나 신고액이 너무 적을 때에 정부가 과세 표준과 과세액을 변경하는 일), 更新(경신 : 경기의 기록 등과 같이 이미 있던 것을 고쳐 새롭게 함), 更迭(경질 : 어떤 직위에 있는 사람을 다른 사람으로 바꿈) 迭 갈마들·대신할 질, 三更(삼경 : 밤 열한 시에서 새벽 한 시 사이)
		다시 **갱**	更新(갱신 : 계약 등에서 법률관계의 존속 기간이 끝났을 때 그 기간을 연장하는 일), 更生(갱생 : 마음이나 생활 태도를 바로잡아 본디의 옳은 생활로 되돌아가거나 발전된 생활로 나아감)

**	龜	거북 **구**/ 서북 **귀**	龜旨歌(구지가 : 가락국의 시조인 수로왕을 맞이하기 위해서 부른 고대 가요) 旨 맛·뜻 지, 龜鑑(귀감 : 거울로 삼아 본받을 만한 모범) 鑑 거울 감
		터질 **균**	龜裂(균열 : 거북의 등에 있는 무늬처럼 갈라져 터짐) 裂 찢어질 렬

***	奈	어찌 **내**	莫無可奈(막무가내) 도저(到底)히 어찌할 수 없음
		어찌 **나**	奈落(나락) 落 떨어질 락

*	茶	차 **다**	茶菓(다과) 菓 과자 과, 茶道(다도)
		차 **차**	綠茶(녹차), 茶禮(차례)

***	丹	붉을 **단**	丹楓(단풍) 楓 단풍나무 풍, 丹粧(단장) 粧 단장할 장
		붉을 **란**	牡丹(모란) 牡 수컷 모, 牧丹(목란) 牧 칠 목

*	度	정도 **도**	法度(법도), 程度(정도) 程 한도·길 정, 制度(제도)
		헤아릴 **탁**	晝思夜度(주사야탁 : 밤낮으로 깊이 생각하고 헤아림)

***	讀	읽을 **독**	讀書(독서)
		구두 **두**	句讀點(구두점 : 마침표와 쉼표), 吏讀(이두 : 한자의 음과 뜻을 빌려 우리말을 적은 표기법) 吏 아전 리

*	洞	고을 **동**	洞里(동리)
		밝을·꿰뚫을 **통**	洞察(통찰 : 예리한 관찰력으로 사물을 꿰뚫어 봄) 察 살필 찰, 洞燭(통촉 : 윗사람이 아랫사람의 사정이나 형편 따위를 깊이 헤아려 살핌) 燭 촛불 촉

**	復	회복할 **복**	復古(복고), 復舊(복구), 回復(회복) 回 돌 회
		다시 **부**	復活(부활)

*	否	아닐 **부**	否決(부결 : 의논한 안건을 받아들이지 아니하기로 결정함) 決 터질·결정할 결, 否認(부인) 認 알·인정할 인, 否定(부정 : 그렇지 아니하다고 단정하거나 옳지 아니하다고 반대함) 定 정할 정
		막힐 **비**	否塞(비색 : 운수가 꽉 막힘) 塞 막힐 색, 否運(비운 : 불행한 운명) 運 돌·운수 운

**	北	북녘 **북**	北方(북방), 北伐(북벌)
		달아날 **배**	敗北(패배) 敗 패할 패, 背 등·등질 배 背信(배신)

*	不	아닐 **불**	不可(불가), 不潔(불결) 潔 깨끗할 결, 不能(불능), 不識(불식)
		아닐 **부**	不當(부당), 不動(부동), 不知(부지), 예외) 不實(부실)

**	殺	죽일 **살**	殺伐(살벌) 伐 칠 벌, 殺生(살생), 虐殺(학살) 虐 잔혹할 학
		덜·빠를 **쇄**	減殺(감쇄), 相殺(상쇄), 殺到(쇄도 : 세차게 달려듦)

**	狀	모양 **상**	狀況(상황) 況 하물며·모양 황
		문서 **장**	賞狀(상장) 賞 상줄 상, 行狀(행장 : 죽은 사람이 평생 살아온 일을 적은 글)

***	塞	변방 **새**	塞翁之馬(새옹지마 : 인생의 길흉화복은 변화가 많아서 예측하기가 어렵다는 말), 要塞(요새) 要 구할·요긴할 요
		막을 **색**	梗塞(경색) 梗 줄기·막힐 경, 拔本塞源(발본색원 : 좋지 않은 일의 근본 원인이 되는 요소를 완전히 없애 버려서 다시는 그러한 일이 생길 수 없도록 함) 拔 뺄 발 源 근원 원

**	索	찾을 **색**	摸索(모색) 摸 찾을 모, 思索(사색), 搜索(수색) 搜 찾을 수
		줄·쓸쓸할 **삭**	索道(삭도 : 리프트), 索莫(삭막) 莫 없을 막

***	說	말씀 **설**	說得(설득), 說明(설명)
		달랠 **세**	遊說(유세 : 자기 의견 또는 자기 소속 정당의 주장을 선전하며 돌아다님) 遊 다닐 유
		기쁠 **열**	說樂(열락 : 기뻐하고 즐거워함) 說=悅

***	省	살필 **성**	反省(반성), 省察(성찰), 昏定晨省(혼정신성 : 밤에는 부모의 잠자리를 보아 드리고 이른 아침에는 부모의 밤새 안부를 묻는다) 昏 어두울 혼 晨 새벽 신
		줄일 **생**	冠省(관생 : 인사말을 생략한다는 뜻으로, 편지나 소개장 따위의 첫머리에 쓰는 말) 冠 갓 관, 省略(생략) 略 줄일 략

**	率	거느릴 **솔**	率先垂範(솔선수범 : 남보다 앞장서서 행동해서 몸소 다른 사람의 본보기가 됨) 垂 드리울 수 範 법·본보기 범, 率直(솔직) 直 곧을 직, 統率(통솔) 統 거느릴 통
		비율 **률**	比率(비율), 確率(확률) 確 굳을 확

**	數	수 **수**	算數(산수) 算 산가지·셀 산, 數學(수학)
		자주 **삭**	頻數(빈삭) 頻 자주 빈, 數諫(삭간 : 신하가 임금에게 자주 간하다) 諫 간할·바른 말 할 간, 數尿症(삭뇨증)
		촘촘할 **촉**	數罟(촉고 : 눈을 상당히 잘게 떠서 촘촘하게 만든 그물) 罟 그물 고

**	宿	묵을 **숙**	宿泊(숙박) 泊 배 댈·머무를 박, 宿願(숙원) 願 원할 원, 宿題(숙제) 題 이마·문제 제, 宿醉(숙취) 醉 취할 취
		별자리 **수**	星宿(성수 : 모든 별자리의 별들) 星 별 성

*	拾	주울 **습**	道不拾遺(도불습유 : 나라가 잘 다스려지고 풍속이 아름다워서 길에 떨어진 물건도 주워 가지 않음을 이르는 말) 遺 끼칠·남길 유, 拾得(습득)
		열 **십**	五拾(오십)

**	食	먹을 **식**	食事(식사), 飮食(음식) 飮 마실 음
		밥 **사**	簞食瓢飮(단사표음 : '도시락밥과 표주박 물'의 뜻으로, 소박하고 가난하게 살아가지만 그것을 부끄러워 하지 않음) 簞 대나무 도시락 단 瓢 표주박 표

***	識	알 **식**	識別(식별) 別 나눌·다를 별, 認識(인식), 知識(지식)
		적을 **지**	標識(표지 : 표시나 특징으로 어떤 사물을 다른 것과 구별하게 함) 標 나무끝 표

**	什	열사람, 시편 **십**	什長(십장) 長 길 장, 盛什(성십 : 훌륭한 남의 시나 시집) 盛 담을 성
		세간 **집**	什器(집기) 器 그릇 기, 什具(집구) 具 갖출 구

***	樂	풍류 **악**	樂器(악기), 音樂(음악)
		즐길 **락**	快樂(쾌락) 快 쾌할 쾌, 享樂(향락) 享 누릴 향
		좋아할 **요**	樂山樂水(요산요수 : 산을 좋아하고 물을 좋아함)

***	惡	악할 **악**	善惡(선악), 惡黨(악당), 惡漢(악한) 漢 한수·사나이 한
		미워할 **오**	惡寒(오한 : 몸이 오슬오슬 춥고 떨리는 증상), 好惡(호오)

**	易	바꿀 **역**	交易(교역), 貿易(무역) 貿 바꿀 무, 易地思之(역지사지 : 처지를 바꾸어서 생각하여 봄), 周易(주역) 周 두루·나라 이름 주
		쉬울 **이**	簡易(간이) 簡 대쪽·간략할 간, 難易度(난이도), 平易(평이)

**	咽	목구멍 **인**	咽喉(인후 : 목구멍) 喉 목구멍 후
		목멜 **열**	嗚咽(오열 : 목메어 욺) 嗚 탄식할 오

***	刺	찌를·나무랄 **자**	자극(刺戟) 戟 창 극, 刺客(자객) 客 손 객, 諷刺(풍자) 諷 풍자할 풍
		찌를 **척**	刺殺(척살) 殺 죽일 살, 刺字(척자) 字 글자 자
		수라 **라**	水刺(수라) 水 물 수, 水刺床(수라상) 床 상(소반) 상

**	著	지을 · 뚜렷 할 저	著名(저명), 著書(저서), 著者(저자), 顯著(현저 : 뚜렷이 드러남) 顯 드러날 현
		붙을 착	到著(도착), 附著(부착) 附 붙을 부

***	切	끊을 절	懇切(간절) 懇 정성 간, 一切(일절 : 전혀), 切斷(절단)
		모두 체	一切(일체 : 모두)

*	辰	별 진	壬辰(임진), 辰宿(진수 : 별자리)
		별 신	誕辰(탄신 : 임금이나 성인이 태어난 날) 誕 낳을 탄, 星辰(성신 : 별)

**	則	곧 즉	過則勿憚改(과즉물탄개 : 허물이 있으면 곧 고치기를 꺼리지 마라) 過 지날 · 허 물 과 勿 말 물 憚 꺼릴 탄 改 고칠 개
		법칙 칙	法則(법칙), 原則(원칙)

*	差	다를 차	差等(차등), 差別(차별), 差異(차이)
		가지런하지 않을 치	參差(참치 : 길고 짧고 들쭉날쭉하여 가지런하지 아니함) 參 섞일 참

***	錯	어긋날, 썩을 착	試行錯誤(시행착오) 誤 어긋날 오, 錯覺(착각) 覺 깨달을 각
		둘 조	錯毒(조독) 毒 독 독

*	參	참여할 참	參拜(참배), 參席(참석), 參與(참여)
		석 삼	參拾(삼십)

*	拓	넓힐 척	干拓(간척 : 육지에 면한 바다나 호수의 일부를 둑으로 막고, 그 안의 물을 빼내어 육지로 만드는 일) 干 방패 · 막을 간, 開拓(개척)
		박을 탁	拓本(탁본 : 비석, 기와, 기물 따위에 새겨진 글씨나 무늬를 종이에 그대로 떠냄)

**	推	밀 추	推論(추론), 推理(추리), 推測(추측) 測 잴 · 헤아릴 측
		밀 퇴	推敲(퇴고 : 글을 지을 때 여러 번 생각하여 고치고 다듬음) 敲 두드릴 고

*	宅	집 택	家宅(가택), 住宅(주택), 宅地(택지)
		집 댁	宅內(댁내)

**	便	편할 **편**	男便(남편), 便利(편리), 便乘(편승 : 남이 타고 가는 차편을 얻어 탐) 乘 탈 승
		똥오줌 **변**	大便(대변), 小便(소변)

**	布	베·펼 **포**	宣布(선포) 宣 베풀·펼 선, 布告(포고) 告 알릴 고
		보시 **보**	布施(보시 : 자비심으로 남에게 재물이나 불법을 베풂)

**	暴	사나울 **포**	自暴自棄(자포자기), 暴惡(포악), 暴虐(포학), 橫暴(횡포) 橫 가로·마음대로 할 횡
		사나울 **폭**	暴徒(폭도), 暴露(폭로) 露 이슬·드러낼 로

*	皮	가죽 **피**	皮革(피혁), 虎皮(호피)
		가죽 **비**	鹿皮日字(녹비왈자 : 사슴 가죽에 쓴 가로왈(日) 자는 가죽을 잡아당기는 대로 일(日) 자도 되고 왈(日) 자도 된다는 뜻으로, 사람이 일정한 주견이 없이 남의 말을 좇아 이랬다저랬다 함을 비유적으로 이르는 말)

*	行	다닐 **행**	行脚(행각 : 어떤 목적으로 여기저기 돌아다님) 脚 다리 각, 行列(행렬 : 여럿이 줄지어 감. 또는 그런 줄), 行進(행진)
		항렬 **항**	行列(항렬 : 같은 혈족의 직계에서 갈라져 나간 계통 사이의 대수 관계를 나타내는 말. 형제자매 관계는 같은 항렬로 같은 항렬자를 써서 나타낸다)

***	滑	미끄러질 **활**	圓滑(원활) 圓 둥글 원, 滑走路(활주로)
		익살스러울 **골**	滑稽(골계 : 익살을 부리는 가운데 어떤 교훈을 주는 일) 稽 상고할 계

> **예제1** 독음이 모두 바른 것은?(2017, 국가직 9급)

① 探險(탐험)-矛盾(모순)-貨幣(화폐)

② 詐欺(사기)-惹起(야기)-灼熱(치열)

③ 荊棘(형자)-破綻(파탄)-洞察(통찰)

④ 箴言(잠언)-惡寒(악한)-奢侈(사치)

풀이 정답 ①

② 灼熱(작열)은 '불 따위가 이글이글 뜨겁게 타오르는 모습'을 의미한다. '치열'은 治熱(치열)'이며, '병의 근원이 되는 열기를 다스리다'는 뜻으로 '以熱治熱(이열치열)'로 쓰인다. 또는 '치열(熾烈)'로 '기세나 세력이 불길같이 맹렬함'을 뜻하는 '熾烈(치열)'이 있다.

③ 荊棘(형극)은 棘(극)과 비슷한 찌를·가시 자의 '刺(자)'를 잘못 읽을 것이며, 고난을 비유하는 말은 '荊棘(형극)'으로 '나무의 온갖 가시'를 의미하는 棘(극)을 써 荊棘(형극)으로 써야 한다.

④ 惡寒(오한) 악한은 '惡漢'으로 '-한' 無賴漢(무뢰한)과 같은 사람을 가리킬 때 쓰는 말이다. '寒'은 '차다'는 뜻으로 '惡'와 결합될 때 '惡寒(오한)이 나다'와 같이 음을 읽는다.

2) 동음이의어

가계

- 家計(집 가, 셈 계) : 한 집안 살림의 수입과 지출의 상태. 예 거듭되는 지출로 **家計**는 적자가 되었다.
- 家系(집 가, 이을 계) : 대대로 이어 내려온 한 집안의 계통. 예 그의 **家系**는 대대로 내려오는 선비의 집안이다.

가설

- 假說(거짓 가, 말씀 설) : 어떤 사실을 설명하거나 어떤 이론 체계를 연역하기 위하여 설정한 가정. 예 **假說**을 검증하다.
- 假設(거짓 가, 베풀 설) : 임시로 설치함. 예 사람들은 학교 운동장에 포장을 둘러쳐서 극장을 **假設**하였다.
- 架設(시렁 가, 베풀 설) : 전깃줄이나 전화선, 교량 따위를 공중에 건너질러 설치함. 예 사무실에 전화를 **架設**하다.

가정

- 家庭(집 가, 뜰 정) : 한 가족이 생활하는 집. 가까운 혈연 관계에 있는 사람들의 생활 공동체. 예 결혼하여 한 **家庭**을 이루다.
- 假定(거짓 가, 정할 정) : 사실이 아니거나 또는 사실인지 아닌지 분명하지 않은 것을 임시로 인정함. 예 6월 초 선거가 실시된다는 **假定** 아래 준비를 해 왔다.
- 家政(집 가, 다스릴 정) : 집안을 다스리는 일. 혹은 가정생활을 처리해 나가는 수단과 방법. 예 나이 드신 시어머니는 며느리에게 **家政**을 다 맡겼다.

감사

- **感謝**(느낄 **감**, 사례할 **사**) : 고마움을 나타내는 인사. 혹은 고맙게 여김. 또는 그런 마음. 예 **感謝**의 마음을 전하다.

- **監査**(볼 **감**, 조사할 **사**) : 감독하고 검사함. '지도 검사'로 순화. 예) 국정을 **監査**하다.

- **監事**(볼 **감**, 일 **사**) : 단체의 서무를 맡아보는 직책. 또는 그 직책에 있는 사람. 예 우리 단체에서 새로운 **監事**를 뽑았다.

감상

- **感賞**(느낄 **감**, 감상할 **상**) : 주로 예술 작품을 이해하여 즐기고 평가함. 예 미술품을 **感賞**하다.

- **感想**(느낄 **감**, 생각 **상**) : 마음속에서 일어나는 느낌이나 생각. 예 일기에 하루의 **感想**을 적는 시간은 자신을 되돌아보는 시간이기도 하다.

- **感傷**(느낄 **감**, 상할 **상**) : 하찮은 일에도 쓸쓸하고 슬퍼져서 마음이 상함. 또는 그런 마음. 예 돌아가신 어머니에 대한 **感傷**의 눈물이 흘렀다.

감정

- **感情**(느낄 **감**, 뜻 **정**) : 어떤 현상이나 일에 대하여 일어나는 마음이나 느끼는 기분. 예 준호는 **感情**이 풍부하다.

- **憾情**(성낼 **감**, 뜻 **정**) : 원망하거나 성내는 마음. 예 서로 **憾情**을 풀고 화해해라.

- **鑑定**(거울 · 볼 **감**, 정할 **정**) : 사물의 특성이나 참과 거짓, 좋고 나쁨을 분별하여 판정함. 예 고미술품의 **鑑定**을 의뢰하다

개정

- **改正**(고칠 **개**, 바를 **정**) : 주로 문서의 내용 따위를 고쳐 바르게 함. 예 악법의 **改正**에 힘쓰다.

- **改定**(고칠 **개**, 정할 **정**) : 이미 정하였던 것을 고쳐 다시 정함. 예 맞춤법 **改定**에 따라 글을 쓰십시오.

- **改訂**(고칠 **개**, 바로 잡을 **정**) : 글자나 글의 틀린 곳을 고쳐 바로잡음. 예 초판본을 **改訂** 보완하다.

예제 2 ㉠~㉣의 밑줄 친 어휘의 한자가 옳지 않은 것은?(2016, 국가직 9급)

> • 그는 적의 ㉠사주를 받아 내부 기밀을 염탐했다.
> • 남의 일에 지나친 ㉡간섭을 하지 않기 바랍니다.
> • 그 선박은 ㉢결함을 지닌 채로 출항을 강행하였다.
> • 비리 ㉣척결이 그가 내세운 가장 중요한 목표였다.

① ㉠-使嗾 ② ㉡-間涉

③ ㉢-缺陷 ④ ㉣-剔抉

풀이 정답 ②

②의 간섭은 '干涉(간섭)'으로 써야 한다. '干涉(간섭)'은 방패 干(간), 건널 涉(섭)으로 '남의 일 또는 어떤 사람에게 이래저래 하면서 영향을 주려고 하는 참견'의 의미다. ㉡-間涉(간섭)의 '間(간)'은 틈, 사이를 뜻으로 잘못 쓴 사례다.

결의

> • 決意(결정할 **결**, 뜻 **의**) : 뜻을 정하여 굳게 마음을 먹음. 또는 그런 마음. 예 필승의 **決意**를 다지다.
> • 決議(결정할 **결**, 의논할 **의**) : 의논하여 결정함. 또는 그런 결정. 예 회의의 **決議** 사항.
> • 結義(맺을 **결**, 옳을 **의**) : 남남끼리 형제, 자매, 남매, 부자 따위 친족의 의리를 맺음. 예 그와 나는 **結義**를 통하여 의형제가 되었다.

결정

> • 決定(결정할 **결**, 정할 **정**) : 행동이나 태도를 분명하게 정함. 또는 그렇게 정해진 내용. 예 결국에는 모든 것을 처음 계획대로 처리하기로 **決定**하였다.
> • 結晶(맺을 **결**, 맑을 **정**) : 애써 노력하여 보람 있는 결과를 이루는 것을 비유적으로 이르는 말. 예 이 작품은 화가의 오랜 노력의 **結晶**이다.

경기

- 景氣(경치 **경**, 기운 **기**) : 매매나 거래에 나타나는 호황·불황 따위의 경제 활동 상태. [예] **景氣**가 회복되어 수출이 활기를 띠고 있다.

- 競技(다툴 **경**, 재주 **기**) : 일정한 규칙 아래 기량과 기술을 겨룸. 또는 그런 일. [예] 규칙을 잘 지켜야만 흥미진진한 **競技**를 펼칠 수 있다.

- 驚氣(놀랄 **경**, 기운 **기**) : 경증(痙症)이 발작할 때에 몸이 뻣뻣해지고 오랫동안 정신이 흐려지는 증상. [예] 동생은 밤새 앓던 중에 **驚氣**를 일으켰다.

경비

- 經費(다스릴 **경**, 쓸 **비**) : 어떤 일을 하는 데 드는 비용. [예] 이번 체육 행사에 드는 **經費**는 사장님께서 부담하시기로 했다.

- 警備(경계할 **경**, 갖출 **비**) : 도난, 재난, 침략 따위를 염려하여 사고가 나지 않도록 미리 살피고 지키는 일. [예] 삼엄한 **警備**를 펴다.

고사

- 考査(상고할 **고**, 조사할 **사**) : 학생들의 학업 성적을 평가하는 시험. [예] 학기마다 두 번씩 **考査**를 치른다.

- 故事(옛 **고**, 일 **사**) : 유래가 있는 옛날의 일. 또는 그런 일을 표현한 어구. [예] 옛날 **故事**를 인용하여 훈계하다.

- 固辭(굳을 **고**, 사양할 **사**) : 제의나 권유 따위를 굳이 사양함. '굳이 사양함', '거절함'으로 순화. [예] 수차례의 **固辭** 끝에 결국에는 그 제의를 받아들이게 되었다.

- 枯死(마를 **고**, 죽을 **사**) : 나무나 풀 따위가 말라 죽음. '말라 죽음'으로 순화. [예] 환경오염에 따른 나무의 **枯死**가 많아졌다.

공유

- 共有(함께 **공**, 있을 **유**) : 두 사람 이상이 한 물건을 공동으로 소유함. [예] 마을 사람들이 그 땅을 **共有**하고 있다.

- 公有(공변될 **공**, 있을 **유**) : 국가나 지방 자치 단체의 소유. [예] 그 땅은 **公有地**라서 함부로 개인이 사용할 수 없다.

공정

> · 工程(장인 **공**, 정도 **정**) : 일이 진척되는 과정이나 정도. 예 건물 신축 공사가 90%의 **工程**을 보이고 있다.
>
> · 公正(공변될 **공**, 바를 **정**) : 공평하고 올바름. 예 법관은 법과 양심에 따라 자신의 판결에 최대한 **公正**을 기해야 한다.

⬆ 예제 3 ㉠~㉣의 한자가 모두 바르게 표기된 것은?(2017, 국가직 9급)

─────── 〈보 기〉 ───────
글의 진술 방식에는 ㉠설명, ㉡묘사, ㉢서사, ㉣논증 등 네 가지 방식이 있다.

	㉠	㉡	㉢	㉣
①	說明	描寫	敍事	論證
②	設明	描寫	敍事	論症
③	說明	猫鯊	徐事	論症
④	說明	猫鯊	徐事	論證

풀이 정답 ①

②의 設明(설명)의 '設(설)'은 베풀 설이다. 말씀 說(설)이 올바른 한자다. 그리고 論症(논증)은 '병의 중세를 논술한다'는 의미로 옳고 그름을 이유 또는 증거를 들어 밝히는 論證(논증)과는 다른 의미다. 그러므로 論證(논증)은 증거 證(증)을 써야 한다.

③의 ㉡은 '어떤 대상이나 사물·현상 따위를 언어로 서술하거나 그림을 그려서 나타냄'을 의미하므로, 고양이 猫(묘), 문절방둑 鯊(사)가 아니라 그릴 描(묘), 베낄 寫(사)가 되어야 하며, 서사는 '사실을 있는 그대로 적는 일'을 뜻하므로 펼 敍(서), 진술할 敍(서), 쓸 敍(서)를 지닌 敍(서)를 써야 한다. 徐事(서사)는 천천히 서(徐), 일 사(事)로 관직의 하나다.

④의 說明(설명)과 論證(논증)은 올바르나 猫鯊(묘사)와 徐事(서사)가 잘못 쓰였다.

과정

- 過程(지날 **과**, 정도 **정**) : 일이 되어 가는 경로. 예 모든 일은 결과만큼 過程도 중요하다.
- 課程(매길·공부할 **과**, 정도 **정**) : 해야 할 일의 정도. 혹은 일정한 기간에 교육하거나 학습하여야 할 과목의 내용과 분량. 예 오늘로 1학년 1학기 課程을 마치고 여름 방학에 들어간다.

공포

- 恐怖(두려워할 **공**, 두려워할 **포**) : 두렵고 무서움. 예 아무도 없는 빈 집에 홀로 남겨진 나는 恐怖를 느꼈다.
- 公布(공변될 **공**, 알릴 **포**) : 일반에게 널리 알림. 혹은 이미 확정된 법률, 조약, 명령 따위를 일반 국민에게 널리 알리는 일. 예 정부는 한강 하류 지역에 환경오염이 심하다고 公布했다.

교정

- 校庭(학교 **교**, 뜰 **정**) : 학교의 마당이나 운동장. 예 수업 종료를 알리는 종이 校庭에 울려 퍼졌다.
- 矯正(바로잡을 **교**, 바를 **정**) : 틀어지거나 잘못된 것을 바로잡음. 예 치아를 고르게 矯正하다.
- 校正(바로잡을 **교**, 바를 **정**) : 교정쇄와 원고를 대조하여 오자, 오식, 배열, 색 따위를 바르게 고침. 예 새로 출판한 책이 校正을 제대로 안 했는지 오자가 많다.

구상

- 具象(갖출 **구**, 모양 **상**) : 사물, 특히 예술 작품 따위가 직접 경험하거나 지각할 수 있도록 일정한 형태와 성질을 갖춤. 예 그의 그림은 후기로 갈수록 具象的 요소가 사라져 추상적인 그림이 된다.
- 構想(얽을 **구**, 생각 **상**) : 앞으로 이루려는 일에 대하여 그 일의 내용이나 규모, 실현 방법 따위를 어떻게 정할 것인지 이리저리 생각함. 또는 그 생각. 예 조직 개편안은 構想 단계일 뿐 그 실현 여부는 아직 불투명하다.
- 求償(구할 **구**, 갚을 **상**) : 무역 거래에서, 수량·품질·포장 따위에 계약 위반 사항이 있는 경우에 매주(賣主)에게 손해 배상을 청구하거나 이의를 제기하는 일. '배상 청구'로 순화. '클레임'과 같은 뜻. 예 물건을 판 회사에 求償을 제기하다.

구조

> · 構造(얽을 **구**, 지을 **조**) : 부분이나 요소가 어떤 전체를 짜 이룸. 또는 그렇게 이루어진 얼개.
>
>   [예] 이 제품은 __構造__가 간단하여 가격이 싸고 고장이 적다.
>
> · 救助(구원할 **구**, 도울 **조**) : 재난 따위를 당하여 어려운 처지에 빠진 사람을 구하여 줌.
>
>   [예] 바다에서 표류하던 난민들이 지나가는 배에 __救助__를 요청했다.

[예제 4] 밑줄 친 부분에 들어갈 한자어로 가장 적절한 것은?(2018. 국가직 9급)

> _____(이)란 이익과 관련된 갈등을 인식한 둘 이상의 주체들이 이를 해결할 의사를 가지고 모여서 합의에 이르기 위해 대안을 조정하고 구성하는 공동 의사 결정 과정을 말한다.

① 協贊   ② 協奏

③ 協助   ④ 協商

[풀이] 정답 ④

①은 協贊(협찬), ②는 協奏(협주), ③은 協助(협조), ④는 協商(협상)이다. 協贊(협찬)은 화합할 協(협), 도울 贊(찬)으로 '힘을 합하여 재정적인 도움을 주는 것'이며, 協奏(협주)의 奏(주)는 '연주하다'라는 뜻으로 악기 연주의 合奏(합주)를 의미한다. ③ 協助(협조)의 助(조)는 '돕다'는 뜻으로 '힘을 보태어 서로 도와 상호 간의 문제를 협력해서 해결하다'라는 의미다.

[예제 5] 밑줄 친 한자어의 쓰임이 문맥상 적절한 것은?(2018. 국가직 9급)

① 초고를 __校訂__하여 책을 완성하였다.

② 내용이 올바른지 서로 __交差__ 검토하시오.

③ 전자 문서에 __決濟__를 받아 합격자를 확정하겠습니다.

④ 지금 제안한 계획은 수용할 수 없으니 __提高__ 바랍니다.

[풀이] 정답 ①

① 校訂(교정)의 校(교)는 '학교'가 기본 뜻이지만 '바로 잡다'는 뜻도 있다. 訂(정)은 '바로 잡다'나 '고치다'의 뜻이다. 그러므로 校訂(교정)은 '글귀를 바로 잡는 것'으로 옳은 한자다.

② 交差(교차)는 사귈 交(교), 다를 差(차)로 '어떤 직을 번갈아 임명함'을 뜻한다.

교차 검토나 검사는 갈래 叉(차)를 써 '교차(交叉)' 검토로 해야 한다.

③ 決濟(결제)는 결단할 決(결), 건널 濟(제)로 '일을 처리해 끝을 내다'를 뜻한다. 가령, '宿泊費(숙박비)를 카드로 決濟(결제)하다'가 실례다. 그런데 여기에서는 '결정할 권한이 있는 상관이 부하가 제출한 안건을 검토하여 허가하거나 승인함'을 의미하므로 마를·결단할 裁(재)를 써서 '決裁(결재)'로 써야 한다.

④ 提高(제고)는 끌 提(제), 높을 高(고)로 '수준이나 정도 따위를 끌어올림'을 뜻한다. 여기서는 '어떤 일이나 문제 따위에 대하여 다시 생각함'을 뜻하므로 다시 再(재), 살필 考(고)를 써서 '再考(재고)'로 써야 한다.

구축

> • **構築**(얽을 **구**, 쌓을 **축**) : 체제, 체계 따위의 기초를 닦아 세움. 예 강대국들은 새로운 무역 체제를 <u>構築</u>하려고 한다.
> • **驅逐**(몰 **구**, 쫓을 **축**) : 어떤 세력 따위를 몰아서 쫓아냄. 예 유능하고 실력 있는 교사들을 사상이 불온하다는 이유로 학교로부터 깡그리 <u>驅逐</u>하려는 자가 누구인가?

구호

> • **口號**(입 **구**, 부를 **호**) : 집회나 시위 따위에서 어떤 요구나 주장 따위를 간결한 형식으로 표현한 문구. 예 지금까지 국산품 애용은 <u>口號</u>로만 그쳐 왔다.
> • **救護**(구원할 **구**, 도울 **호**) : 재해나 재난 따위로 어려움에 처한 사람을 도와 보호함. 예 이 수익금은 전 세계의 불우한 고아와 이재민의 <u>救護</u>에 쓸 예정이다.

근간

> • **近刊**(가까울 **근**, 책 펴낼 **간**) : 최근에 출판함. 또는 그런 간행물. 예 나는 서점에 가면 <u>近刊</u> 서적 코너에 꼭 가본다.
> • **近間**(가까울 **근**, 사이 **간**) : 요사이. 예 <u>近間</u>에 잘 지내고 있는지 궁금하다.
> • **根幹**(뿌리 **근**, 줄기 **간**) : 사물의 바탕이나 중심이 되는 중요한 것. 예 국가를 이루는 <u>根幹</u>은 국민이다.

기능

- **機能**(틀 **기**, 능할 **능**) : 하는 구실이나 작용. 예 차가 오래되어서 그런지 브레이크의 제동 **機能**이 떨어졌다.
- **技能**(재주 **기**, 능할 **능**) : 육체적, 정신적 작업을 정확하고 손쉽게 해 주는 기술상의 재능. 예 천연자원이 부족한 나라에서는 뛰어난 **技能**을 가진 사람을 많이 확보함으로써 국가 경쟁력을 키워야 한다.

기술

- **技術**(재주 **기**, 재주 **술**) : 사물을 잘 다룰 수 있는 방법이나 능력. 예) **技術**이 좋은 정비사가 차를 금세 고쳤다.
- **記述**(기록할 **기**, 펼 **술**) : 대상이나 과정의 내용과 특징을 있는 그대로 열거하거나 기록하여 서술함. 또는 그런 기록. 예 이 책에는 조선 시대의 가례(家禮)에 대한 모든 내용이 상세하게 **記述**되어 있다.
- **奇術**(기이할 **기**, 재주 **술**) : 기묘한 솜씨나 재주. 예 그의 줄타기 **奇術**은 보는 사람을 아찔하게 만든다.

기사

- **技士**(재주 **기**, 선비 **사**) : 기술계 기술 자격 등급의 하나. 혹은 '운전기사'의 줄인 말. 예 아버지는 버스를 운전하시다가 지금은 택시 **技士**를 하고 계시다.
- **技師**(재주 **기**, 스승·전문인 **사**) : 관청이나 회사에서 전문 지식이 필요한 특별한 기술 업무를 맡아보는 사람. 예 어머니의 말을 들었다면 나는 은강 방직 보전반 **技師** 조수에서 **技師**로 올라갔을지도 모를 일이다.≪조세희, 클라인 씨의 병≫
- **記事**(기록할 **기**, 일 **사**) : 신문이나 잡지 따위에서, 어떠한 사실을 알리는 글. 예 소년 가장에 대한 **記事**가 신문에 실렸다.

기상

- **起床**(일어날 **기**, 평상 **상**) : 잠자리에서 일어남. 예 **起床** 나팔 소리에 사병들은 하나 둘씩 기상을 시작했다.
- **氣象**(기운 **기**, 모양 **상**) : 대기 중에서 일어나는 물리적인 현상을 통틀어 이르는 말. 바람, 구름, 비, 눈, 더위, 추위 따위를 이른다. '날씨'로 순화. 예 고산 지역은 하루 중에도 여러 번 날씨가 바뀔 정도로 **氣象** 변화가 심하다.
- **氣像**(기운 **기**, 모양 **상**) : 사람이 타고난 기개나 마음씨. 또는 그것이 겉으로 드러난 모양. 예 이순신 장군은 늠름한 **氣像**을 얼굴에 띠고 결연히 명령을 내린다.≪박종화, 임진왜란≫

기원

> • **起源**(일어날 **기**, 기원 **원**) : 사물이 처음으로 생김. 또는 그런 근원. 예 민주 정치의 **起源**은 고대 그리스에서 출발한다.
>
> • **紀元**(벼리 **기**, 으뜸 **원**) : 연대를 계산하는 데에 기준이 되는 해. 또는 새로운 출발이 되는 시대나 시기. 예 인간의 달 착륙은 우주 시대의 **紀元**을 연 획기적인 일이었다.
>
> • **祈願**(빌 **기**, 바랄 **원**) : 바라는 일이 이루어지기를 빎. 예 우리의 **祈願**대로만 된다면 얼마나 좋겠니?

노숙

> • **老宿**(늙을 **노**, 묵을 **숙**) : 나이가 많아 경험이 풍부한 사람. 예 그는 힘없는 노인이 아닌 공경할 만한 **老宿**이었다.
>
> • **老熟**(늙을 **노**, 익을 **숙**) : 오랜 경험으로 익숙하다. 예 그녀는 **老熟**한 솜씨로 재봉틀을 다루고 있었다.
>
> • **露宿**(드러날 **노**, 묵을 **숙**) : 한데에서 자는 잠. 예 겨울철의 **露宿**으로 그의 몸은 꽁꽁 얼었다.

예제 6 화자의 상황을 적절하게 표현한 한자성어는?(2019, 국가직 9급)

> 미인이 잠에서 깨어 새 단장을 하는데
> 향기로운 비단, 보재 띠에 원앙이 수놓였네
> 겹발을 비스듬히 걷으니 비취새가 보이는데
> 게으르게 은 아쟁을 안고 봉황곡을 연주하네
> 금 재갈, 꾸민 안장은 어디로 떠났는가?
> 다정한 애무새는 창가에서 지저귀네
> 풀섶에 놀던 나비는 뜰 밖으로 사라지고
> 꽃잎에 가리운 거미줄은 난간 너머에서 춤추네
> 뉘 집의 연못가에서 풍악 소리 울리는가?
> 달빛은 금 술잔에 담긴 좋은 술을 비추네
> 시름겨운 이는 외로운 밤에 잠 못 이루는데
> 새벽에 일어나니 비단 수건에 눈물이 흥건하네
>
>   – 허난설헌, 「사시사(四時詞)」

① 琴瑟之樂   ② 輾轉不寐

③ 錦衣夜行   ④ 麥秀之嘆

풀이 정답 ②

① 琴瑟之樂(금실지락)은 거문고와 비파의 소리가 잘 어울리는 것처럼 부부 사이의 두터운 정을 비유한 사자성어다.

② 輾轉不寐(전전불매)는 누워서 몸을 이리저리 뒤척이며 잠을 이루지 못함을 비유한다. 시의 화자는 다정한 앵무새, 나비 등을 빗대어 암수의 다정함을 노래하고 있지만 정녕 화자는 시름에 겨워 외로운 밤에 잠을 이루지 못하고 있는 상황이다.

③ 錦衣夜行(금의야행)은 항우의 고사에서 나온 말로 부귀를 갖추고도 고향에 돌아가지 않는 것은 비단옷을 입고 밤길을 가는 것과 같다고 하여 자랑삼아 하지 않으면 생색이 나지 않음을 비유한 말이다.

④ 麥秀之嘆(맥수지탄)은 옛 도읍지에 보리만 무성하게 자란 것을 한탄하였다는 데에서 유래한 것으로, 고국의 멸망을 한탄한 대표적 사자성어다.

녹음

- 錄音(새길 **녹**, 소리 **음**) : 테이프나 판 또는 영화 필름 따위에 소리를 기록함. 또는 그렇게 기록한 소리. 예 **錄音**이 잘되어 소리가 선명하게 들렸다.
- 綠陰(푸를 **녹**, 그늘 **음**) : 푸른 잎이 우거진 나무나 수풀. 또는 그 나무의 그늘. 예 여름 숲의 **綠陰**이 짙다.

농담

- 弄談(희롱할 **농**, 말씀 **담**) : 실없이 놀리거나 장난으로 하는 말. 예 박사는 제자의 재치 있는 **弄談**에 껄껄 웃었다.
- 濃淡(짙을 **농**, 묽을 **담**) : 색깔이나 명암 따위의 짙음과 옅음. 또는 그런 정도. 예 수묵화는 먹의 **濃淡**을 잘 조절하여 그려야 한다.

단서

- 端緒(실마리 **단**, 실마리 **서**) : 어떤 문제를 해결하는 방향으로 이끌어 가는 일의 첫 부분. 예 경찰은 사건의 **端緒**를 찾으려고 현장을 샅샅이 조사했다.
- 但書(다만 **단**, 글 **서**) : 법률 조문이나 문서 따위에서, 본문 다음에 그에 대한 어떤 조건이나 예외 따위를 나타내는 글. 예 거기에는 8개월 이상의 징역이나 50만 원 이하의 벌금을 부과하도록 하겠다는 **但書**가 붙어 있었다.

단정

- **端整**(단정할 **단**, 가지런할 **정**) : 깨끗이 정리되어 가지런하다. 예 교실이 **端整**하게 정돈되어 있다.
- **斷定**(끊을 **단**, 정할 **정**) : 딱 잘라서 판단하고 결정함. 예 한쪽의 진술만 듣고 그를 범인으로 **斷定**하는 것은 부당하다.

단편

- **短篇**(짧을 **단**, 책 **편**) : 짤막하게 지은 글. 예 이 책에는 열 편의 **短篇**이 실려 있다.
- **斷片**(끊을 **단**, 조각 **편**) : 전반에 걸치지 않고 한 부분에만 국한된 조각. 예 지식의 **斷片**만을 전달하는 교육은 쓸모없는 것이다.

답사

- **答辭**(답할 **답**, 말씀 **사**) : 식장에서 환영사나 환송사 따위에 답함. 또는 그런 말. 예 졸업생 대표로 영미가 **答辭**를 했다.
- **踏査**(밟을 **답**, 조사할 **사**) : 현장에 실제로 가서 보고 듣고 조사함. 예 1박 2일의 현지 **踏査** 일정이 정해졌다.

대비

- **對比**(대할 **대**, 견줄 **비**) : 두 가지의 차이를 밝히기 위하여 서로 맞대어 비교함. 또는 그런 비교. 예 두 가지 색을 **對比**해 보면 차이를 알 수 있다.
- **對備**(대할 **대**, 갖출 **비**) : 앞으로 일어날지도 모르는 어떠한 일에 대응하기 위하여 미리 준비함. 또는 그런 준비. 예 혹한에 **對備**하여 보일러를 점검하였다.

대사

- **大事**(큰 **대**, 일 **사**) : 큰 일. 예 **大事**를 치르느라 수고가 많았다.
- **大使**(큰 **대**, 사신 **사**) : 나라를 대표하여 다른 나라에 파견되어 외교를 맡아보는 최고 직급. 또는 그런 사람. '특명 전권 대사'의 준말. 예 주한 프랑스 **大使**
- **臺詞**(무대 **대**, 말씀 **사**) : 연극이나 영화 따위에서 배우가 하는 말. 예 그 배우는 **臺詞** 전달이 정확하다.

독자

> - 獨子(홀로 **독**, 아들 **자**) : 외아들. **예** 나는 삼대 **獨子**다.
> - 獨自(홀로 **독**, 스스로 **자**) : 남에게 기대지 아니하는 자기 한 몸. 또는 자기 혼자. 다른 것과 구별되는 그 자체만의 특유함. **예** 무리하게 **獨自** 노선을 고집하다.
> - 讀者(읽을 **독**, 사람 **자**) : 책·신문·잡지 등 출판물을 읽는 사람. **예** 그 소설은 **讀者**의 호평을 받았다.

동기

> - 同氣(같을 **동**, 기운 **기**) : 형제와 자매, 남매를 통틀어 이르는 말. **예** **同氣**끼리 사이좋게 지내다.
> - 冬期(겨울 **동**, 때 **기**) : 겨울철. **예** 벌써 산촌에는 **冬期**가 찾아들었다.
> - 同期(같을 **동**, 때 **기**) : 같은 시기 혹은 학교·훈련소 따위에서 같은 기(期). **예** 올 상반기 영업 실적은 전년 **同期**보다 두 배 가까이 늘었다.
> - 動機(움직일 **동**, 기회 **기**) : 어떤 일이나 행동을 일으키게 하는 계기. **예** 그 사건은 처음에는 아주 단순한 **動機**에서 시작되었다.

예제 7 ㉠~㉣의 한자가 모두 바르게 표기된 것은?(2019, 국가직 7급)

> 기호를 기표와 기의의 결합으로 보는 것은 언어학의 ㉠공리이다. 그리고 그 결합이 ㉡자의적이라는 점 또한 널리 알려진 ㉢상식이다. 그러나 음성 상징어로 총칭되는 의성어와 의태어는 여기에서 예외로 간주되곤 한다. 즉 의성어와 의태어는 기표와 기의 사이의 ㉣연관성을 보여주는 사례이다.

① ㉠ 共理   ② ㉡ 自意的
③ ㉢ 常識   ④ ㉣ 緣關性

풀이 정답 ③

> ㉠ 공리는 公式(공식)의 의미로 '일반적으로 널리 통용되는 진리나 도리'를 일컫는다. 따라서 共理(공리)가 아니라 공변할 公(공)의 公理(공리)가 맞다.
> ㉡ 자의적은 '자기의 생각이나 의견'의 自意(자의)가 아니라 임의를 지시하는 恣意(자의)로 마음대로 恣(자)를 써 恣意的(자의적)이 되어야 한다.
> ㉣ 연관성은 '서로 關係(관계)되는 性質(성질)이나 傾向(경향)'을 일컫는다. 그러므로 연이을 聯(연), 관계할 關(관), 성품 性(성)을 써 聯關性(연관성)을 써야 한다.

예제 8 ㉠~㉢의 한자가 모두 바르게 표기된 것은? (2021, 해양경찰직)

〈보 기〉

• 부모의 어려움을 외면하지 말고 (㉠)의 도리를 다해야 한다.
• '고래 싸움에 새우 등 터진다.'라는 속담은 (㉡)와 일맥상통하는 말이다.
• 아무리 (㉢)한 인물이라도 좋은 동료를 만나지 못하면 성공하기 힘들다.

	㉠	㉡	㉢
①	反捕之孝	間於齊楚	開世之才
②	反哺之孝	看於齊楚	開世之才
③	反哺之孝	間於齊楚	蓋世之才
④	反捕之孝	看於齊楚	蓋世之才

풀이 정답 ③

㉠은 反哺之孝(반포지효), ㉡은 間於齊楚(간어제초), ㉢은 蓋世之才(개세지재)다. 反哺之孝(반포지효)는 되돌릴 反(반), 먹을 哺(포), 갈·어조사 之(지), 효도 孝(효)로 '까마귀 새끼가 자라서 늙은 어미에게 먹이를 물어다 주는 효라는 뜻으로, 자식이 자라서 어버이의 은혜에 보답하는 효성을 이르는 말'이다.

間於齊楚(간어제초)는 틈·사이 間(간), 어조사 於(어), 가지런할·제나라 齊(제), 모형·초나라 楚(초)로 '중국의 등나라가 큰 나라인 제나라와 초나라 사이에 끼어 괴로움을 당한다는 데서 나온 말로, 약한 자가 강한 자들의 틈에 끼어 괴로움을 받는 것을 비유적으로 이르는 말'이다.

蓋世之才(개세지재)는 덮을 蓋(개), 세상 世(세), 갈·어조사 之(지), 재주 才(재)로 '세상을 뒤덮을 만큼 뛰어난 재주'를 비유한다.

동정

• **動靜**(움직일 **동**, 고요할 **정**) : 사람이 일상적으로 하는 일체의 행위. 또는 일이나 현상이 벌어지고 있는 낌새. **예** 끝없이 덮쳐 오는 졸음과 싸워 가며 나는 사무실 안의 **動靜**에 귀를 곤두세웠다.

• **同情**(같을 **동**, 뜻 **정**) : 남의 어려운 처지를 자기 일처럼 딱하고 가엾게 여김. **예** 주위 사람의 **同情**을 끌다.

매수

- **買受**(살 매, 받을 수) : 물건을 사서 넘겨받음. 예 그는 많은 땅을 **買受**해 두었다.
- **買收**(살 매, 거둘 수) : 금품이나 그 밖의 수단으로 남의 마음을 사서 자기편으로 만드는 일. 예 나는 그 사람이 돈에 **買收**될 사람이 아니라고 확신한다.

매장

- **埋葬**(묻을 매, 장사 지낼 장) : 시체나 유골 따위를 땅속에 묻음. 예 전염병으로 죽은 시체는 **埋葬**을 하지 않고 이곳에 가져다가 버리곤 했다.
- **埋藏**(묻을 매, 감출 장) : 묻어서 감춤. 또는 지하자원 따위가 땅속에 묻히어 있음. 예 뒷마당에 금화 단지가 깊이 **埋藏**되어 있었다.
- **賣場**(팔 매, 마당 장) : 물건을 파는 장소. '판매장'으로 순화. 예 백화점의 1층에는 주로 잡화 **賣場**이 들어서 있다.

명명

- **明明**(밝을 명, 밝을 명) : 아주 환하게 밝음. 또는 너무나 분명하여 의심할 바가 없음. 예 그 사건의 전모가 **明明**하게 밝혀졌다.
- **明命**(밝을 명, 명할 명) : 신령이나 임금의 명령. 예 천자의 **明命**을 받들었는데 무엇을 하지 못하겠는가.
- **命名**(명할 명, 이름 명) : 사람, 사물, 사건 등의 대상에 이름을 지어 붙임. 예 나는 이 물건 이 무어라고 **命名**되고 있는지 알고 싶다.

모사

- **謀士**(꾀할 모, 선비 사) : 꾀를 써서 일이 잘 이루어지게 하는 사람. 예 제갈량은 뛰어난 **謀士**였다.
- **謀事**(꾀할 모, 일 사) : 일을 꾀함. 또는 그 일. 예 그들은 중전을 음해하려고 밤낮으로 만나서 **謀事**를 꾸몄다.
- **模寫**(본뜰 모, 베낄 사) : 사물을 형체 그대로 그림. 또는 그런 그림. 예 그는 초상화를 **模寫**에 불과하다며 한사코 그리지 않았다.

모의

- 模擬(본뜰 **모**, 본뜰 **의**) : 실제의 것을 흉내 내어 그대로 해 봄. 또는 그런 일. 예 우리 동네 아이들은 윗동네 아이들과 곧잘 **模擬** 전쟁놀이를 했다.
- 謀議(꾀할 **모**, 의논할 **의**) : 어떤 일을 꾀하고 의논함. 예 밤중에 **謀議**는 숨죽이고 은밀히 진행되었다.≪현기영, 변방에 우짖는 새≫

보고

- 報告(알릴 **보**, 알릴 **고**) : 일에 관한 내용이나 결과를 말이나 글로 알림. 예 사건에 대한 **報告**가 상부에 들어갔다.
- 寶庫(보배 **보**, 곳집 **고**) : 귀중한 물건을 간수해 두는 창고. 예 고전은 지식의 **寶庫**이다.

보급

- 普及(널리 **보**, 미칠 **급**) : 널리 펴서 많은 사람들에게 골고루 미치게 하여 누리게 함. 예 신기술이 전 세계에 **普及**되었다.
- 補給(도울 **보**, 줄 **급**) : 물자나 자금 따위를 계속해서 대어 줌. 예 이재민들에게 식량과 담요가 **補給**되었다.

보도

- 步道(걸음 **보**, 길 **도**) : 보행자의 통행에 사용하도록 된 도로. 예 **步道**를 따라 걷다.
- 報道(알릴 **보**, 말할 **도**) : 대중 전달 매체를 통하여 일반 사람들에게 새로운 소식을 알림. 또는 그 소식. 예 그 신문은 항상 **報道**의 내용이 정확하다.
- 補導(도울 **보**, 이끌 **도**) : 도와서 올바른 데로 이끌어 감. 예 소년원의 **補導** 행정이 제구실을 못하고 있다는 지적이 많다.

보수

- 保守(지킬 **보**, 지킬 **수**) : 보전하여 지킴. 또는 새로운 것이나 변화를 반대하고 전통적인 것을 옹호하며 유지하려 함. 예 그 나라 사람들은 매우 **保守的**이어서 여자는 반소매도 입을 수가 없다.
- 補修(도울 **보**, 닦을 **수**) : 낡은 것을 보충하여 수리함. 예 홍수로 무너진 댐을 **補修**하였다.
- 報酬(갚을 **보**, 갚을 **수**) : 일한 대가로 주는 돈이나 물품. 예 사원들은 성과에 따라 매달 다른 **報酬**를 받고 있다.

부상

- 負傷(입을 **부**, 상할 **상**) : 몸에 상처를 입음. 예 주전 선수의 <u>負傷</u>으로 팀 전력이 많이 약해졌다.
- 浮上(뜰 **부**, 위 **상**) : 물 위로 떠오름. 예 잠수함이 물 위로 <u>浮上</u>하다.
- 副賞(버금 **부**, 상줄 **상**) : 상장 외에 덧붙여 주는 상금이나 상품. 예 상장과 <u>副賞</u>을 수여하였다.

부양

- 扶養(도울 **부**, 기를 **양**) : 생활 능력이 없는 사람의 생활을 돌봄. 예 부모님이 일찍 돌아가셔서 장남인 그가 동생들을 <u>扶養</u>했다.
- 浮揚(뜰 **부**, 날릴 **양**) : 가라앉은 것이 떠오름. 또는 떠오르게 함. 예 침체된 증권 시장을 <u>浮揚</u>하다.

부인

- 夫人(지아비 **부**, 사람 **인**) : 남의 아내를 높여 이르는 말. 예 저분이 부장님 <u>夫人</u>이십니다.
- 婦人(아내 **부**, 사람 **인**) : 결혼한 여자. 예 동네 <u>婦人</u>들이 공원에 모여 남편과 아이들에 대해 이야기를 하고 있다.
- 否認(아니 **부**, 인정할 **인**) : 어떤 내용이나 사실을 옳거나 그러하다고 인정하지 아니함. 예 피의자는 며칠 전에 한 말을 <u>否認</u>했다.

부정

- 不正(아니 **부**[불], 바를 **정**) : 올바르지 아니하거나 옳지 못함. 예 그는 <u>不正</u>한 수단으로 재물을 모았다.
- 不定(아니 **부**[불], 정할 **정**) : 일정하지 아니함. 예 주거가 <u>不定</u>하다.
- 不貞(아니 **부**[불], 곧을 **정**) : 부부가 서로의 정조를 지키지 아니함. 흔히 아내가 정절을 지키지 않는 일을 이른다. 예 외간 남자와 <u>不貞</u>을 저지르다.
- 不淨(아니 **부**[불], 깨끗할 **정**) : 깨끗하지 못함. 또는 더러운 것. 예 임신 중에 <u>不淨</u>한 것을 멀리하다.
- 父情(아버지 **부**, 뜻 **정**) : 아버지의 자식에 대한 사랑. 예 <u>父情</u>이 느껴지는 포옹.
- 否定(아니 **부**, 정할 **정**) : 그렇지 아니하다고 단정하거나 옳지 아니하다고 반대함. 예 그녀는 긍정도 <u>否定</u>도 아닌 미소만 지었다.

비명

> - 非命(아닐 **비**, 목숨 **명**) : 제명대로 다 살지 못하고 죽음. 예 非命에 죽다.
> - 悲鳴(슬플 **비**, 울 **명**) : 일이 매우 위급하거나 몹시 두려움을 느낄 때 지르는 외마디 소리.
>   예 고막이 따가울 정도로 앙칼진 황구의 悲鳴이 터졌다. ≪천승세, 황구의 비명≫
> - 碑銘(비석 **비**, 새길 **명**) : 비석에 새긴 글. 예 흰 대리석에 선명하게 검은 글씨로 새겨진 碑銘을 응시하다가 그는 무릎을 꿇고 비석을 끌어안았다. ≪이원규, 훈장과 굴레≫

비행

> - 非行(아닐 **비**, 행할 **행**) : 잘못되거나 그릇된 행위. 예 곧 그의 非行이 모두 밝혀질 것이다.
> - 飛行(날 **비**, 행할 **행**) : 공중으로 날아가거나 날아다님. 예 그는 일 만 시간의 무사고 飛行 기록을 가지고 있다.

예제 9 〈보기〉에 드러나는 주제 의식과 관련된 사자성어로 적절한 것은?(2019, 소방직)

〈보 기〉

십년(十年)을 경영ᄒ여 초려삼간(草廬三間) 지여 내니
나 ᄒ 간 ᄃᆞᆯ ᄒ 간에 청풍(淸風) ᄒ 간 맛뎌두고
강산(江山)은 들일 ᄃᆡ 업스니 둘러 두고 보리라

– 송순의 시조

---

① 教學相長　　　　　② 安貧樂道
③ 走馬看山　　　　　④ 狐假虎威

풀이 정답 ②

<보기>의 화자는 자연과 더불어 유유자적한 삶을 살고 있다. 특히, 초장에서 십 년을 경영하여 초가삼간을 지었다는 표현을 통해 욕심 없이 자연과 더불어 살고자 하는 화자의 삶을 엿볼 수 있다. 가난하지만 자연을 벗 삼아 도를 즐기는 安貧樂道(안빈낙도)가 이 시의 주제이다.

教學相長(교학상장)은 가르치고 배우면서 함께 성장한다는 의미다.

走馬看山(주마간산)은 자세히 살피지 않고 대충 보고 지나감을 의미한다.

狐假虎威(호가호위)는 남의 권세를 빌려 위세를 부린다는 뜻이다.

사고

- **事故**(일 **사**, 연고 **고**) : 뜻밖에 일어난 불행한 일. 예 올해는 대형 **事故**가 잇따라 났다.
- **思考**(생각 **사**, 상고할 **고**) : 생각하고 궁리함. 예 **思考**의 영역을 넓히다.

사기

- **士氣**(선비 **사**, 기운 **기**) : 의욕이나 자신감 따위로 충만하여 굽힐 줄 모르는 기세. 예 선수단의 **士氣**가 하늘을 찌를 듯하다.
- **沙器**(모래 **사**, 그릇 **기**) : 사기그릇. 예 **沙器**는 유리만큼 잘 깨진다.
- **詐欺**(속일 **사**, 속일 **기**) : 나쁜 꾀로 남을 속임. 예 그는 아무것도 모르는 아이들을 상대로 **詐欺**를 쳤다.

사상

- **事象**(일 **사**, 모양 **상**) : 관찰할 수 있는 사물과 현상. 예 장구한 시간의 축적에서 역사가 이해되는 것이 아니라 어떤 순간의 어떤 **事象**을 통하여 역사의 본질이 파악되게 되는 것이라고 깨달았다. ≪박태순, 어느 사학도의 젊은 시절≫
- **思想**(생각 **사**, 생각 **상**) : 어떠한 사물에 대하여 가지고 있는 구체적인 사고나 생각. 예 그의 작품은 우리나라 사람의 생활과 **思想**과 감정을 담고 있다.
- **死傷**(죽을 **사**, 상할 **상**) : 죽거나 다침. 예 대형 사고 직후 **死傷**을 조사해 보니 사망자가 열 명이고 부상자가 서른 명을 넘었다.
- **史上**(역사 **사**, 위 **상**) : 역사상(歷史上). 예 이번 올림픽은 참가국 수에서 **史上** 최대를 자랑한다.

사설

- **私設**(사사 **사**, 베풀 **설**) : 어떤 시설을 개인이 사사로이 설립함. 또는 그 시설. 예 **私設** 운동장
- **私說**(사사 **사**, 말씀 **설**) : 개인의 의견이나 설. 예 이는 **私說**을 전제로 말하는 것이야.
- **社說**(회사 **사**, 말씀 **설**) : 신문이나 잡지에서, 글쓴이의 주장이나 의견을 써 내는 논설. 예 신문 **社說**
- **辭說**(말씀 **사**, 말씀 **설**) : 잔소리나 푸념을 길게 늘어놓음. 또는 그 잔소리와 푸념. 예 아내는 나에게 생활비가 많이 든다고 **辭說**을 길게 늘어 놓으려는 참이었다.

사실

- **事實**(일 **사**, 열매 **실**) : 실제로 있었던 일이나 현재에 있는 일. **예** 그는 어제 있었던 일을 **事實**대로 말했다.

- **寫實**(베낄 **사**, 열매 **실**) : 사물을 있는 그대로 그려 냄. **예** **寫實的**인 묘사

- **史實**(역사 **사**, 열매 **실**) : 역사에 실제로 있는 사실(事實). **예** 지석은 무덤 속에 부장된 어떤 값진 금은보화나 유물보다도 귀중한 **史實**의 단서가 되어 줄 수 있었다. ≪이청준, 춤추는 사제≫

사유

- **私有**(사사 **사**, 있을 **유**) : 개인이 사사로이 소유함. 또는 그런 소유물. **예** 자본주의는 **私有** 재산을 존중한다.

- **事由**(일 **사**, 말미암을 **유**) : 일의 까닭. **예** 일이 그렇게 된 **事由**가 무엇인가요?

- **思惟**(생각 **사**, 생각할 **유**) : 대상을 두루 생각하는 일. **예** 문화가 다른 민족은 **思惟** 방식도 다르다.

사전

- **事典**(일 **사**, 책 **전**) : 여러 가지 사항을 모아 일정한 순서로 배열하고 그 각각에 해설을 붙인 책. **예** 한국민속대백과**事典**

- **辭典**(말씀 **사**, 책 **전**) : 어떤 범위 안에서 쓰이는 낱말을 모아서 일정한 순서로 배열하여 싣고 그 각각의 발음, 의미, 어원, 용법 따위를 해설한 책. **예** 모르는 단어의 뜻을 국어**辭典**에서 찾다.

- **事前**(일 **사**, 앞 **전**) : 일이 일어나기 전. 또는 일을 시작하기 전. **예** **事前** 준비를 철저히 하다.

사정

- **司正**(맡을 **사**, 바를 **정**) : 그릇된 일을 다스려 바로잡음. **예** **司正** 위원.

- **邪正**(그릇될 **사**, 바를 **정**) : 그릇됨과 올바름을 아울러 이르는 말. **예** **邪正**을 가리다.

- **私情**(사사 **사**, 뜻 **정**) : 개인의 사사로운 정. **예** **私情**이 많으면 한 동리에 시아비가 아홉.

- **事情**(일 **사**, 뜻 **정**) : 일의 형편이나 까닭. **예** 집안 **事情**으로 조퇴를 했다.

- **查正**(조사할 **사**, 바를 **정**) : 조사하여 그릇된 것을 바로잡음. **예** 감사원은 **查正** 기관이다.

- **查定**(조사할 **사**, 정할 **정**) : 조사하거나 심사하여 결정함. **예** 졸업 **查定** 회의를 열다.

사지

- **四肢**(넉 **사**, 팔다리 **지**) : 두 팔과 두 다리를 통틀어 이르는 말. 예 **四肢**가 찢기는 듯한 아픔을 겪다.
- **死地**(죽을 **사**, 땅 **지**) : 죽을 지경의 매우 위험하고 위태한 곳. 예 **死地**에서 가까스로 벗어나다.

선전

- **宣戰**(펼 **선**, 싸울 **전**) : 한 나라가 다른 나라에 대하여 전쟁을 시작한다는 의사 표시를 하는 일. 예 미국이 이라크에 **宣戰** 포고를 하였다.
- **宣傳**(펼 **선**, 전할 **전**) : 주의나 주장, 사물의 존재, 효능 따위를 많은 사람이 알고 이해하도록 잘 설명하여 널리 알리는 일. 예 제조 회사들은 텔레비전 광고를 통해 소비자들에게 새 상품을 **宣傳**한다.
- **善戰**(잘할 **선**, 싸울 **전**) : 있는 힘을 다하여 잘 싸움. 예 선수들이 예상을 뛰어넘는 **善戰**을 펼치고 있다.

성대

- **盛大**(성할 **성**, 큰 **대**) : 행사의 규모 따위가 풍성하고 큼. 예 **盛大**한 결혼식.
- **聲帶**(소리 **성**, 띠 **대**) : 후두(喉頭)의 중앙부에 있는 소리를 내는 기관. 예 **聲帶**가 손상되어 말을 제대로 할 수가 없다.

세입

- **歲入**(해 **세**, 들 **입**) : 한 회계 연도에 있어서의 정부 또는 지방 자치 단체의 모든 수입. 예 재정 **歲入** 구조와 소득 재분배 효과
- **稅入**(조세 **세**, 들 **입**) : 조세의 수입. 예 **稅入**을 늘이기 위해 정부는 공공요금을 올렸다.

소개

- **紹介**(이을 **소**, 낄 **개**) : 서로 모르는 사람들 사이에서 양편이 알고 지내도록 관계를 맺어 줌. 예 두 사람은 김 선생의 **紹介**로 만났습니다.
- **疏開**(성길 **소**, 열 **개**) : 땅을 파서 물이 흐르도록 함. 또는 공습이나 화재 따위에 대비하여 한곳에 집중되어 있는 주민이나 시설물을 분산함. 예 본국 정부는 미국인 **疏開**를 서두르고 있으나 특파원은 예외다. ≪박영한, 머나먼 송바 강≫

예제10 다음 작품과 가장 관련 있는 한자성어는?(2020, 소방직)

> 이고 진 저 늙은이 짐 풀어 나를 주오
> 나는 젊었거늘 돌인들 무거울까
> 늙기도 설워라거늘 짐을조차 지실까
>
> – 정철, 「훈민가」

① 朋友有信　　　　② 長幼有序

③ 君臣有義　　　　④ 夫婦有別

풀이 정답 ②

늙은이(노인)에게 짊어지고 있는 짐을 젊은 내가 대신 짊어질 것이니 나에게 달라는 내용이므로 長幼有序(장유유서)가 답이다. 長幼有序(장유유서)는 五倫(오륜)의 하나이며, 긴·오랜 長(장), 어릴 幼(유), 있을 有(유), 차례 序(서)로 윗사람과 아랫사람 사이에는 엄격한 차례와 질서가 있다는 의미이며, 아랫사람이 윗사람을 존중하고 공경해야 한다는 뜻이다.

朋友有信(붕우유신)은 벗과 벗 사이의 도리는 믿음에 있음을 이른다.

君臣有義(군신유의)는 임금과 신하 사이의 도리는 義理(의리)에 있다는 뜻이다.

夫婦有別(부부유별)은 남편과 아내 사이에는 서로 침범치 못할 인륜의 구별이 있다는 뜻이다.

예제11 ㉠, ㉡에 들어갈 한자를 순서대로 바르게 나열한 것은(2018, 지방직 9급)

> • 근무 여건이 개선(㉠) 되자 업무 효율이 크게 올랐다.
> • 금융 당국은 새로운 통화(㉡) 정책을 제안하였다.

	㉠	㉡
①	改善	通貨
②	改選	通話
③	改善	通話
④	改選	通貨

풀이 정답 ①

• 개선(改善) : 잘못된 것이나 부족한 것, 나쁜 것 따위를 고쳐 더 좋게 만듦.

- 개선(改選) : 의원이나 임원 등이 사퇴하거나 그 임기가 다 되었을 때 새로 선출함.
- 통화(通貨) : 유통 수단이나 지불 수단으로서 기능하는 화폐. 본위 화폐, 은행권, 보조 화폐, 정부 지폐, 예금 통화 따위가 있다.
- 통화(通話) : 전화로 말을 주고받음.

소장

> - **小壯**(작을 **소**, 씩씩할 **장**) : 젊고 기운참. 예 **小壯派** 학자들이 모였다.
> - **所掌**(바 **소**, 맡을 **장**) : 맡아보는 일. 예 그는 아무리 힘들어도 자신의 **所掌**은 틀림없이 다 끝내는 사람이다.
> - **訴狀**(하소연할 **소**, 문서 **장**) : 소송을 제기하기 위하여 제일심 법원에 제출하는 서류. 예 내가 **訴狀**을 쓰면 꼭 득송한다고 사람들이 헛소문을 내어서…. ≪김구, 백범일지≫
> - **所藏**(바 **소**, 감출 **장**) : 자기의 것으로 지니어 간직함. 또는 그 물건. 예 박물관 **所藏** 문화재.

소환

> - **召喚**(부를 **소**, 부를 **환**) : 법원이 피고인, 증인, 변호인, 대리인 따위의 소송 관계인에게 소환장을 발부하여, 공판 기일이나 그 밖의 일정한 일시에 법원 또는 법원이 지정한 장소에 나올 것을 명령하는 일. 예 검찰에 피의자 **召喚**을 요구하다.
> - **召還**(부를 **소**, 돌아올 **환**) : 국제법에서, 본국에서 외국에 파견한 외교 사절이나 영사를 불러들이는 일. 예 대사가 본국으로 **召還**되었다.

수신

> - **受信**(받을 **수**, 신호 **신**) : 우편이나 전보 따위의 통신을 받음. 또는 그런 일. 예 이 전화가 **受信**에는 문제가 없는데 송신이 잘 안 된다.
> - **修身**(닦을 **수**, 몸 **신**) : 악을 물리치고 선을 북돋아서 마음과 행실을 바르게 닦아 수양함. 예 옛날 선비들은 **修身**을 중요한 덕목으로 여겼다.

수용

- **收容**(거둘 **수**, 용납할 **용**) : 범법자, 포로, 난민, 관객, 물품 따위를 일정한 장소나 시설에 모아 넣음. 예 포로 **收容** 시설.
- **受容**(받을 **수**, 용납할 **용**) : 어떠한 것을 받아들임. 예 외국 문화의 **受容**은 우리 문화에 대한 주체성을 바탕으로 해야 한다.
- **收用**(거둘 **수**, 쓸 **용**) : 거두어들여 사용함. 예 **收用**이 가능한 토지를 모두 매입하다.

숙원

- **宿怨**(묵을 **숙**, 원망할 **원**) : 오랫동안 품고 있는 원한. 예 **宿怨**을 지닌 채 눈을 감다.
- **宿願**(묵을 **숙**, 바랄 **원**) : 오래전부터 품어 온 염원이나 소망. 예 **宿願** 사업을 이루다.

습득

- **拾得**(주울 **습**, 얻을 **득**) : 주워서 얻음. 예 그는 길에서 **拾得**한 돈을 파출소에 맡겼다.
- **習得**(익힐 **습**, 얻을 **득**) : 학문이나 기술 따위를 배워서 자기 것으로 함. 예 선진 기술을 **習得**하다.

시가

- **市街**(저자 **시**, 거리 **가**) : 도시의 큰 길거리. 예 버스는 어느새 **市街**를 빠져나와 국도를 향해 달렸다.
- **市價**(저자 **시**, 값 **가**) : 시장에서 상품이 매매되는 가격. 예 이 집은 **市價**가 1억 원 정도 된다.
- **媤家**(시집 **시**, 집 **가**) : 시집(媤-). 예 추석 연휴를 **媤家**에서 보내다.
- **詩歌**(시 **시**, 노래 **가**) : 가사를 포함한 시문학을 통틀어 이르는 말. 예 **詩歌** 문학

시각

- **時刻**(때 **시**, 새길·시각 **각**) : 시간의 어느 한 시점. 또는 짧은 시간. 예 해 뜨는 **時刻**.
- **視覺**(볼 **시**, 깨달을 **각**) : 눈을 통해 빛의 자극을 받아들이는 감각 작용. 예 **視覺**을 잃다.
- **視角**(볼 **시**, 뿔 **각**) : 사물을 관찰하고 파악하는 기본적인 자세. 예 여성의 **視角**으로 접근하다.

시사

- 示唆(보일 **시**, 보일 **사**) : 어떤 것을 미리 간접적으로 표현해 줌. 예 낙관적인 <u>示唆</u>를 던져 주다.
- 時事(때 **시**, 일 **사**) : 그 당시에 일어난 여러 가지 사회적 사건. 예 이것은 매우 <u>時事的</u>인 문제다.
- 試寫(시험할 **시**, 베낄 **사**) : 영화나 광고 따위를 일반에게 공개하기 전에 심사원, 비평가, 제작 관계자 등의 특정인에게 시험적으로 보이는 일. 예 이번 <u>試寫</u>에 대해 극장주들은 시들한 반응을 보였다.

신축

- 新築(새 **신**, 쌓을 **축**) : 건물 따위를 새로 만듦. '새로 지음'으로 순화. 예 종합 병원의 <u>新築</u>을 기념하다.
- 伸縮(펼 **신**, 줄일 **축**) : 늘고 줆. 또는 늘이고 줄임. 예 이 고무줄은 <u>伸縮</u>이 잘된다.

실례

- 失禮(잃을 **실**, 예도 **례**) : 말이나 행동이 예의에 벗어남. 또는 그런 말이나 행동. 예 늦게 전화해도 댁에 <u>失禮</u>되지 않겠습니까?
- 實例(열매 **실**, 법식 **례**) : 구체적인 실제의 보기. 예 <u>實例</u>를 들어 설명하면 사람들이 이해하기 쉽다.

실정

- 失政(잃을 **실**, 다스릴 **정**) : 정치를 잘못함. 또는 잘못된 정치. 예 <u>失政</u>한 임금이 백성을 빈곤에 빠뜨렸다.
- 實情(열매 **실**, 뜻 **정**) : 실제의 사정이나 정세. 예 그는 일이 어떻게 되었는지 <u>實情</u>을 자세히 모른다.

심사

- 深思(깊을 **심**, 생각 **사**) : 깊이 생각함. 또는 깊은 생각. 예 그녀는 고개를 숙이고 <u>深思</u>와 묵도를 하였다.
- 審査(살필 **심**, 조사할 **사**) : 자세하게 조사하여 등급이나 당락 따위를 결정함. 예 자격을 <u>審査</u>하다.
- 心思(마음 **심**, 생각 **사**) : 어떤 일에 대한 여러 가지 마음의 작용. 또는 마음에 맞지 않아 어깃장을 놓고 싶은 마음. 예 뜻하지 않은 일 때문에 <u>心思</u>가 편치 못하다.

양식

- 洋食(큰 바다 **양**, 먹을 **식**) : 서양식 음식. 예 오늘 점심 메뉴는 <u>洋食</u>이다.
- 糧食(양식 **양**, 먹을 **식**) : 생존을 위하여 필요한 사람의 먹을거리. 예 먹을 <u>糧食</u>이 다 떨어졌다.
- 樣式(모양 **양**, 법 **식**) : 일정한 모양이나 형식. '서식'으로 순화. 예 서류를 <u>樣式</u>에 맞게 꾸며라.
- 養殖(기를 **양**, 불릴 **식**) : 물고기나 해조, 버섯 따위를 인공적으로 길러서 번식하게 함. 예 통영은 굴 <u>養殖</u>으로 유명하다.

양호

- 良好(좋을 **양**, 좋아할 **호**) : 대단히 괜찮음. '매우 좋음'으로 순화. 예 성적이 <u>良好</u>하다.
- 養護(기를 **양**, 보호할 **호**) : 기르고 보호함. 학교에서 학생의 건강이나 위생에 대하여 돌보아 줌. 예 <u>養護</u> 선생님은 학생들의 위생을 위하여 애를 많이 쓰신다.

역전

- 力戰(힘 **역**, 싸울 **전**) : 온 힘을 다하여 싸움. 예 경기에 이기기 위하여 <u>力戰</u> 분투하였다.
- 驛前(역참 **역**, 앞 **전**) : 역의 앞쪽. '역 앞'으로 순화. 예 사람들이 <u>驛前</u> 광장에 모여들었다.
- 逆轉(거스를 **역**, 구를 **전**) : 형세가 뒤집혀짐. 예 불리하던 상황이 유리하게 <u>逆轉</u>되었다.

예제 12 ㉠과 상반되는 뜻을 가진 한자 성어는?(2021, 소방직)

> 미스터 방은 선뜻 쾌한 대답이었다.
> "진정인가?"
> "머, 지끔 당장이래두, 내 입 한 번만 떨어진다 치면, 기관총 들멘 엠피가 백 명이구 천 명이구 들끓어 내려가서, 들이 쑥밭을 만들어 놉니다, 쑥밭을."
> "고마우이!"
> 백주사는 복수하여지는 광경을 서언히 연상하면서, 미스터 방의 손목을 덤쑥 잡는다.
> "㉠백골난망이겠네."
> "놈들을 깡그리 죽여 놀 테니, 보슈."
> "자네라면야 어련하겠나."
> "흰말이 아니라 참 이승만 박사두 내 말 한마디면 고만 다 제바리유."
>
> – 채만식, 「미스터 방」

① 四面楚歌　　　　　② 刻骨難忘
③ 九死一生　　　　　④ 背恩忘德

풀이 정답 ④

- 사면초가(四面楚歌) : 아무에게도 도움을 받지 못하는, 외롭고 곤란한 지경에 빠진 형편을 이르는 말.
- 각골난망(刻骨難忘) : 남에게 입은 은혜가 뼈에 새길 만큼 커서 잊히지 아니함
- 구사일생(九死一生) : 아홉 번 죽을 뻔하다 한 번 살아난다는 뜻으로, 죽을 고비를 여러 차례 넘기고 겨우 살아남을 이르는 말.
- 배은망덕(背恩忘德) : 남에게 입은 은덕을 저버리고 배신하는 태도가 있음.

연기

- **延期**(끌 연, 때 기) : 정해진 기한을 뒤로 물려서 늘림. 예 시험이 한 달 뒤로 **延期**되었다.
- **煙氣**(연기 연, 기운 기) : 무엇이 불에 탈 때에 생겨나는 흐릿한 기체나 기운. 예 굴뚝에서 **煙氣**가 나다.
- **演技**(행할 연, 재주 기) : 배우가 배역의 인물, 성격, 행동 따위를 표현해 내는 일. 예 **演技**의 폭을 넓히다.

연장

- **年長**(해 **연**, 길 **장**) : 서로 비교하여 보아 나이가 많음. 또는 그런 사람. 예 그는 나보다 다섯 살 **年長**이다.
- **延長**(끌 **연**, 길 **장**) : 시간이나 거리 따위를 본래보다 길게 늘임. 예 평균 수명의 **延長**에 따라, 노년층의 인구가 증가되었다.

우수

- **優秀**(뛰어날 **우**, 빼어날 **수**) : 여럿 가운데 뛰어남. 예 나는 **優秀**한 성적으로 졸업했다.
- **憂愁**(근심 **우**, 근심 **수**) : 근심과 걱정을 아울러 이르는 말. 예 **憂愁**에 찬 얼굴.
- **雨水**(비 **우**, 물 **수**) : 빗물. 혹은 24절기의 하나. 예 **雨水** 경칩에 대동강 물이 풀린다.

유감

- **有感**(있을 **유**, 느낄 **감**) : 느끼는 바가 있음. 예 풀빛이 진해진 이파리들을 보니 봄날 **有感**이 더욱 새롭다.
- **遺憾**(남길 **유**, 섭섭할 **감**) : 마음에 차지 아니하여 섭섭하거나 불만스럽게 남아 있는 느낌. 예 우리는 불미스러운 일이 생긴 데 대해 **遺憾**으로 생각합니다.

유지

- **有志**(있을 **유**, 뜻 **지**) : 마을이나 지역에서 명망 있고 영향력을 가진 사람. 예 그 어른은 이곳에서 가장 영향력이 큰 **有志**이다.
- **維持**(맬 **유**, 지탱할 **지**) : 어떤 상태나 상황을 그대로 보존하거나 변함없이 계속하여 지탱함. 예 이 상태로 나가다가는 현상 **維持**도 어려울 것 같다.
- **遺志**(남길 **유**, 뜻 **지**) : 죽은 사람이 살아서 이루지 못하고 남긴 뜻. 예 선생님의 **遺志**를 기리자.
- **遺旨**(남길 **유**, 뜻 **지**) : 죽은 사람이 살아 있을 때에 가졌던 생각. 예 너무 잘난 체해서는 안 된다는 그 **遺旨**를 생각할 때, 하웅은 부르르 온몸을 떨며 긴 한숨 한소리에 다시 자리에 펄썩 주저앉아 버린다. ≪박종화, 전야≫

유학

- 留學(머무를 **유**, 배울 **학**) : 외국에 머물면서 공부함. 예 어머니는 _留學_을 보낸 아들을 항상 보고 싶어 하신다.
- 遊學(다닐 **유**, 배울 **학**) : 타향에서 공부함. 예 동생은 중학교 때부터 도시에서 _遊學_ 생활을 했다.

이성

- 異性(다를 **이**, 성품 **성**) : 성(性)이 다른 것. 남성 쪽에선 여성을, 여성 쪽에선 남성을 가리킨다. 예 _異性_에 눈을 뜨다.
- 異姓(다를 **이**, 성 **성**) : 성이 다름. 또는 다른 성. 예 술가(術家)의 말에, 마암에 집을 지으면 _異姓_이 왕 노릇을 한다는 불길한 말이 있사옵니다. ≪박종화, 다정불심≫
- 理性(다스릴 **이**, 성품 **성**) : 개념적으로 사유하는 능력을 감각적 능력에 상대하여 이르는 말. 예 그는 감성보다는 _理性_이 발달한 냉철한 인간이다.

이동

- 移動(옮길 **이**, 움직일 **동**) : 움직여 옮김. 또는 움직여 자리를 바꿈. 예 마을 사람들은 회관으로 _移動_하였다.
- 異動(다를 **이**, 움직일 **동**) : 전임(轉任)이나 퇴직 따위로 말미암은 지위나 직책의 변동. 예 올해에도 인사_異動_이 있을 예정이다.

이상

- 異狀(다를 **이**, 모양 **상**) : 평소와는 다른 상태. 예 몸에 _異狀_이 나타나다.
- 異常(다를 **이**, 항상 **상**) : 정상적인 상태와 다름. 예 바람 소리가 _異常_해서 그녀는 저고리를 걸치다가 다시 밖에 귀를 기울였다. ≪한수산, 유민≫
- 理想(다스릴 **이**, 생각 **상**) : 생각할 수 있는 범위 안에서 가장 완전하다고 여겨지는 상태. 예 그녀가 _理想的_으로 여기는 신랑감은 착한 성품을 지닌 남자이다.
- 以上(써 **이**, 위 **상**) : 수량이나 정도가 일정한 기준보다 더 많거나 나음. 기준이 수량으로 제시될 경우에는, 그 수량이 범위에 포함되면서 그 위인 경우를 가리킨다. 예 십 년 _以上_ 근무하다.

이해

- **利害**(이로울 이, 해로울 해) : 이익과 손해를 아울러 이르는 말. 예 그는 무슨 말이든 **利害**로 따지기 전에 옳고 그름으로 따진다.
- **理解**(다스릴 이, 풀 해) : 사리를 분별하여 해석함. 예 이 책의 내용은 초보자에게는 **理解**되기 어려울 것이다.

이행

- **移行**(옮길 이, 행할 행) : 다른 상태로 옮아감. 예 독재 정치에서 민주적 정권으로의 **移行**이 순조롭게 진행됐다.
- **履行**(밟을 이, 행할 행) : 실제로 행함. 예 이 약조는 반드시 **履行**되리라고 믿습니다.

인도

- **人道**(사람 인, 길 도) : 보도(步道). 예 버스가 **人道**로 뛰어들어 행인을 덮치는 사고가 발생했다.
- **引導**(끌 인, 이끌 도) : 이끌어 지도함. 예 그는 간사한 사람에게 잘못 **引導**되어 나쁜 길로 빠졌다.
- **引渡**(끌 인, 건널 도) : 사물이나 권리 따위를 넘겨줌. 예 유품이 가족들에게 **引渡**되었다.

인상

- **人相**(사람 인, 모습 상) : 사람 얼굴의 생김새. 예 그렇게 **人相** 쓰지 마시고 그만 화를 푸세요.
- **引上**(끌 인, 위 상) : 물건 값, 봉급, 요금 따위를 올림. '올림', '값올림'으로 순화. 예 버스 요금이 **引上**되다.
- **印象**(도장·새길 인, 모양 상) : 어떤 대상에 대하여 마음속에 새겨지는 느낌. 예 그 배우는 내면 연기가 **印象的**이다.

예제 13 밑줄 친 말의 의미와 거리가 먼 것은?(2020, 국가직)

> • 넌 얼마나 <u>오지랖이 넓기</u>에 남의 일에 그렇게 미주알고주알 캐는 거냐?
> • 강쇠네는 입이 재고 무슨 일에나 <u>오지랖이 넓었지만</u> 무작정 덤벙거리고만 다니는 새줄랑이는 아니었다.

① 謁見   ② 干涉

③ 參見   ④ 干與

풀이 정답 ①

• 알현(謁見) : 지체가 높고 귀한 사람을 찾아가 뵘.
• 간섭(干涉) : 직접 관계가 없는 남의 일에 부당하게 참견함.
• 참견(參見) : 자기와 별로 관계없는 일이나 말 따위에 끼어들어 쓸데없이 아는 체하거나 이래라저래라 함.
• 간여(干與) : 어떤 일에 간섭하여 참여함.

예제 14 밑줄 친 부분과 의미가 통하는 한자어를 연결한 것으로 옳지 않은 것은?(2021, 우정직)

> ㄱ. 코로나 19로 인해 <u>일을 쉬는</u> 날이 많아졌다.
> ㄴ. 이 연극에서 <u>가장 뛰어난 부분</u>은 마지막 장면이었다.
> ㄷ. 그는 <u>마음속에 간직하고 아직 드러내지 않은</u> 생각이 따로 있었다.
> ㄹ. 다국적 기업들이 시장 점유율을 높이기 위해 <u>치열하게 다투고</u> 있다.

① ㄱ: 休務   ② ㄴ: 壓卷

③ ㄷ: 覆案   ④ ㄹ: 角逐

풀이 정답 ③

• 휴무(休務)
• 압권(壓卷)
• 복안(覆案) : 거듭하여 잘 조사하여 살펴봄.
• 복안(腹案) : 겉으로 드러내지 아니하고 마음속으로만 생각함. 또는 그런 생각
• 각축(角逐)

인정

- **人情**(사람 인, 뜻 정) : 사람이 본래 가지고 있는 감정이나 심정. 또는 남을 동정하는 따뜻한 마음. 예 그 사람은 **人情**이라곤 눈곱만큼도 없다.
- **仁政**(어질 인, 다스릴 정) : 어진 정치. 예 세종대왕은 백성들에게 **仁政**을 펴셨다.
- **認定**(인정할 인, 정할 정) : 확실히 그렇다고 여김. 예 나는 그의 성실성만은 **認定**을 해 주고 싶어.

장관

- **壯觀**(씩씩할 장, 볼 관) : 훌륭하고 장대한 광경. 예 만산은 황홀하다기보다 일대 **壯觀**이다.
- **長官**(길 장, 벼슬 관) : 국무를 나누어 맡아 처리하는 행정 각부의 우두머리. 예 행정 자치부 **長官**

재배

- **再拜**(두 재, 절할 배) : 두 번 절함. 또는 그 절. 예 신부는 사배하고 신랑은 **再拜**했다.
- **栽培**(심을 재, 북돋울 배) : 식물을 심어 가꿈. '기름'으로 순화. 예 신품종의 **栽培**에 성공하다.

재화

- **財貨**(재물 재, 재화 화) : 재물. 예 너무 많은 **財貨**는 화를 부른다.
- **災禍**(재앙 재, 재화 화) : 재앙(災殃)과 화난(禍難)을 아울러 이르는 말. 예 올해는 이상하게도 자꾸 **災禍**가 든다.

전기

- **電氣**(번개 전, 기운 기) : 물질 안에 있는 전자 또는 공간에 있는 자유 전자나 이온들의 움직임 때문에 생기는 에너지의 한 형태. 예 사고가 나자 그 지역의 **電氣** 공급을 중단하였다.
- **前期**(앞 전, 때 기) : 일정 기간을 몇 개로 나눈 첫 시기. 예 조선 후기에는 **前期**에 비하여 상공업이 더욱 발달하였다.
- **傳記**(전할 전, 기록할 기) : 한 사람의 일생 동안의 행적을 적은 기록. 예 한국 위인 **傳記**
- **傳奇**(전할 전, 기이할 기) : 전하여 오는 기이한 일을 세상에 전함. 예 금오신화는 대표적인 **傳奇**소설이다.

전세

- **傳貰**(전할 **전**, 세낼 **세**) : 부동산의 소유자에게 일정한 금액을 맡기고 그 부동산을 일정 기간 동안 빌려 쓰는 일. 예 살던 집을 **傳貰** 놓고 아파트로 이사 갔다.
- **專貰**(오로지 할 **전**, 세낼 **세**) : 계약에 의하여 일정 기간 동안 그 사람에게만 빌려 주어 다른 사람의 사용을 금하는 일. 예 **專貰** 버스

절개

- **切開**(끊을 **절**, 열 **개**) : 째거나 갈라서 벌림. 예 국소를 **切開**하고 수술을 하다.
- **節槪**(마디 · 절개 **절**, 평미레 · 절개 **개**) : 신념, 신의 따위를 굽히지 아니하고 굳게 지키는 꿋꿋한 태도. 예 어떠한 역경 속에서도 변절하지 않고 지조와 **節槪**로써 충성을 다하다.

절충

- **折衷**(꺾을 **절**, 속마음 **충**) : 서로 다른 사물이나 의견, 관점 따위를 알맞게 조절하여 서로 잘 어울리게 함. 예 이 영화는 액션과 코믹이 잘 **折衷**되어 있다.
- **折衝**(꺾을 **절**, 부딪칠 **충**) : 적의 창끝을 꺾고 막는다는 뜻으로, 이해관계가 서로 다른 상대와 교섭하거나 담판함을 이르는 말. 예 막판 **折衝**을 벌이다.

전형

- **典型**(법 · 본보기 **전**, 거푸집 **형**) : 같은 부류의 특징을 가장 잘 나타내고 있는 본보기. 예 시골 농가를 그릴 때는 내가 자란 고향의 초가를 **典型**으로 떠올린다.
- **銓衡**(저울질 할 **전**, 저울대 **형**) : 됨됨이나 재능 따위를 가려 뽑음. 또는 그런 일. 예 대학에서는 **銓衡**을 거쳐 신입생을 선발한다.

정당

- **政黨**(다스릴 **정**, 무리 **당**) : 정치적인 주의나 주장이 같은 사람들이 정권을 잡고 정치적 이상을 실현하기 위하여 조직한 단체. 예 **政黨**을 결성하다.
- **正當**(바를 **정**, 마땅할 **당**) : 이치에 맞아 올바르고 마땅하다. 예 **正當**한 내우를 요구하다.

정의

- **情誼**(뜻 정, 뜻 의) : 서로 사귀어 친하여진 정. 예 두터운 **情誼**.
- **正義**(바를 정, 옳을 의) : 진리에 맞는 올바른 도리. 예 **正義**를 위하여 싸우다.
- **定義**(정할 정, 뜻 의) : 어떤 말이나 사물의 뜻을 명백히 밝혀 규정함. 또는 그 뜻. 예 예술은 새로움을 추구하는 작업이라고 **定義**할 수 있다.

정체

- **正體**(바를 정, 몸 체) : 참된 본디의 형체. 예 스파이의 **正體**가 탄로 났다.
- **停滯**(머무를 정, 막힐 체) : 사물이 발전하거나 나아가지 못하고 한자리에 머물러 그침. 예 경제의 **停滯**로 불황이 지속된다.

제재

- **制裁**(마를 제, 마를·판단할 재) : 일정한 규칙이나 관습의 위반에 대하여 제한하거나 금지함. 또는 그런 조치. 예 유엔 안보리는 그 나라를 군사적으로 **制裁**할 것을 가결했다.
- **題材**(문제 제, 재목 재) : 예술 작품이나 학술 연구의 바탕이 되는 재료. 예 오늘 백일장의 **題材**는 자연이었다.

조작

- **造作**(지을 조, 지을 작) : 어떤 일을 사실인 듯이 꾸며 만듦. 예 그의 주장은 **造作**이었음이 곧 밝혀졌다.
- **操作**(잡을 조, 지을 작) : 기계 따위를 일정한 방식에 따라 다루어 움직임. 예 그는 기계 **操作**이 서툴다.

조정

- **調整**(고를 조, 가지런히 할 정) : 어떤 기준이나 실정에 맞게 정돈함. 예 기차 운행 시간이 **調整**되다.
- **調停**(고를 조, 머무를 정) : 분쟁을 중간에서 화해하게 하거나 서로 타협점을 찾아 합의하도록 함. 예 실무자 간의 이견 **調停**을 위한 회의가 열렸다.
- **朝廷**(조정 조, 조정 정) : 임금이 나라의 정치를 신하들과 의논하거나 집행하는 곳. 또는 그런 기구. 예 **朝廷** 공론 사흘 못 간다.

조화

> - **造化**(지을 **조**, 될 **화**) : 만물을 창조하고 기르는 대자연의 이치. 또는 그런 이치에 따라 만들어진 우주 만물. 예 자연의 <u>造化</u>.
> - **調和**(고를 **조**, 화할 **화**) : 서로 잘 어울림. 예 그 연극은 무대 장치와 등장인물의 <u>調和</u>가 뛰어났다.

준수

> - **遵守**(따를 **준**, 지킬 **수**) : 전례나 규칙, 명령 따위를 그대로 좇아서 지킴. 예 국민은 헌법을 <u>遵守</u>해야 할 의무를 지닌다.
> - **俊秀**(빼어날 **준**, 빼어날 **수**) : 재주와 슬기, 풍채가 빼어나다. 예 그는 <u>俊秀</u>한 외모 덕에 여자들에게 인기가 많았다.

예제 15 밑줄 친 단어의 한자 표기가 모두 옳은 것은?(2021, 우정직)

① <u>의견수렴(意見收廉)</u>을 거쳐 우체국 <u>보험(保險)</u> 상품을 새로 시판했다.

② 예금주는 언제든지 예금거래 기본 <u>약관(約款)</u>의 <u>교부(交付)</u>를 청구할 수 있다.

③ 우정사업본부는 대한민국 <u>우편(郵便)</u>·금융의 <u>초석 역할(楚石役割)</u>을 하고 있다.

④ 변동금리를 적용하는 <u>거치식(据値式)</u> <u>예금(預金)</u>은 최초 거래 시 이율 적용 방법을 표시한다.

풀이 정답 ②

- 의견수렴(收廉 → 收斂)
- 초석(楚石 → 礎石)
- 거치(据値 → 据置)

예제 16 다음에 서술된 A사의 상황을 가장 적절하게 표현한 한자성어는?(2020, 지방직)

> 최근 출시된 A사의 신제품이 뜨거운 호응을 얻고 있다. 이번 신제품의 성공으로 A사는 B사에게 내주었던 업계 1위 자리를 탈환했다.

① 兔死狗烹　　　　　② 捲土重來

③ 手不釋卷　　　　　④ 我田引水

풀이 정답 ②

① 토사구팽(兎死狗烹) : 필요할 때는 쓰고 필요 없을 때는 야박하게 버리는 경우를 이르는 말.

② 권토중래(捲土重來) : 한 번 실패하였으나 힘을 회복하여 다시 쳐들어옴을 이르는 말.

③ 수불석권(手不釋卷) : 손에서 책을 놓지 아니하고 늘 글을 읽음.

④ 아전인수(我田引水) : 자기 논에 물 대기라는 뜻으로, 자기에게만 이롭게 되도록 생각하거나 행동함을 이르는 말

지각

· 知覺(알 **지**, 깨달을 **각**) : 알아서 깨달음. 또는 사물의 이치나 도리를 분별하는 능력.
　　　예 이제야 그 일이 현실로 **知覺**된다.

· 遲刻(더딜 **지**, 새길 **각**) : 정해진 시각보다 늦게 출근하거나 등교함. 예 출근 시간에 전동차의 고장으로 직장인들의 **遲刻** 사태가 벌어졌다.

지원

· 支援(지탱할 **지**, 당길·도울 **원**) : 지지하여 도움. 예 많은 기업체가 그 공연 단체를 **支援**하기로 약속하였다.

· 志願(뜻 **지**, 원할 **원**) : 어떤 일이나 조직에 뜻을 두어 끼이길 바람. 예 군대에 **志願**하기로 결정하였다.

진정

· 眞正(참 **진**, 바를 **정**) : 거짓이 없이 참으로. 예 선생님을 뵙게 되어 **眞正** 기쁩니다.

· 眞情(참 **진**, 뜻 **정**) : 참되고 애틋한 정이나 마음. 예 그녀는 한익의 이러한 충고가 **眞情**에서 나온 것임을 본능적으로 깨달았다. ≪홍성원, 육이오≫

· 鎭靜(진압할 **진**, 고요할 **정**) : 몹시 소란스럽고 어지러운 일을 가라앉힘. 예 여론의 **鎭靜**을 위해 담화를 발표하다.

· 陳情(펼·진술할 **진**, 뜻 **정**) : 실정이나 사정을 진술함. 예 면에다 양식 배급을 주도록 말해 달라고 **陳情**하러들 온 것이었다.≪이태준, 해방 전후≫

최고

- 最高(가장 **최**, 높을 **고**) : 가장 높음 또는 으뜸인 것. 예 이번 달 수출이 월별 실적으로는 사상 **最高**를 기록했다.
- 最古(가장 **최**, 옛 **고**) : 가장 오래됨. 예 세계 **最古**의 금속 활자는 직지심체요절이다.
- 催告(재촉할 **최**, 알릴 **고**) : 재촉하는 뜻을 알림. 예 교통 법규 위반에 대한 벌금을 요청하는 **催告狀**을 받았다.

출연

- 出演(날 **출**, 행할 **연**) : 연기, 공연, 연설 따위를 하기 위하여 무대나 연단에 나감. 예 나에게는 그것이 첫 번째 텔레비전 **出演**이었던지라 상당히 흥분했습니다.
- 出捐(날 **출**, 덜 **연**) : 금품을 내어 도와줌. 예 실직자를 위한 기금 **出捐**을 요청하다.

탄성

- 歎聲(탄식할 **탄**, 소리 **성**) : 몹시 한탄하거나 탄식하는 소리. 또는 몹시 감탄하는 소리. 예 가혹한 정치에 백성들의 **歎聲**이 자자하다.
- 彈性(퉁길 **탄**, 성품·성질 **성**) : 물체에 외부에서 힘을 가하면 부피와 모양이 바뀌었다가, 그 힘을 제거하면 본디의 모양으로 되돌아가려고 하는 성질. 예 용수철을 잡아당겼다 놓으면 물체의 **彈性力**을 확인할 수 있다.

탈취

- 奪取(빼앗을 **탈**, 취할 **취**) : 빼앗아 가짐. 예 열강의 이권 **奪取**에 저항하다.
- 脫臭(벗을 **탈**, 냄새 **취**) : 냄새를 빼어 없앰. 예 냉장고에서 나는 음식 냄새를 줄이기 위하여 **脫臭劑**를 넣어 두었다.

통화

- 通貨(통할 **통**, 재화 **화**) : 유통 수단이나 지불 수단으로서 기능하는 화폐. 예 1원짜리 동전은 이제 **通貨** 단위가 되지 못한다.
- 通話(통할 **통**, 말씀 **화**) : 전화로 말을 주고받음. 예 이번에는 제발 그와 **通話**됐으면 좋겠다.

편재

- 偏在(치우칠 **편**, 있을 **재**) : 한곳에 치우쳐 있음. 예 문화 시설 대부분이 서울에 **偏在**해 있다.
- 遍在(두루 **편**, 있을 **재**) : 널리 퍼져 있음. 예 저희 도서관에는 각종 분야의 서적이 **遍在**되어 있습니다.

폐업

- 閉業(닫을 **폐**, 일 **업**) : 영업을 하지 않음 또는 그날의 영업을 끝냄. 예 우리 집 앞 식당은 밤에는 장사가 잘 되지 않아 일찍 **閉業**한다.
- 廢業(폐할 · 그만둘 **폐**, 일 **업**) : 직업이나 영업을 그만둠. 예 일반 소매점은 가격 경쟁력에서 밀리기 때문에 **廢業**하는 사태가 속출하였다.

표지

- 表紙(겉 **표**, 종이 **지**) : 책의 맨 앞뒤의 겉장. 예 책을 잃어버리지 않도록 **表紙** 안쪽에 이름을 써 두었다.
- 標識(나무 끝 **표**, 적을 **지**) : 표시나 특징으로 어떤 사물을 다른 것과 구별하게 함. 또는 그 표시나 특징. 예 사람이 붐비는 곳은 화장실 **標識**를 눈에 띄게 해야 한다.

필수

- 必須(반드시 **필**, 모름지기 **수**) : 꼭 있어야 하거나 하여야 함. 예 양초는 고지에서는 **必須** 불가결의 보급품이다. 《홍성원, 육이오》
- 必修(반드시 **필**, 닦을 **수**) : 반드시 학습하거나 이수하여야 함. 예 그는 수업을 많이 수강하여 **必修** 학점을 초과하였다.

학력

- 學力(배울 **학**, 힘 **력**) : 교육을 통하여 얻은 지식이나 기술 따위의 능력. 예) 요즘 초등학교 학생들의 **學力**은 예전보다 많이 저하되었다.
- 學歷(배울 **학**, 지낼 **력**) : 학교를 다닌 경력. 예 예전에는 일반 사람들의 평균 **學歷**이 그리 높지 않았다.

향수

- **香水**(향기 **향**, 물 **수**) : 액체 화장품의 하나. 예 **香水**를 한 방울 찍어 손목에 바르다.
- **鄕愁**(고향 **향**, 근심 **수**) : 고향을 그리워하는 마음이나 시름. 예 풀벌레의 울음소리가 새삼 **鄕愁**를 일깨웠다.
- **享受**(누릴 **향**, 받을 **수**) : 어떤 혜택을 받아 누림. 또는 예술적인 아름다움이나 감동 따위를 음미하고 즐김. 예 복지 혜택을 **享受**하다.

현상

- **現象**(나타날 **현**, 모양 **상**) : 인간이 지각할 수 있는, 사물의 모양과 상태. 예 매년 여름에는 열대야 **現象**으로 밤잠을 설칠 때가 많다.
- **現狀**(나타날 **현**, 상황 **상**) : 나타나 보이는 현재의 상태. 예 지금 같은 불경기에는 **現狀**을 유지하는 것만도 힘이 든다.
- **懸賞**(매달 **현**, 상줄 **상**) : 무엇을 모집하거나 구하거나 사람을 찾는 일 따위에 현금이나 물품 따위를 내걺. 예 교도소에 수감 중이던 그가 탈주하자 경찰은 그를 **懸賞** 수배하였다.

호기

- **好機**(좋아할 **호**, 기회 **기**) : 좋은 기회. 예 이런 **好機**는 다시 오지 않을 것 같다.
- **好期**(좋아할 **호**, 때 **기**) : 좋은 시기. 예 그는 아무것도 이루지 못하고 **好期**를 다 보내고 말았다.
- **豪氣**(호방할 **호**, 기운 **기**) : 씩씩하고 호방한 기상. 또는 꺼드럭거리는 기운. 예 그는 하늘을 찌를 듯한 **豪氣**와 바위같이 흔들리지 않는 신념을 가지고 있다.
- **浩氣**(클 **호**, 기운 **기**) : 호연지기(浩然之氣). 예 그는 어릴 때부터 높은 산에 올라가거나 넓은 바다를 보는 것으로 **浩氣**를 길렀다.

예제 17 밑줄 친 단어와 바꿔 쓸 수 있는 한자어로 가장 적절한 것은?(2020, 지방직)

① 그는 가수가 되려는 꿈을 <u>버리고</u> 직장을 구했다.

   → 遺棄하고

② 휴가철인 7 ~ 8월에 <u>버려지는</u> 반려견들이 가장 많다.

   → 根絶되는

③ 그는 집 앞에 몰래 쓰레기를 <u>버리고</u> 간 사람을 찾고 있다.

   → 投棄하고

④ 취직하려면 그녀는 우선 지각하는 습관을 <u>버려야</u> 할 것이다.

   → 抛棄해야

풀이 정답 ③

- 유기(遺棄) : 내다 버림.
- 근절(根絶) : 다시 살아날 수 없도록 아주 뿌리째 없애 버림.
- 투기(投棄) : 내던져 버림.
- 포기(抛棄) : 하려던 일을 도중에 그만두어 버림/자기의 권리나 자격, 물건 따위를 내던져 버림.

예제 18 ㉠ ~ ㉣의 한자 표기로 옳은 것은?(2020, 국가직)

> 과학사를 들춰 보면 기존의 학문 체계에 ㉠<u>도전</u>했다가 낭패를 본 인물들의 이야기를 자주 만날 수 있다. 대표적인 인물이 천동설을 부정하고 지동설을 주장한 갈릴레이이다. 천동설을 ㉡<u>지지</u>하던 당시의 권력층은 그들의 막강한 힘을 이용하여 갈릴레이를 신의 권위에 도전하는 이단자로 욕하고 목숨까지 위협했다. 갈릴레이가 영원한 ㉢<u>침묵</u>을 ㉣<u>맹세</u>하지 않고 계속 지동설을 주장했더라면 그는 단두대의 이슬로 사라졌을지도 모른다.

① ㉠ 逃戰   ② ㉡ 持地
③ ㉢ 浸默   ④ ㉣ 盟誓

풀이 정답 ④

- 도전(逃戰 → 挑戰)
- 지지(持地 → 支持)
- 침묵(浸默 → 沈默)

3) 모양에 주의할 한자[유사 한자]

幹	斡

幹 줄기 **간** 예 幹部(간부), 根幹(근간)

斡 주선할 **알** 예 斡旋(알선) 旋 돌 선

槪	慨

槪 대개 · 기개 **개** 예 槪論(개론), 槪要(개요) 要 구할 요, 氣槪(기개), 節槪(절개) 節 마디 · 절개 절

慨 슬퍼할 · 분노할 **개** 예 慨嘆(개탄) 嘆 탄식할 탄, 悲憤慷慨(비분강개 : 슬프고 분하여 의분이 북받침) 悲 슬플 비 憤 성낼 분 慷 슬플 강

建	健

建 세울 **건** 예 建國(건국), 建設(건설), 建築(건축) 築 쌓을 축

健 굳셀 **건** 예 健康(건강) 康 편안할 강, 健實(건실), 健鬪(건투) 鬪 싸울 투

儉	檢	劍	險	驗	斂

儉 검소할 **검** 예 勤儉節約(근검절약), 儉素(검소) 素 바탕 소, 儉約(검약)

檢 조사할 **검** 예 身體檢査(신체검사), 檢擧(검거) 擧 들 거

劍 칼 **검** 예 劍道(검도), 劍術(검술)

險 험할 **험** 예 冒險(모험) 冒 무릅쓸 모, 險難(험난), 險談(험담) 談 말씀 담

驗 시험할 · 효과 **험** 예 試驗(시험) 試 시험할 시, 效驗(효험) 效 본받을 효

斂 거둘 **렴** 예 收斂(수렴 : 여러 의견이나 생각, 주장, 여론 따위를 한데 모음)

敬	警	驚

敬 공경할 **경** 예 敬老思想(경로사상), 恭敬(공경), 尊敬(존경)

警 경계할 **경** 예 警戒(경계) 戒 경계할 계, 警察(경찰)

驚 놀랄 **경** 예 驚氣(경기)

故	做	放	倣	傲

故 연고・사건・옛 **고** [예] 事故(사고), 故障(고장) 障 막을 장, 故事成語(고사성어)

做 지을 **주** [예] 看做(간주)

放 놓을 **방** [예] 放送(방송), 放置(방치)

倣 본받을 **방** [예] 模倣(모방) 模 본뜰 모

傲 거만할 **오** [예] 傲慢(오만) 慢 거만할 만

觀	灌	權	勸	歡	僅	勤	謹	饉	艱	難

觀 볼 **관** [예] 觀光(관광), 觀測(관측) 測 잴 측

灌 물 댈 **관** [예] 灌漑(관개) 漑 물 댈 개, 灌佛會(관불회 : 석가가 탄생한 음력 4월 초파일에 꽃으로 꾸민 조그만 당집에 불상을 모시고 감차(甘茶)를 머리 위에 뿌리는 행사)

權 권세 **권** [예] 權利(권리), 人權(인권), 正權(정권)

勸 권할 **권** [예] 勸告(권고), 勸農(권농), 勸勉(권면) 勉 힘쓸 면

歡 기쁠 **환** [예] 歡迎(환영), 歡喜(환희)

僅 겨우 **근** [예] 僅僅(근근), 僅少(근소)

勤 부지런할 **근** [예] 勤勞者(근로자), 勤勉(근면)

謹 삼갈 **근** [예] 謹愼(근신) 愼 삼갈 신, 謹弔(근조)

饉 주릴・흉년 들 **근** [예] 饑饉(기근) 饑 주릴 기

艱 어려울 **간** [예] 艱難(간난 : 힘들고 고생이 됨)

難 어려울 **난** [예] 難堪(난감) 堪 견딜 감, 難局(난국), 困難(곤란)

求	救	球

求 찾을 **구** [예] 探求(탐구), 追求(추구)

救 구원할 **구** [예] 救命(구명), 救出(구출), 救恤(구휼 : 사회적 또는 국가적 차원에서 재난을 당한 사람이나 빈민에게 금품을 주어 구제함) 恤 구휼할 휼

球 공 **구** [예] 籠球(농구) 籠 대바구니 롱, 排球(배구) 排 밀칠 배, 野球(야구), 地球(지구), 蹴球(축구) 蹴 찰 축

| 卷 | 券 | 拳 | 倦 | 捲 | 圈 |

卷 책 **권** 예 卷頭言(권두언), 壓卷(압권) 壓 누를 압

券 문서·증서 **권** 예 入場券(입장권), 旅券(여권), 證券(증권)

拳 주먹 **권** 예 拳法(권법). 拳鬪(권투)

倦 게으를 **권** 예 倦怠(권태), 倦厭(권염 : 지겨워서 싫증이 남) 厭 싫을 염

捲 말 **권** 예 捲土重來(권토중래 : 땅을 말아 일으킬 것 같은 기세로 다시 온다는 뜻으로, 한 번 실패하였으나 힘을 회복하여 다시 쳐들어옴을 이르는 말) 重 거듭 중

圈 둘레·범위 **권** 예 生活圈(생활권), 北極圈(북극권)

| 畓 | 踏 | 蹈 |

畓 논 **답** 예 田畓(전답)

踏 밟을 **답** 예 踏襲(답습 : 예로부터 해 오던 것을 그대로 따라 행하거나 이어 가는 것) 襲 엄습 할 습

蹈 밟을 **도** 예 蹈襲(도습 : 옛것을 좇아서 그대로 함), 舞蹈(무도)

| 得 | 碍(=礙) |

得 얻을 **득** 예 攄得(터득) 攄 펼 터

碍(=礙) 거리낄 **애** 예 障碍(장애), 拘碍(구애) 拘 잡을 구

| 騰 | 謄 | 藤 | 勝 |

騰 뛸 **등** 예 騰落(등락)

謄 베낄 **등** 예 謄本(등본)

藤 칡 **등** 예 葛藤(갈등) 葛 칡 갈

勝 이길 **승** 예 勝利(승리), 勝訴(승소) 訴 하소연 할 소

| 曆 | 歷 |

曆 달력 **력** 예 冊曆(책력), 曆法(역법), 陰曆(음력)

歷 지낼 **력** 예 歷史(역사), 遍歷(편력) 遍 두루 편, 履歷(이력) 履 신·밟을 리

列	烈	裂	熱

列 줄지을 **렬** 예 配列(배열) 配 나눌 배, 羅列(나열) 羅 벌릴·그물 라

烈 매울 **렬** 예 熾烈(치열) 熾 성할 치

裂 찢어질 **렬** 예 分裂(분열), 四分五裂(사분오열), 炸裂(작렬 : 박수 소리나 운동 경기에서의 공격
　　따위가 포탄이 터지듯 극렬하게 터져 나오는 것을 비유적으로 이르는 말) 炸 터질 작, 支離滅裂
　　(지리멸렬 : 이리저리 흩어지고 찢기어 갈피를 잡을 수 없음) 支 가를 지 離 떨어질 리 滅 멸할 멸

熱 더울 **열** 예 熱氣(열기), 熱情(열정), 灼熱(작열 : 몹시 흥분하거나 하여 이글거리듯 들끓음을 비
　　유적으로 이르는 말) 灼 사를 작

祿	綠	錄

祿 녹·봉급 **록** 예 福祿(복록)

綠 초록빛 **록** 예 綠色(녹색)

錄 새길·기록할 **록** 예 記錄(기록)

隣	憐	鱗

隣 이웃 **린** 예 隣近(인근)

憐 불쌍할 **련** 예 憐憫(연민) 憫 불쌍히 여길 민

鱗 비늘 **린** 예 片鱗(편린), 逆鱗(역린 : 임금의 분노를 이르는 말)

漫	慢

漫 찰·방종할 **만** 예 浪漫的(낭만적) 浪 물결 낭, 散漫(산만)

慢 게으를·거만할 **만** 예 怠慢(태만), 驕慢(교만) 驕 교만할 교

買	賣

買 살 **매** 예 買受(매수), 購買(구매) 購 살 구

賣 팔 **매** 예 販賣(판매) 販 팔 판, 賣票(매표)

密 蜜

密 빽빽할·은밀할 **밀** 예 密會(밀회), 密約(밀약)

蜜 꿀 **밀** 예 蜜語(밀어), 蜜月(밀월)

倍 培 賠 陪

倍 갑절 **배** 예 倍數(배수), 倍加(배가)

培 북돋울 **배** 예 培養(배양), 栽培(재배)

賠 배상할 **배** 예 損害賠償(손해배상) 損 덜 손

陪 모실·도울 **배** 예 陪審員(배심원) 審 살필 심 員 인원 원

壁 璧 癖 僻 霹

壁 벽 **벽** 예 壁報(벽보), 壁畵(벽화), 絶壁(절벽) 絶 끊을 절

璧 둥근 옥 **벽** 예 雙璧(쌍벽), 完璧(완벽) 完 온전히 할 완

癖 적취·버릇 **벽** 예 潔癖症(결벽증) 潔 깨끗할 결, 盜癖(도벽)

僻 궁벽할 **벽** 예 僻地(벽지), 僻村(벽촌)

霹 벼락 **벽** 예 靑天霹靂(청천벽력) 靂 벼락 력

辨 辯 辦

辨 구별할 **변** 예 辨別(변별)

辯 말 잘할 **변** 예 訥辯(눌변) 訥 말 더듬을 눌, 辯護(변호),

辦 갖출 **판** 예 辦備(판비)

復 腹 複 覆

復 회복할 **복** 예 復位(복위), 回復(회복)

腹 배 **복** 예 腹案(복안), 腹痛(복통)

複 겹옷·겹칠 **복** 예 複數(복수), 複雜(복잡), 重複(중복)

覆 뒤집힐 **복** 예 覆蓋(복개) 蓋 덮을 개, 覆盆子(복분자)

| 婦 | 掃 | 歸 |

婦 지어미 **부** 예 婦女子(부녀자), 婦道(부도), 夫婦(부부)

掃 쓸 **소** 예 不信風潮一掃(불신풍조일소) 潮 조수 조

歸 돌아갈·돌아올 **귀** 예 歸京(귀경), 歸鄕(귀향)

| 賞 | 償 |

賞 상줄·즐겨 구경할 **상** 예 鑑賞(감상), 賞罰(상벌), 賞春(상춘 : 봄을 맞아 경치를 구경하며 즐김)

償 갚을 **상** 예 賠償(배상), 補償(보상), 辨償(변상)

| 暑 | 署 | 曙 |

暑 더울 **서** 예 避暑(피서), 酷暑(혹서) 酷 잔혹할 혹

署 관청·대리할·적을 **서** 예 警察署(경찰서), 部署(부서), 署名(서명), 總理署理(총리서리) 總 거느릴 총

曙 새벽 **서** 예 曙光(서광)

| 隋 | 隨 | 墮 | 惰 | 隊 | 墜 | 遂 |

隨 따를 **수** 예 隨筆(수필)

墮 떨어질 **타** 예 墮落(타락)

惰 게으를 **타** 예 惰性(타성)

隊 무리 **대** 예 隊員(대원), 隊長(대장)

墜 떨어질 **추** 예 墜落(추락)

遂 드디어·따를 **수** 예 遂行(수행), 遂意(수의 : 뜻을 이룸)

| 施 | 旋 | 弛 | 族 |

施 베풀 **시** 예 實施(실시), 施惠(시혜)

旋 돌 **선** 예 凱旋(개선) 凱 개선할 개, 旋回(선회)

弛 늦출 **이** 예 弛緩(이완) 緩 느릴 완

族 겨레 **족** 예 家族(가족), 種族(종족)

| 哀 | 喪 | 衷 |

哀 슬플 **애** 예 哀悼(애도) 悼 슬퍼할 도

喪 죽을 · 잃을 **상** 예 喪服(상복), 喪葬禮(상장례)

衷 정성 · 속마음 **충** 예 衷情(충정 : 마음에서 우러나오는 참된 정)

| 若 | 惹 | 匿 | 慝 |

若 같을 · 만약 **약** 예 若干(약간), 萬若(만약)

惹 일으킬 **야** 예 惹起(야기)

匿 숨길 **닉** 예 隱匿(은닉), 匿名(익명)

慝 간사할 **특** 예 姦慝(간특), 邪慝(사특) 邪 간사할 사

| 與 | 輿 | 興 |

與 더불 · 줄 **여** 예 授與(수여), 與黨(여당), 參與(참여)

輿 가마 · 많은 사람 **여** 예 藍輿(남여 : 의자와 비슷하고 뚜껑이 없는 작은 가마) 藍 쪽풀 람, 喪輿
(상여), 輿論(여론)

興 일어날 **흥** 예 興亡盛衰(흥망성쇠), 興盡悲來(흥진비래)

| 煙 | 湮 |

煙 연기 **연** 예 喫煙(끽연) 喫 마실 끽, 煙霞痼疾(연하고질) 霞 놀 하 痼 고질 고

湮 묻힐 **인** 예 湮滅(인멸) 滅 멸할 멸

偶	寓	愚	遇

偶 짝 **우** 예 配偶者(배우자) 配 짝 배

寓 부칠・맡길 **우** 예 寓居(우거), 寓宿(우숙), 寓話(우화)

愚 어리석을 **우** 예 愚鈍(우둔) 鈍 무딜 둔, 愚昧(우매)

遇 만날・대접할 **우** 예 待遇(대우)

疑	凝	礙	癡

疑 의심할 **의** 예 疑問(의문), 疑惑(의혹)

凝 엉길 **응** 예 凝結(응결)

礙 막을 **애** 예 障礙人(장애인)

癡 어리석을 **치** 예 白癡(백치), 癡叔(치숙)

栽	裁	載	戴

栽 심을 **재** 예 栽培(재배)

裁 마름질할・판단할 **재** 예 決裁(결재), 裁可(재가), 裁量(재량), 裁判(재판),

載 실을・해 **재** 예 揭載(게재) 揭 걸 게, 積載(적재), 千載一遇(천재일우)

戴 (머리에) 일 **대** 예 男負女戴(남부여대) 負 짐 질 부

爭	淨	靜

爭 다툴 **쟁** 예 競爭(경쟁), 戰爭(전쟁)

淨 깨끗할 **정** 예 淨化(정화)

靜 고요할 **정** 예 靜寂(정적) 寂 고요할 적

積	績	蹟

積 쌓을 **적** 예 蓄積(축적), 堆積(퇴적) 堆 쌓을 퇴

績 실 낳을・공 **적** 예 成績(성적), 業績(업적), 功績(공적), 紡績(방적) 紡 실 낳을 방

蹟 발자취 **적** 예 奇蹟(기적) 奇 기이할 기, 遺蹟(유적), 史蹟(사적)

錢	淺	踐	賤

錢 돈 **전** 예 銅錢(동전), 葉錢(엽전)

淺 얕을 **천** 예 深淺(심천), 淺薄(천박)

踐 밟을 **천** 예 實踐(실천)

賤 천할 **천** 예 貴賤(귀천), 微賤(미천) 微 작을 미, 貧賤(빈천),

制	製

制 마를 **제** 예 管制(관제 : 관리하여 통제함), 輸入抑制(수입억제) 輸 나를 수 抑 누를 억, 制度(제도), 統制(통제) 統 거느릴 통

製 지을 **제** 예 製作(제작)

足	促	捉

足 발·넉넉할 **족** 예 不足(부족), 足下(족하)

促 재촉할 **촉** 예 督促(독촉), 促迫(촉박) 迫 닥칠 박

捉 잡을 **착** 예 捕捉(포착) 捕 잡을 포

卒	萃	悴	醉	翠	粹

卒 군사·마칠 **졸** 예 腦卒中(뇌졸중), 卒倒(졸도), 卒兵(졸병), 卒業(졸업)

萃 뽑을 **췌** 예 拔萃(발췌) 拔 뺄 발

悴 파리할 **췌** 예 憔悴(초췌) 憔 수척할 초

醉 취할 **취** 예 醉客(취객)

翠 푸를 **취** 예 翡翠(비취) 翡 물총새·비취 비

粹 깨끗할 **수** 예 純粹(순수) 純 생사·순수할 순

| 尊 | 樽 | 遵 |

尊 높을 **존** 예 尊敬(존경), 尊位(존위), 尊重(존중)

樽 술독 **준** 예 金樽美酒天人血(금준미주천인혈 : 금으로 된 술동이에 담긴 맛있는 술은 천 사람의 피로구나.)

遵 따를 **준** 예 國憲遵守(국헌준수) 憲 법 헌, 遵法精神(준법정신)

| 陳 | 陣 |

陳 말할·베풀 **진** 예 陳腐(진부) 腐 썩을 부, 陳述(진술), 陳列(진열), 陳情(진정)

陣 진칠 **진** 예 背水之陣(배수지진), 陣營(진영), 陣頭(진두)

| 徵 | 懲 | 微 |

徵 부를 **징** 예 徵發(징발), 徵兵(징병), 徵集(징집)

懲 징계할 **징** 예 勸善懲惡(권선징악), 懲戒(징계), 懲罰(징벌), 懲役(징역) 役 부릴 역

微 작을 **미** 예 微傷(미상), 微光(미광), 微微하다(미미하다), 顯微鏡(현미경) 顯 나타날 현

| 徹 | 撤 | 轍 |

徹 꿰뚫을 **철** 예 徹頭徹尾(철두철미), 徹底(철저), 透徹(투철) 透 통할 투

撤 거둘 **철** 예 不撤晝夜(불철주야), 撤收(철수)

轍 수레바퀴 **철** 예 前轍(전철 : 앞에 지나간 수레바퀴의 자국이라는 뜻으로, 이전 사람의 그릇된 일이나 행동의 자취를 이르는 말)

| 畜 | 蓄 |

畜 가축 **축** 예 家畜(가축), 畜産(축산)

蓄 쌓을 **축** 예 貯蓄(저축) 貯 쌓을 저

| 偏 | 篇 | 編 | 遍 |

偏 치우칠 **편** 예 偏見(편견), 偏在(편재), 偏重(편중)

篇 책 **책** 예 玉篇(옥편), 長篇(장편)

編 엮을 **편** 예 改編(개편), 韋編三絶(위편삼절 : 공자가 주역을 즐겨 읽어 책의 가죽 끈이 세 번이나 끊어졌다는 뜻으로, 책을 열심히 읽음을 이르는 말) 韋 다룸가죽 위, 編輯(편집) 輯 모을 집

遍 두루 **편** 예) 遍在(편재)

| 包 | 抱 | 砲 | 胞 | 飽 |

包 쌀 **포** 예 包裝(포장) 裝 꾸밀 장, 包含(포함)

抱 안을 **포** 예 抱負(포부), 抱擁(포옹) 擁 안을 옹

砲 대포 **포** 예 砲臺(포대), 砲兵(포병), 砲丸(포환)

胞 태 **포** 예 同胞(동포), 胞胎(포태 : 임신) 胎 아이 밸 태

飽 배부를 **포** 예 飽食(포식)

| 割 | 轄 |

割 나눌 **할** 예 分割(분할), 割引(할인)

轄 다스릴 **할** 예 管轄(관할) 管 피리 · 다스릴 관

| 縣 | 懸 | 顯 |

縣 고을 **현** 예 縣監(현감), 縣吏(현리)

懸 매달 **현** 예 懸賞金(현상금), 懸案(현안)

顯 나타날 **현** 예 顯在(현재 : 겉으로 나타나 있음), 顯功(현공 : 두드러진 공로)

| 護 | 獲 | 穫 |

護 보호할 **호** 예 自然保護(자연보호), 護衛(호위) 衛 지킬 위

獲 얻을 **획** 예 獲得(획득)

穫 거둘 **확** 예 收穫(수확)

| 侯 | 候 | 喉 |

侯 제후 후 [예] 王侯(왕후), 諸侯(제후)

候 기후 후 [예] 氣候(기후), 徵候(징후)

喉 목구멍 후 [예] 咽喉(인후 : 목구멍)

⇒ **예제 19** 글의 통일성을 고려할 때 ㉠에 들어갈 문장으로 가장 적절한 것은?(2020, 국가직)

> 기술 혁신의 상징으로 화려하게 등장한 이후 글로벌 아이콘이 됐던 소위 스마트폰이 그 진화의 한계에 봉착한 듯하다. 게다가 최근 들어 중국 업체들의 성장세가 만만치 않은 상황이 펼쳐지고 있다. 이런 가운데 오랜 기간 스마트폰 생산량의 수위를 지켜 왔던 기업들의 호시절도 끝난 분위기다. (㉠)
>
> 그렇다면 스마트폰 이후 글로벌 주도 산업은 무엇일까. 첫손가락에 꼽히는 것은 페이스북, 아마존, 넷플릭스, 구글을 뜻하는 '팡(FANG)'이다. 모바일 퍼스트 시대에서 소프트웨어, 플랫폼 사업에 눈뜬 기업들이다. 이들은 지난해 매출과 순이익이 크게 늘었으며 주가도 폭등했다. 하지만 이들이라고 영속 불멸하지는 않을 것이다.

① 온 국민이 절치부심(切齒腐心)하여 반성하지 않으면 안 된다.
② 정보 기술 업계의 권불십년(權不十年)이라 하지 않을 수 없다.
③ 다른 나라의 기업들을 보고 아전인수(我田引水)해야 할 때다.
④ 글로벌 위기의 내우외환(內憂外患)에 국가 간 협력이 절실하다.

풀이 정답 ②

・절치부심(切齒腐心) : 몹시 분하여 이를 갈며 속을 썩임.
・권불십년(權不十年) : 권세는 십 년을 가지 못한다는 뜻으로, 아무리 높은 권세라도 오래가지 못함을 이르는 말.
・아전인수(我田引水) : 자기 논에 물 대기라는 뜻으로, 자기에게만 이롭게 되도록 생각하거나 행동함을 이르는 말.
・내우외환(內憂外患) : 나라 안팎의 여러 가지 어려움.

4) 독음에 주의할 한자[발음이 어려운 한자]

[ㄱ] **艱貞(간정)** 난정(×) : 어려움을 견디어 정절을 굳게 지킴. 艱 어려울 간

艱貞(간정) 난정(×) : 어려움을 견디어 정절을 굳게 지킴. 艱 어려울 간

改竄(개찬) 개서(×) : 일부러 글귀나 文意(문의)를 뜯어 고침. 竄 숨을·고칠 찬

醵出(갹출) 각출(×) : 거출. 같은 목적을 위해 여러 사람이 얼마씩 금품을 냄.
醵 거둘 각(거)

缺乏(결핍) 결지, 결범(×) : 있어야 할 것이 모자람. 缺 부족할 결, 乏 부족할 핍

譴責(견책) 유책(×) : 꾸짖고 나무람. 譴 꾸짖을 견, 責 꾸짖을 책

敬虔(경건) 경호, 경문(×) : 공경하는 마음으로 삼가며 조심성이 있음. 虔 삼갈 건

膏肓(고황) 고맹, 고망(×) : 사람 몸의 가장 깊은 곳, 깊숙이 몸 안에 들어 고치기 힘든
병. 膏 기름·염통 밑 고, 肓 명치 황

攻駁(공박) 공효(×) : 남의 잘못을 들어 따지며 공격함. 駁 대들 박

公僕(공복) 공업(×) : 국민에 대한 봉사자, 공무원. 僕 종 복

誇張(과장) 오장(×) : 사실보다 떠벌려 나타냄. 誇 자랑할 과

灌漑(관개) 관계(×) : 물을 논밭에 끌어대는 일. 灌 물 댈 관, 漑 물 댈 개

傀儡(괴뢰) 귀뢰(×) : 꼭두각시, 남의 앞잡이로 이용당하는 사람.
傀 꼭두각시 괴, 儡 꼭두각시 뢰

壞滅(괴멸) 회멸, 회감(×) : 파괴되어 멸망함. 壞 무너질 괴, 滅 없어질 멸

攪亂(교란) 각란(×) : 뒤흔들어 어지럽게 함. 攪 어지러울 교

口腔(구강) 구공(×) : 입 안, 입 속. 腔 구멍 강

近況(근황) 근형(×) : 요즈음의 형편. 況 형편·하물며 황

矜持(긍지) 무지, 금지(×) : 자신의 재능이나 능력을 믿음으로써 가지는 자랑.
矜 자랑할 긍

旗幟(기치) 기직, 기식(×) : 깃발, 어떤 일에 대한 분명한 태도나 주의·주장. 幟 깃발 치

嗜好(기호) 노호(×) : 즐기고 좋아함. 嗜 좋아할 기

[ㄴ] 懦弱(나약) 유약(×) : 의지가 약함. 懦 나약할 나

裸體(나체) 과체(×) : 알몸. 裸 벌거벗을 라

懶怠(나태) 권태, 뇌태(×) : 게으르고 느림. 懶 게으를 라, 怠 게으를 태

拿捕(나포) 합포(×) : 죄인이나 불법 침입한 선박을 붙잡음. 拿 잡을 나

烙印(낙인) 각인(×) : 불에 달군 쇠도장으로 찍은 표시, 불명예스러운 평가나 판정.
　　　　　　 烙 지질 락

捺印(날인) 내인, 모인(×) : 도장을 찍음. 捺 누를 날

捏造(날조) 열조(×) : 사실이 아닌 것을 사실인 양 거짓으로 꾸밈. 捏 꿰어 맞출 날

耐久(내구) 이구, 촌구(×) : 오래 견딤, 오래 지속함. 耐 견딜 내

來往(내왕) 내주(×) : 오고 감. 往 갈 왕

內帑(내탕) 내노, 나노(×) : 조선시대에 임금이 개인적으로 쓰던 돈. 帑 나라 금고 탕

拉致(납치) 입치(×) : 강제로 끌고 감. 拉 잡아갈 랍

內訌(내홍) 내공(×) : 내부에서 일어난 분쟁. 訌 어지러울 홍

鹿茸(녹용) 녹이(×) : 사슴의 새로 돋은 연한 뿔. 茸 녹용 용

聾啞(농아) 용아(×) : 귀머거리와 벙어리. 聾 귀먹을 롱, 啞 벙어리 아

賂物(뇌물) 각물(×) : 편의를 보아달라고 주는 부정한 금품. 賂 뇌물 뢰

牢獄(뇌옥) 우옥(×) : 죄인을 가두어 두는 곳. 牢 감옥 뢰

凜凜(늠름) 품품(×) : 의젓하고 당당함. 凜 늠름할 름

[ㄷ] 團欒(단란) 단련(×) : 의가 좋아 화목하고 즐거움. 欒 둥근 모양 란

湛水(담수) 심수(×) : 저수지 등에 물을 채움. 湛 가득히 괼 담

遝至(답지) 환지(×) : 한군데로 몰려듦. 遝 모일 답

撞着(당착) 동착(×) : 앞뒤가 서로 맞지 아니함. 撞 당길 당

對峙(대치) 대사, 대시(×) : 서로 마주 대하여 버팀. 峙 우뚝설 치

賭博(도박) 자박(×) : 노름, 돈내기. 賭 걸·내기 도

島嶼(도서) 도여(×) : 크고 작은 여러 섬. 嶼 섬 서

陶冶(도야) 도치(×) : 몸과 마음을 닦음. 陶 질그릇·기를 도, 冶 녹일 야

淘汰(도태) 도대(×) : 적응하지 못한 것이 사라짐. 淘 일·씻을 도, 汰 일·씻을 태

瀆職(독직) 매직(×) : 직책을 더럽히는 일. 瀆 더럽힐 독

獨擅(독천) 독단(×) : 자기 마음대로 행동함. 擅 제멋대로 할 천

敦篤(돈독) 돈매(×) : 인정이 두터움. 敦 도타울 돈, 篤 도타울 독

登攀(등반) 등산(×) : 높은 곳을 오름. 攀 오를 반

[ㅁ] 蔓延(만연) 만정(×) : 널리 퍼짐. 蔓 덩굴·퍼질 만

網羅(망라) 망유(×) : 통틀어 엮음. 網 그물 망, 羅 그물 라

罵倒(매도) 독도(×) : 몹시 욕하여 몰아세움. 罵 꾸짖을 매

埋設(매설) 이설(×) : 땅속에 설치하는 일. 埋 파묻을 매

煤煙(매연) 모연(×) : 그을음과 연기. 煤 그을음 매

盟誓(맹세·맹서) 명서(×) : 굳게 다짐함. 盟 맹세할 맹, 誓 약속할 서·세

萌芽(맹아) 명아(×) : 새로운 일의 시초. 萌 싹 맹, 芽 싹 아

冥福(명복) 연복(×) : 죽은 뒤 저승에서 받는 복. 冥 저승·어두울 명

明澄(명징) 명등, 명증(×) : 밝고 맑음. 澄 깨끗할 징

名銜(명함) 명행(×) : 성명, 주소 등을 적은 종이쪽. 銜 직함 함

冒險(모험) 모검(×) : 위험을 무릅씀. 冒 무릅쓸 모, 險 험할 험

模糊(모호) 막호(×) : 분명하지 않음. 模 본뜰 모, 糊 모호할 호

蒙昧(몽매) 몽미(×) : 사리에 어둡고 어리석음. 蒙 어리석을 몽, 昧 컴컴할 매

巫覡(무격) 무견, 무현(×) : 무당과 박수[남자 무당]. 覡 박수 격

撫摩(무마) 모마(×) : 남을 달래어 위무함. 撫 어루만질 무, 摩 문지를 마

拇印(무인) 모인(×) : 손도장. 拇 엄지 무

默契(묵계) 흑계, 묵갈(×) : 말없이도 뜻이 맞아 약속이 성립됨. 默 말없을 묵, 契 맺을 계

未洽(미흡) 미합(×) : 만족하지 못함. 洽 충분할 흡

敏捷(민첩) 민건(×) : 재빠르고 날램. 敏 재빠를 민, 捷 빠를 첩

[ㅂ] **撲滅(박멸)** 복멸, 업멸(×) : 모조리 잡아 없앰. 撲 칠 박

剝奪(박탈) 삭탈(×) : 지위, 자격 등을 빼앗음. 剝 빼앗을 박, 奪 빼앗을 탈

伴侶(반려) 반궁(×) : 짝이 되는 동물. 伴 짝 반, 侶 벗할 려

頒布(반포) 분포(×) : 세상에 널리 폄. 頒 펼 반

潑剌(발랄) 발자(×) : 밝고 활기가 있음. 潑 뿌릴 발, 剌 어그러질 랄

勃興(발흥) 역흥(×) : 일어나 흥함. 勃 일어날 발

尨大(방대) 우대(×) : 매우 크거나 많음. 尨 클 방

兵站(병참) 병점, 병립(×) : 군사 작전에 필요한 보급 관리 및 물자를 담당하는 병과. 站 역참 참

報酬(보수) 보쥬(×) : 노력의 대가로 주는 돈. 酬 갚을·잔돌릴 수

補塡(보전) 보진(×) : 보충하여 채움. 補 기울·도울 보. 塡 메울 전

輔弼(보필) 보궁, 보백(×) : 임금의 정사를 도움. 輔 도울 보, 弼 도울 필

敷衍(부연) 부행(×) : 덧붙여서 자세히 설명함. 敷 펼 부, 衍 퍼질 연

赴任(부임) 주임(×) : 임지로 감. 赴 다다를 부, 任 맡을 임

粉碎(분쇄) 분졸, 분수(×) : 부스러뜨림. 粉 가루 분, 碎 부술 쇄

不朽(불후) 불교(×) : 썩지 아니함. 朽 썩을 후

飛翔(비상) 비우(×) : 하늘을 낢. 翔 날 상

譬喩(비유) 벽유(×) : 빗대어 표현함. 譬 비유할 비, 喩 비유할 유

頻繁(빈번) 빈민, 보번(×) : 매우 잦음. 頻 자주 빈, 繁 자주 · 번성할 번

憑藉(빙자) 풍자, 빙적(×) : 남의 힘에 의지함. 憑 빙자할 빙, 藉 의지할 자

[ㅅ] **詐欺(사기)** 작기, 작사(×) : 남을 속임. 詐 속일 사, 欺 속일 기

思慕(사모) 사막(×) : 생각하고 그리워함. 慕 그리워할 모

些少(사소) 차소(×) : 작거나 적음. 些 적을 사

使嗾(사주) 사족(×) : 남을 부추김. 嗾 부추길 주

撒布(살포) 산포(×) : 약제 따위를 일대에 흩어 뿌림, 금품 · 전단 따위를 여러 사람
에게 나누어 줌. 撒 뿌릴 살, 布 널리 포

相剋(상극) 상렬(×) : 서로 맞지 않음. 剋 이길 극

逝去(서거) 절거(×) : 죽어서 세상을 떠남. 逝 갈 서

誓約(서약) 절약(×) : 맹세하고 약속함. 誓 약속할 서

煽動(선동) 호동(×) : 부추겨 움직이게 함. 煽 부추길 선

羨望(선망) 야망, 치망(×) : 부러워함. 羨 부러워할 선, 望 바랄 망

膳物(선물) 뇌물(×) : 남에게 주는 물품. 膳 선물 · 음식 올릴 선

先塋(선영) 선형(×) : 조상의 무덤. 塋 무덤 영

洗滌(세척) 세조, 선척(×) : 깨끗이 씻음. 洗 씻을 세, 滌 씻을 척

遡及(소급) 삭급(×) : 거슬러 올라가 영향이 미침. 遡 다다를 소

甦生(소생) 갱생(×) : 다시 살아남. 甦 다시 살아날 소

蕭瑟(소슬) 숙슬(×) : <u>으스스하고 쓸쓸함.</u> 蕭 쓸쓸할 소, 瑟 악기 이름 슬

騷擾(소요) 소우(×) : 술렁이고 소란스러움. 騷 시끄러울 소, 擾 흔들거릴 요

贖罪(속죄) 독죄(×) : 지은 죄를 씻음. 贖 속죄할 속

灑落(쇄락) 여락(×) : 상쾌하고 시원함. 灑 씻을 쇄

睡眠(수면) 수민(×) : 잠을 잠. 睡 잠잘 수, 眠 잠잘 면

羞恥(수치) 차치(×) : 부끄러움. 羞 부끄러울 수, 恥 부끄러울 치

馴致(순치) 천치(×) : (짐승을) 길들임, 어떤 목표로 하는 상태에 이르게 함. 馴 길들일 순, 致 다다를 치

膝下(슬하) 칠하(×) : 어버이의 곁. 膝 무릎 슬

猜忌(시기) 청기(×) : 샘하여 미워함. 猜 시기할 시, 忌 꺼릴 기

柴扉(시비) 자비, 자호(×) : 사립문. 柴 섶 시, 扉 문짝 비

諡號(시호) 익호(×) : 죽은 뒤에 추증한 이름. 諡 시호 시

辛辣(신랄) 신자(×) : 모질고 날카로움. 辣 매울 랄

訊問(신문) 심문(×) : 캐어물음. 訊 물을 신

[ㅇ] **牙城(아성)** 사성(×) : 중심이 되는 곳. 牙 대장기 아, 城 성 성

阿諂(아첨) 아부(×) : 알랑거리며 비위를 맞춤. 阿 아첨할 아, 諂 아첨할 첨

安寧(안녕) 안심(×) : 평화롭고 질서가 흐트러지지 않음. 寧 편안할 녕

安堵(안도) 안자(×) : 제가 사는 곳에서 편안히 지냄. 堵 집 도

隘路(애로) 익로(×) : 좁아서 다니기 힘든 길, 장애가 되는 점. 隘 좁을·막힐 애

愛玩(애완) 애원(×) : 동물이나 물품 따위를 좋아하여 가까이 두고 귀여워하거나 즐

김. 玩 즐길·구경할 완

掠奪(약탈) 경탈, 노략(×) : 폭력으로 빼앗음. 掠 노략질할 약, 奪 빼앗을 탈

黎明(여명) 서명(×) : 날이 샐 무렵, 새로운 시대의 시작. 黎 즈음·검을 려

零細民(영세민) 우세민(×) : 수입이 적어 겨우 살아가는 주민. 零 작을·떨어질 령, 細 가늘 세

領袖(영수) 영유(×) : 어떤 단체의 대표가 되는 이. 袖 소매 수

囹圄(영어) 영오(×) : 감옥, 감옥에 갇혀 있는 상태. 囹 감옥 영, 圄 감옥 어

誤謬(오류) 오교, 오륙(×) : 그릇된 일이나 인식. 誤 그릇될 오, 謬 잘못될 류

奧地(오지) 원지(×) : 해안이나 도시에서 멀리 떨어진 내륙에 있는 땅. 奧 깊을 오

穩健(온건) 은건(×) : 생각이나 행동 따위가 사리에 맞고 건실함. 穩 평온할 온

訛傳(와전) 화전(×) : 그릇 전함. 訛 그릇될 와

婉曲(완곡) 원곡(×) : 드러내지 않고 돌려서 나타냄. 婉 은근할 완

歪曲(왜곡) 정곡(×) : 사실과 다르게 곱새김. 歪 그릇될 왜

擾亂(요란) 우란(×) : 시끄럽고 어지러움. 擾 시끄러울 요, 亂 어지러울 란

凹凸(요철) 요복(×) : 오목함과 볼록함. 凹 오목할 요, 凸 볼록할 철

要諦(요체) 요제(×) : 사물의 가장 중요한 점. 諦 진리 체

殞命(운명) 원명(×) : 사람의 목숨이 끊어짐. 殞 죽을·떨어질 운

猶豫(유예) 유상(×) : 우물쭈물하며 망설임, 시일을 미루거나 늦춤. 猶 머뭇거릴·오히려 유,
豫 머뭇거릴·미리 예

陰崖(음애) 음와(×) : 햇빛이 잘 들지 않는 언덕. 崖 낭떠러지 애

義捐金(의연금) 의손금(×) : 자선이나 공익을 위하여 내는 돈. 捐 버릴 연

罹災民(이재민) 나재민(×) : 재해를 입은 주민. 罹 입을 리, 災 재앙 재

溺死(익사) 약사(×) : 물에 빠져 죽음. 溺 물에 빠질 닉

因襲(인습) 인우(×) : 옛 관습을 따름. 襲 이을 습

一括(일괄) 일설, 일활(×) : 한데 뭉뚱그림. 括 묶을 괄

孕胎(잉태) 내태(×) : 아이를 뱀. 孕 아이 밸 잉, 胎 아이 밸 태

[ㅈ] 刺戟(자극) 자자(×) : 어떤 반응을 일으키게 하는 일. 刺 찌를 자, 戟 창 극

箴言(잠언) 감언(×) : 교훈이 되고 경계가 되는 말. 箴 경계 잠 言 말씀 언

臟物(장물) 뇌물(×) : 범죄 행위로 부당하게 취득한 남의 물건. 臟 뇌물 받을 장 物 물건 물

這間(저간) 언간(×) : 그동안, 요즘. 這 : 이 저, 間 사이 간

猪突(저돌) 자돌(×) : 앞뒤 헤아림 없이 곧장 돌진함. 猪 멧돼지 저, 突 부딪칠 돌

正鵠(정곡) 정고(×) : 과녁의 한가운데, 목표·핵심이 되는 것. 正 바를 정, 鵠 과녁·고니 곡

靜謐(정밀) 정필(×) : 고요하고 편안함. 靜 고요할 정, 謐 고요할 밀

稠密(조밀) 주밀(×) : 빽빽하고 촘촘함. 稠 빽빽할 조, 密 촘촘할 밀

造詣(조예) 조알, 조지(×) : 어떤 분야에 대한 깊은 지식이나 이해. 造 지을·이룰 조, 詣 나아갈 예

遭遇(조우) 주우(×) : 우연히 만나거나 맞닥뜨림. 遭 만날 조, 遇 만날 우

措置(조치) 석치(×) : 필요한 대책을 강구함. 措 둘 조, 置 둘 치

蠢動(준동) 춘동(×) : 소란을 피움. 蠢 꿈틀거릴 준, 動 움직일 동

櫛比(즐비) 절비(×) : 가지런하고 빽빽이 늘어서 있음. 櫛 빗 즐, 比 나란할 비

遲滯(지체) 지대(×) : 꾸물대어 시간이 걸림. 遲 더딜 지, 滯 막힐 체

支撐(지탱) 지장(×) : 오래 버티거나 배겨 냄. 支 지탱할 지, 撐 지탱할 탱

眞摯(진지) 진집(×) : 말이나 태도가 참답고 착실함. 眞 참 진, 摯 지극할 지

嫉妬(질투) 질석(×) : 시기하여 미워함. 嫉 시샘할 질, 妬 샘낼 투

執拗(집요) 집유(×) : 고집이 세고 끈질김. 執 잡을 집, 拗 꺾을 요

[ㅊ] 遮斷(차단) 서단(×) : 서로 통하지 못하게 가로막거나 끊음. 遮 가릴 차, 斷 끊을 단

錯覺(착각) 석각(×) : 실제처럼 깨닫거나 생각함. 錯 그릇 착, 覺 깨달을 각

錯誤(착오) 석오(×) : 착각으로 말미암은 잘못. 錯 그릇될 착, 誤 그릇될 오

燦爛(찬란) 찬단(×) : 훌륭하고 빛남. 燦 빛날 찬, 爛 무르녹을·빛날 란

慚愧(참괴) 참귀(×) : 부끄럽게 여김. 慚 부끄러워할 참, 愧 부끄러워할 괴

斬新(참신) 점신(×) : 면모가 바뀌어서 아주 새로움. 斬 벨 참, 新 새로울 신

參酌(참작) 참수(×) : 참고하여 알맞게 헤아림. 參 헤아릴 참, 酌 술 따를·참작할 작

懺悔(참회) 섬회, 참모(×) : 뉘우쳐 마음을 고쳐먹음. 懺 뉘우칠 참, 悔 뉘우칠 회

暢達(창달) 양달(×) : 구김살 없이 자라남. 暢 자랄·통할 창, 達 도달할 달

剔抉(척결) 역결, 이결(×) : 송두리째 파헤쳐 깨끗이 없앰. 剔 자를 척, 抉 찢어 발릴 결

喘息(천식) 단식(×) : 주기적으로 일어나는 호흡 곤란. 喘 헐떡거릴 천, 息 숨 쉴 식

穿鑿(천착) 천금(×) : 어떤 내용이나 원인을 파고들어 알려고 하거나 연구함.
穿 뚫을 천, 鑿 뚫을 착

尖端(첨단) 열단(×) : 시대 흐름의 '맨 앞장'. 尖 뾰족할 첨, 端 끝 단

涕泣(체읍) 제읍(×) : 눈물을 흘리며 슬피 욺. 涕 눈물 체, 泣 울 읍

聰明(총명) 창명(×) : 영리하고 재주가 있음. 聰 귀 밝을 총, 明 밝을 명

寵愛(총애) 용애(×) : 남달리 귀여워하고 사랑함. 寵 사랑할 총, 愛 사랑할 애

撮影(촬영) 최영(×) : 어떤 형상을 사진아 영화로 찍음. 撮 찍을 촬, 影 모습 영

推薦(추천) 퇴천(×) : 사람이나 물건을 권함. 推 밀 추, 薦 천거할 천

趨勢(추세) 주세, 추열(×) : 대세의 흐름이나 경향. 趨 좇아갈 추, 勢 기세 세

贅言(췌언) 방언(×) : 쓸데없는 말. 贅 혹·군더더기 췌, 言 말씀 언

蟄居(칩거) 집거(×) : 나가지 않고 거처에 틀어박혀 있음. 蟄 숨을·겨울잠 잘 칩, 居 살 거

稱頌(칭송) 징송(×) : 공덕을 칭찬하여 기림. 稱 일컬을 칭, 頌 노래할 송

[ㅌ] 綻露(탄로) 정로(×) : 비밀 따위가 드러남. 綻 옷 터질 탄, 露 드러날 로

彈劾(탄핵) 탄해(×) : 죄상을 들추어 논란하여 꾸짖거나 비행의 책임을 물음.
彈 따질 탄, 劾 캐물을 핵

耽溺(탐닉) 침닉(×) : 지나치게 즐겨 거기에 빠짐. 耽 열중할 탐, 溺 빠질 닉

慟哭(통곡) 동곡(×) : 목 놓아 큰 소리로 욺. 慟 서럽게 울 통, 哭 울 곡

推敲(퇴고) 추고(×) : 자구를 여러 번 생각하여 고침. 推 밀 퇴(추), 敲 두드릴 고

妬忌(투기) 석기(×) : 강샘 또는 강샘을 함. 妬 시샘할 투, 忌 시기할 기

闖入(틈입) 마입, 매입(×) : 기회를 봐서 느닷없이 함부로 뛰어듦. 闖 불쑥 들어갈 틈, 入 들 입

[ㅍ] 頗多(파다) 피다(×) : 자못 많음. 頗 자못 파, 多 많을 다

把握(파악) 파옥(×) : 어떤 일을 이해하여 확실하게 앎. 把 잡을 파, 握 잡을 악

罷業(파업) 능업, 피업(×) : 하던 일을 중지함. 罷 끝낼 파, 業 일 업

覇權(패권) 혁권(×) : 우두머리나 승자의 권력. 覇 으뜸 패, 權 권세 권

悖倫(패륜) 자륜, 패론(×) : 사람의 도리에 어긋남. 悖 어그러질 패, 倫 인륜 륜

膨脹(팽창) 팽장(×) : 부풀고 늘어남. 膨 불룩해질 팽, 脹 부풀 창

抛棄(포기) 구기(×) : 하던 일을 중도에 그만둠. 抛 던질 포, 棄 버릴 기

風靡(풍미) 풍휘, 풍비(×) : 어떤 위세가 사회를 휩쓺. 風 바람 풍, 靡 쓰러질 미

逼迫(핍박) 복박(×) : 바싹 죄어서 괴롭게 함. 逼 : 닥칠 핍, 迫 닥칠 박

[ㅎ] 緘口(함구) 감구(×) : 입을 다물고 말을 하지 않음. 緘 봉할 함, 口 입 구

絢爛(현란) 순란(×) : 눈부시게 빛나고 아름다움. 絢 고울·무늬 현, 爛 빛날 란

花卉(화훼) 화분(×) : 관상용으로 재배하는 식물. 花 꽃 화, 卉 풀 훼

賄賂(회뢰) 유뢰, 유각(×) : 뇌물을 주거나 받음. 賄 뇌물 회, 賂 뇌물 뢰

嗅覺(후각) 취각(×) : 냄새에 대한 감각. 嗅 냄새 맡을 후, 覺 감각 각

携帶(휴대) 추대(×) : 어떤 물건을 몸에 지님. 携 가질 휴, 帶 지닐 대

麾下(휘하) 미하(×) : 주장의 지휘 아래 또는 그 아래 딸린 사졸. 麾 깃발 휘, 下 아래 하

詰難(힐난) 길난(×) : 캐고 따져서 비난함. 詰 꾸짖을 힐, 難 힐난할 난

📋 **예제 20** '降'은 '강(내리다)'과 '항(항복하다)'으로 읽힌다. '降'의 독음이 다른 하나는?(2020, 지역인재)

① 降等 ② 投降
③ 降水量 ④ 昇降機

풀이 정답 ②

• 강등(降等)
• 투항(投降)
• 강수량(降水量)
• 승강기(昇降機)

5) 의미에 주의할 한자

管 대롱 **관** 예 管見(관견 : 좁은 식견)
　　다스릴 **관** 예 管理(관리), 主管(주관)

教 가르칠 **교** 예 教育(교육)
　　부추길·시킬 **교** 예 教唆(교사)

道 길 **도** 예 道路(도로), 步道(보도)
　　말할 **도** 예 報道(보도)

徒 무리 **도** 예 佛敎徒(불교도 : 불교를 믿는 무리), 花郎徒(화랑도)
　　헛될 **도** 예 徒言(도언 : 헛된 말), 無爲徒食(무위도식 : 하는 일 없이 헛되이 먹기
　　　　　　만 함)

露 이슬 **로** 예 雨露(우로 : 비와 이슬)
　　드러낼 **로** 예 露宿(노숙), 發露(발로 : 겉으로 드러남), 綻露(탄로 : 비밀 따위가 드
　　　　　　　러남)

配 짝 **배** 예 配偶者(배우자)
　　나눌 **배** 예 配達(배달), 分配(분배), 宅配(택배)

非 그릇될 **비** 예 非行(비행 : 나쁜 행동), 非違(비위 : 법에 어긋남)
　　아닐 **비** 예 非凡(비범 : 예사롭지 아니함)
　　나무랄 **비** 예 非難(비난 : 꾸짖음)

事 섬길 **사** 예 事大(사대 : 대국을 섬김), 事君以忠(사군이충 : 임금을 충으로 섬김)
　　일 **사** 예 事件(사건 : 벌어진 일이나 일거리), 事故(사고)

賞 상줄 **상** 예 金賞(금상), 上狀(상장)
　　감상할 **상** 예 鑑賞(감상), 玩賞(완상 : 좋아서 구경함), 賞春(상춘)

善 착할 **선** 예 善惡(선악 : 착함과 악함)
　　잘할 **선** 예 善用(선용 : 잘 이용함), 善戰(선전)

雪 눈 **설** 예 雪山(설산 : 눈이 덮인 산)
　　씻을 **설** 예 雪辱(설욕 : 욕됨을 씻음), 雪恥(설치 : 부끄러움을 씻음)

帥 장수 **수** 예 元帥(원수 : 으뜸가는 장수)
　　거느릴 **수** 예 統帥(통수 : 거느리다)

容 모습 **용** 예 容貌(용모 : 얼굴 모습)
　　받아들일 **용** 예 容共(용공 : 공산주의나 그 정책을 용인함), 容納(용납),
　　　　　　　　　容忍(용인 : 참고 받아들임), 許容(허용)
　　쉬울 **용** 예 容易(용이 : 쉬움)

裁 마를 **재** 예 裁斷(재단)
　　판단할 **재** 예 決裁(결재), 裁判(재판)

敵 적 **적** 예 敵陣(적진 : 적의 진영)
　　감당할 **적** 예 匹敵(필적 : 서로 견줄 만함), 衆寡不敵(중과부적 : 적은 수로 많은
　　　　　　　　　수를 이기지 못함)

中 가운데 **중** 예 中立(중립 : 중간적인 자리에 섬)
　　맞을 **중** 예 的中(적중 : 과녁을 맞힘), 中佐肩(중좌견 : 왼쪽 어깨에 맞다),
　　　　　　　　百發百中(백발백중)
　　걸릴 **중** 예 中毒(중독)

重 무거울 **중** 예 重量(중량)
　　거듭될 **중** 예 捲土重來(권토중래), 重複(중복 : 거듭 겹치다)
　　중할 **중** 예 重視(중시 : 중히 여기다)

疾 병 **질** 예 疾病(질병)
　　미울 **질** 예 疾視(질시 : 밉게 보다)
　　빠를 **질** 예 疾走(질주 : 빨리 달리다)

總 다 **총** 예 總整理(총정리), 總合(총합)
　　거느릴 **총** 예 總理(총리), 總裁(총재)
　　묶을 **총** 예 總角(총각 : 뿔처럼 머리를 묶은 결혼하지 않은 사내)

下 아래 **하** 예 上下(상하 : 위와 아래)
　　내려올 **하** 예 下山(하산 : 산에서 내려옴), 下車(하차 : 차에서 내림)
　　물리칠 **하** 예 却下(각하 : 소장이나 신청을 물리침)

▶ 예제 21　㉠ ~ ㉣의 한자 표기로 옳지 않은 것은?(2020, 지역인재)

> ㉠사전의 문법 정보에는 ㉡전통적으로 표제항의 품사와 그 이하의 ㉢형태
> 정보가 ㉣표시된다.

① ㉠ 事典　　　　　　② ㉡ 傳統
③ ㉢ 形態　　　　　　④ ㉣ 標示

풀이 정답 ①

- 사전(事典) : 여러 가지 사항을 모아 일정한 순서로 배열하고 그 각각에 해설을 붙인 책.
- 사전(辭典) : 어떤 범위 안에서 쓰이는 낱말을 모아서 일정한 순서로 배열하여 싣고 그 각각의 발음, 의미, 어원, 용법 따위를 해설한 책.

예제 22 〈보기〉의 ㉠~㉢에 들어갈 알맞은 낱말끼리 짝지은 것은?(2020, 서울시 지방직)

> 물속에 잠긴 막대기는 굽어 보이지만 실제로 굽은 것은 아니다. 이때 나무가 굽어 보이는 것은 우리의 착각 때문도 아니고 눈에 이상이 있기 때문도 아니다. 나무는 정말 굽어 보이는 것이다. 분명히 굽어 보인다는 점과 사실은 굽지 않았다는 점 사이의 (㉠)은 빛의 굴절 이론을 통해서 해명된다.
> 굽어 보이는 나무도 우리의 직접적 경험을 통해서 주어지는 하나의 현실이고, 실제로는 굽지 않은 나무도 하나의 현실이다. 전자를 우리는 사물이나 사태의 보임새, 즉 (㉡)이라고 부르고, 후자를 사물이나 사태의 참모습, 즉 (㉢)이라고 부른다.

	㉠	㉡	㉢
①	葛藤	現象	本質
②	葛藤	假象	根本
③	矛盾	現象	本質
④	矛盾	假象	根本

풀이 정답 ③

- 갈등(葛藤) : 칡과 등나무가 서로 얽히는 것과 같이, 개인이나 집단 사이에 목표나 이해관계가 달라 서로 적대시하거나 충돌함. 또는 그런 상태.
- 현상(現象) : 인간이 지각할 수 있는, 사물의 모양과 상태/『철학』 본질이나 객체의 외면에 나타나는 상.
- 가상(假象) : 『철학』 주관적으로는 실제 있는 것처럼 보이나 객관적으로는 존재하지 않는 거짓 현상.
- 본질(本質) : 본디부터 가지고 있는 사물 자체의 성질이나 모습./사물이나 현상을 성립시키는 근본적인 성질.
- 모순(矛盾) : 말이나 행동 또는 사실의 앞뒤가 서로 맞지 않음
- 근본(根本) : 사물이 발생하는 근원

08장

시사(時事) · 경제(經濟) 관련 한자어 학습

 본 장에서는 하나의 사회적 이슈에 대해 여러 입장을 가진 사설을 선별하여 그중 필수적인 한자어를 연습할 수 있도록 구성하였다. 그 이유는 첫 번째로 시사·경제 관련 한자어를 학습하기 위함이다. 두 번째로 사회적 사건을 보는 다른 입장을 습득할 수 있고, 그 과정에서 논리를 펼치는 능력 역시 함양할 수 있기 때문이다.

1. [경제] 금융자산 10억원 이상 부자 40만명

(서울신문, 2021. 11. 14)

다음 사설의 (   )에 알맞은 독음을 쓰시오.

금융자산 10억원 이상을 보유한 '부자' 10명 중 4명은 지난해보다 올해 ①株式(   ) 투자를 확대한 것으로 나타났다. 장기적인 수익이 기대되는 유망 투자처로도 주식이 꼽혔다. 새롭게 떠오르는 투자처 중 관심도가 높은 분야는 해외자산과 미술품이었고, 암호화폐에 대한 ②投資(   ) 의향은 사실상 제로(0)에 가까운 것으로 조사됐다.

KB금융지주 경영연구소가 펴낸 '한국 부자 보고서'에 따르면 금융자산 10억 이상 보유자가 올해 가장 선호한 ③金融(   ) 투자자산은 주식이었다. 보고서는 금융자산 10억원 이상을 부자로 규정하고 400명을 상대로 설문 조사를 실시했다.

이들의 금융 투자 운용 현황에 따르면 지난해보다 올해 주식 투자 ④金額(   )을 늘렸다는 응답은 전체의 40.0%로 집계됐다. 1년 전 조사보다 11.7% 포인트 증가한 수치다. 응답자의 59.0%는 실제로 올해 주식 투자로 수익을 거뒀다고 답해 펀드(33.7%), 채권(14.8%), ⑤保險(   )(6.5%)과 비교하면 압도적으로 많았다. 금융자산이 많을수록 투자하는 주식 종목이 많았고, 해외주식 투자에 적극적인 것으로 조사됐다. 앞으로 주식 투자를 늘리겠다고 응답한 경우도 31%로, 예적금(12.8%), 펀드(10.8%), 보험(7.5%), ⑥債券(   )(4.8%)의 투자를 늘리겠다는 답변보다 많았다. 또 장기적인 ⑦收益(   )이 기대되는 투자처를 묻는 질문에도 응답자의 60.5%가 주식을 꼽았다.

떠오르는 투자처 중 부자들은 미술품과 해외주식·펀드·⑧不動産(   ) 등 해외자산에 관심을 보였다. 하지만 "암호화폐에 투자 의향이 있다"고 응답한 경우는 전체의 3.3%에 그칠 정도로 투자에 부정적인 것으로 조사됐다. 암호화폐 투자를 꺼리는 이유로는 '투자 손실 위험이 커서', 암호화 ⑨貨幣(   ) 거래소를 신뢰할 수 없어서' 등이 꼽혔다.

보고서에 따르면 금융자산 10억원 이상인 부자는 지난해 말 기준 39만 3000명으로 1년 전보다 3만 9000명(10.9%) 늘었다. 이들 중 45.5%가 서울 거주자였고 1인당 평균 금융자산은 66억 6000만원이었다. 이들은 부를 축적하기 위해 밑천이 되는 종잣돈을 8억원으로 봤다. 종잣돈을 모은 시기는 평균 42세였고, 종잣돈을 마련한 방법은 주식이 가장 많았다. 부의 원천으로는 사업소득(41.8%)이 가장 많이 꼽혔고 부동산투자(21.3%), 상속·⑩贈與(   )(17.8%), 금융투자(12.3%), 근로소득(6.8%) 순이었다. 또 이들은 진정한 부자의 기준을 '총 자산 100억원 이상'이라고 봤다.

순번	한자어		자훈/자음	1	2	3	4	5
1	株式	주식	그루 주					
			법규 식					
2	投資	투자	던질 투					
			재물 자					
3	金融	금융	돈 금					
			화할 융					
4	金額	금액	돈 금					
			액수 액					
5	保險	보험	지킬 보					
			험할 험					
6	債券	채권	빚 채					
			문서 권					
7	收益	수익	거둘 수					
			더할 익					
8	不動産	부동산	아닐 부					
			움직일 동					
			재산 산					
9	貨幣	화폐	재화 화					
			비단 폐					
10	贈與	증여	줄 증					
			줄 여					

2. [경제] 조직문화 파괴하는 '나르시시스트 리더' 퇴출시켜라

(동아일보, 2021. 11. 17)

다음 사설의 (   )에 알맞은 독음을 쓰시오.

①組織(   ) 문화는 기업 경쟁력의 원천이다. 그리고 조직 문화에 영향을 미치는 다양한 요소 중 하나는 리더다. 최고경영자(CEO)를 비롯한 리더들은 자신의 말과 행동 하나하나가 회사의 조직 문화와 규범을 형성하는 토대가 된다는 사실을 알아야 한다.

기업 ②革新(   )과 조직 행동 분야의 세계적 석학 중 한 명인 찰스 오라일리 스탠퍼드대 경영대학원 교수가 이끄는 연구팀은 지나친 자기애를 나타내 나르시시스트적으로 평가받는 CEO와 리더들이 어떻게 조직 문화에 악영향을 끼치는지에 대해 연구했다. 먼저 나르시시스트 리더들은 어떤 행동을 하거나 의사결정을 내릴 때 협력과 윤리성을 중요시하지 않을 가능성이 높은 것으로 나타났다. 그들은 덜 협력적이고 덜 윤리적인 조직문화를 ③選好(   )하고 있고 실제로 그런 조직을 이끌고 있었다.

나르시시스트 리더들은 팀워크보다는 개인의 ④成果(   )를 더 강조하고, 윤리 규정 준수를 보장하는 조직 내 안전장치를 간과하거나 무시한다. 이들은 심지어 전문성보다는 자신에 대한 충성도를 바탕으로 ⑤部下(   ) 직원들을 승진시키는 등 회사 정책 역시 덜 협력적이고 덜 윤리적인 방식으로 유도한다. 결국, 자기 자신뿐만 아니라 개인 ⑥職員(   )들까지도 부정적인 조직문화에 동참시키고 또 그 일부가 되도록 만드는 것이다.

협력은 기업이 존재하는 기본 가정이며 기업의 윤리성은 조직의 생존과 직결되는 문제이다. 협력적이고 윤리적인 조직 문화는 기업의 성과와 영속성에 직접적인 영향을 미칠 수 있다. 이런 점에서 리더의 나르시시즘이 조직 ⑦全體(   ), 즉 조직문화와 직원들에게 미치는 부정적 영향은 절대 ⑧看過(   )돼선 안 된다. 또한, 이 연구 결과는 리더의 성격이 조직문화와 직접적으로 연결돼 있다는 점을 강조하고 있다. 리더의 나쁜 성격은 조직문화를 ⑨破壞(   )할 수 있지만 바꿔 말하면 리더의 좋은 성격은 바람직한 조직문화를 만들 수 있다는 것이 된다.

안타깝게도 나르시시즘은 개인의 성격이기 때문에 바꾸기 어렵다. 따라서 이미 나르시시스트 리더가 ⑩掌握(   )하고 있는 조직의 문화 역시 바꾸기 어려울 수도 있다. 바람직한 조직문화를 만들기 위해 우리가 할 수 있는 일은 나르시시즘을 가진 사람을 애초에 고용하지 않거나 적어도 리더로 선발하지 않는 것이다. 나르시시스트 리더가 이끄는 조직에서는 그들이 이미 자기 입맛에 맞게 만들어 놓은 장치들과 조직의 정치적 분위기 때문에 이를 적용하기가 쉽지 않을 것이다. 하지만 그 악순환의 고리를 끊지 않는다면 나르시시스트 리더가 남긴 유산, 즉 나쁜 조직문화는 나르시시스트 리더의 임기보다도 더 오래 지속될 수 있다. 그렇게 된다면 그 고통은 온전히 조직에 남아 있는 사람들의 몫이 될 것이다.

❀ 漢字 學習

순번	한자어		자훈/자음	1	2	3	4	5
1	組織	조직	짤 조					
			짤 직					
2	革新	혁신	가죽 혁					
			새 신					
3	選好	선호	가릴 선					
			좋을 호					
4	成果	성과	이룰 성					
			열매 과					
5	部下	부하	떼(집단) 부					
			아래 하					
6	職員	직원	직분 직					
			인원 원					
7	全體	전체	온전할 전					
			몸 체					
8	看過	간과	볼 간					
			지날 과					
9	破壞	파괴	깨뜨릴 파					
			무너질 괴					
10	掌握	장악	손바닥 장					
			쥘 악					

3. [경제] 기업들 파격 인사혁신, 사회전반에 긍정효과 확산되길

(한국경제, 2021. 12. 1)

다음 사설의 (　　　)에 알맞은 독음을 쓰시오.

기업 ①總帥(　　　)들이 젊어지면서 연말마다 '젊은 피 수혈', '인적쇄신'이란 평가를 받는 경제계 인사가 줄을 잇는다. 그제 삼성전자가 단행한 ②人事(　　　)제도 개편은 한걸음 더 나아갔다. 직급별 ③昇進(　　　)연한을 없애고 임원도 부사장·상무 두 단계로 단순화해 실리콘밸리 기업 같은 '30대 임원, 40대 CEO'를 기대할 수 있게 된 것이다.

빠르고 유연한 ④組織(　　　)문화를 가꿔 글로벌 경쟁에서 앞서가려는 시도는 비단 삼성만이 아니다. 웬만한 대표 기업들도 임직원의 복잡한 직급을 대폭 줄이고, 나이와 근무기간에 관계없이 성과에 따른 인사와 보상을 강화하고 있다. 현대자동차도 엇비슷하게 나눠주는 성과급이 아닌 개인성과급(500만원)을 올해 처음 ⑤導入(　　　)했다. '80년대생이 왔다'고 할 정도로 빅테크의 젊은 인재 기용이 대세를 이루고, 글로벌 인재 쟁탈전이 기업 운명을 좌우한다는 인식이 본격 확산된 때문이다.

이런 파격적 인사혁신이 기업들의 고질적인 연공서열 문화를 어떻게 바꿔놓을지 주목된다. 안정적 ⑥雇用(　　　), 수직적 의사결정이 한국 기업을 성장시킨 것은 사실이지만, 앞으로의 혁신은 연공서열 문화와 공존하기 어렵다. 문제는 '직급 슬림화' '연봉제 도입' 등 형식적 제도 시행이 아니다. 농경사회 전통에서 유래한 경험·경륜 중시의 ⑦序列 (　　　) 문화, 몸에 밴 위계질서를 얼마나 ⑧革罷(　　　) 해 내느냐가 관건이다. 그것이 기업과 사회의 창의성을 억제하고 갉아먹어 왔다는 사실을 돌아봐야 한다. 구성원 의식과 의사결정 체계의 변화 없이 호칭만 '○○님', '매니저' '프로'로 바꿔본들 기대한 만큼의 성과를 얻기 힘들다는 사실은 몇몇 실패 사례에서 확인할 수 있다.

나라 경제 전체로도 이젠 '추격자'에서 '선도자'로, 주어진 문제를 푸는 게 아니라 문제를 찾아내는 수준으로 점프해야 하는 과제를 직시해야 한다. 그러려면 팀원이 최고결정자에게 직접 제안할 수 있어야 하고, 그에 따른 신상필벌이 철저한 조직문화가 필요하다. 대기업에서 스타트업으로 진로를 바꾸는 MZ세대가 늘어나는 것은 이런 흐름이 시대적 요청이란 ⑨傍證 (　　　)이다.

그런 점에서 삼성 등 주요 기업들의 인사혁신이 사회 전반의 의식과 문화를 바꾸고 경쟁력을 높이는 긍정 효과를 확산시키길 기대한다. '직무급제 도입' 선언에 머물러 있는 공공부문이나, 행정고시 등 공무원 인사제도도 민간의 모범사례를 눈여겨봐야 할 것이다. 인사혁신이 생산성을 다시 끌어올리고, 잠재성장률 추락을 반전시킬 중요한 ⑩契機 (　　　)가 될 수도 있다.

순번	한자어		자훈/자음	1	2	3	4	5
1	總帥	총수	거느릴 총					
			장수 수					
2	人事	인사	사람 인					
			일 사					
3	昇進	승진	오를 승					
			나아갈 진					
4	組織	조직	짤 조					
			짤 직					
5	導入	도입	이끌 도					
			들일 입					
6	雇用	고용	품살 고					
			쓸 용					
7	序列	서열	차례 서					
			벌릴 열					
8	革罷	혁파	가죽 혁					
			방면할 파					
9	傍證	방증	곁 방					
			증거 증					
10	契機	계기	맺을 계					
			틀 기					

4. [경제] 유명인과 명품

(파이낸셜뉴스, 2021. 12. 1)

다음 사설의 (   )에 알맞은 독음을 쓰시오.

명품의 사전적 ①定義(   )는 '오랜 기간 동안 사람들 사이에서 사용되며, 상품적 가치와 브랜드 네임을 인정받은 고급품'이다. 가방, 의류, 신발, 시계 등의 패션 아이템을 지칭할 때 주로 쓰지만 자동차, 전자제품 등에 이르기까지 다양한 스펙트럼을 갖고 부유층 소비자를 ②誘惑(   )하고 있다.

명품에도 계급이 있다. 명품 쇼핑 플랫폼 트렌비는 올 8~10월 판매 데이터를 기반으로 최대 매출액과 검색량을 집계해 ③等級(   )을 매긴 '2021 명품 계급도'를 1일 발표했다. 명품의 등급을 △엑스트라 하이엔드 △하이엔드 △프레스티지 △프리미엄 △올드코어 △영코어 △에브리데이 7개 등급으로 ④分類(   )했다.

⑤最高(   )의 엑스트라 하이엔드 레벨은 프랑스 명품 브랜드 에르메스가 올랐다. 샤넬, 루이비통, 고야드는 하이엔드 레벨에 자리했다. 프레스티지 레벨에는 디올, 펜디, 보테가베네타, 셀린느가 ⑥選定(   )됐다. 프리미엄 레벨에는 프라다, 구찌, 생로랑, 버버리, 로에베 등이 꼽혔다. 올드코어 레벨은 발렌티노, 끌로에, 미우미우 등이다. 영코어 레벨은 발렌시아가, 르메르, 메종마르지엘라 등이 뽑혔다. 에브리데이는 코치, 토리버치, 마이클코어스, 에트로가 해당됐다.

TV의 육아와 ⑦相談(   ) 프로그램에 출연, '국민 육아 멘토'로 자리 잡은 소아청소년정신과 전문의 오은영씨가 고액 상담료에 이어 '명품 중의 명품'으로 등극한 에르메스의 VVIP라는 ⑧論難(   )에 올랐다. "액세서리와 상의 등 입고 걸친 것들의 비용을 합하면 1000만원이 넘는다"는 어느 유튜버의 ⑨主張(   ) 때문이다.

오씨는 급기야 지난달 30일 지상파에 나와 에르메스 사건을 ⑩解明(   )했다. 정리하자면 '에르메스만 입어요'가 아니라 '에르메스도 입어요'란다. 오씨 정도의 유명인은 파놉티콘(원형 감옥)에 자발적으로 갇혀 사는 삶을 택한 사람이다. 그래서 '유명세(有名稅)를 치른다'는 말이 생겼다.

❀ 漢字 學習

순번	한자어		자훈/자음	1	2	3	4	5
1	定義	정의	정할 정					
			옳을 의					
2	誘惑	유혹	꾈 유					
			미혹할 혹					
3	等級	등급	가지런할 등					
			등급 급					
4	分類	분류	나눌 분					
			무리 류					
5	最高	최고	가장 최					
			높을 고					
6	選定	선정	가릴 선					
			정할 정					
7	相談	상담	서로 상					
			말씀 담					
8	論難	논란	말할 논					
			어려울 난(란)					
9	主張	주장	주인 주					
			베풀 장					
10	解明	해명	풀 해					
			밝힐 명					

5. [경제] 토지 공개념과 개발이익 공공환원

(경향신문, 2021. 11. 17)

다음 사설의 (　　　)에 알맞은 독음을 쓰시오.

　　존 로크는 <통치론>에서 '개인의 자기소유권은 천부적 ①權利(　　　)이고 자신의 몸을 이용한 노동 또한 개인의 정당한 소유일 수밖에 없으며 모든 소유권은 노동과 신의 선물인 자연의 결합에서 발생한다'고 주장했다. ②勞動(　　　)과 공유자원인 자연을 결합하여 정당한 소유권을 획득하려면 타인에게도 충분한 공유자원이 보장돼야 한다. 이것이 로크의 단서조항이다. ③分業(　　　)과 거래로 뒤얽혀 사는 현대사회에서 이 조항을 충족하면서 토지를 획득하는 것은 쉬운 일이 아니다. 이를 엄격히 적용하면 헨리 조지가 말한 것처럼 토지에 대한 ④私的(　　　) 소유권을 인정하기 어렵다. 그는 토지에서 얻는 모든 지대를 공공으로 환원해야 한다고 주장했다.

　　이런 ⑤所有權(　　　) 이론은 '내 몸은 내 것'이란 근대적 개인주의와 '신이 인간에게 하사한 자연'이란 기독교적 세계관이 결합된 것이라 할 수 있다. 이보다 더 원초적인 출발점이 있을까? 현대인이 당연시하는 토지 소유권이 원초적인 관점에서 보면 사상누각으로 보인다. 토지 공개념은 바로 이런 출발점에서 형성됐다.

　　한국처럼 인구밀도가 높은 나라에서 대부분의 토지는 로크의 단서조항을 충족시키기 어려운 공유자원이다. ⑥單位(　　　) 면적당 공공투자 규모로 따지면 세계 최고라 할 수 있는 강남이나 명동 지역의 부동산 입지의 가치는 개인의 노력이나 투자가 아니라 공공의 투자로 만들어졌다. 이 지역에 사는 사람들이 누리는 토지와 공간의 ⑦效用(　　　)도 마찬가지다. 따라서 이런 공유자원에서 얻어진 모든 불로소득은 마땅히 공공으로 환원돼야 한다는 것이 토지 공개념에서 얻어지는 결론이다. 부동산 ⑧投機(　　　)로 부동산 가격이 오를수록 불로소득도 늘어난다. 한국의 국민소득 대비 부동산시장 규모는 다른 주요국들보다 월등히 크다. 그만큼 투기가 횡행하고 불로소득도 만연한 것이다.

　　부동산 ⑨開發(　　　)사업은 토지로부터 불로수익이 창출되는 대표적인 사업이다. 토지 공개념을 가장 잘 구현하는 개발방식은 개발 참여자들에게 노력의 대가만큼 적정 수익을 보장하고 나머지 수익은 공공에 환원하는 방식이다. 공공이 ⑩不正腐敗(　　　) 없이 목적에 따라 추진한다면 공공개발방식이 토지 공개념을 가장 잘 구현할 수 있다.

※ 漢字 學習

순번	한자어		자훈/자음	1	2	3	4	5
1	權利	권리	저울추 권					
			이로울 리(이)					
2	勞動	노동	일할 노					
			움직일 동					
3	分業	분업	나눌 분					
			일 업					
4	私的	사적	사(개인) 사					
			과녁 적					
5	所有權	소유권	바 소					
			있을 유					
			권리 권					
6	單位	단위	홑 단					
			자리 위					
7	效用	효용	본받을 효					
			쓸 용					
8	投機	투기	던질 투					
			틀 기					
9	開發	개발	열 개					
			일어날 발					
10	不正腐敗	부정부패	아닐 부					
			바를 정					
			썩을 부					
			패할 패					

6. [시사] 일본 '평화의 소녀상' 전시, 폭력에 굴복 말아야

(한겨레, 2021. 7. 12)

다음 사설의 (   )에 알맞은 독음을 쓰시오.

일본 오사카 지방법원이 평화의 소녀상이 출품된 '우리들의 ①表現(   )의 부자유전—그후' 전시를 시민 안전을 이유로 불허하는 것은 부당하다는 결정을 내렸다. 나고야에서 '평화의 소녀상' ②展示(   )가 강제 중단된 데 이어 오사카 전시회 또한 무산될 듯싶었는데, 법원 결정으로 전시회가 열릴 수 있게 된 건 매우 다행스러운 일이다. '표현의 자유'를 옹호한 일본 ③法院(   ) 결정을 환영하며, 다시는 폭력에 의해 소녀상 전시가 중단되는 일이 없기를 바란다.

언론 보도를 보면, 재판부는 '평화의 소녀상' 전시회를 취소한 데 대해 "(시설관리인 쪽이) 시설 이용을 거부하는 건 경찰 경비 등을 통해서도 ④混亂(   )을 막을 수 없는 특별한 사정이 있는 경우에 한정해야 한다"며 예정대로 전시회를 진행하라고 명령했다. 시민 안전을 명분으로 하더라도 '표현의 자유'를 제한하는 건 매우 엄격하게 적용해야 한다는 점에서 당연하고 적절한 결정이라고 본다. 우익의 협박에 번번이 평화의 소녀상 전시가 중단됐던 전례에 비춰보면, 이번 결정이 평화와 연대를 위해선 폭력에 ⑤屈伏(   )하지 않는다는 선례를 일본 사회에 남기길 기대한다.

일제의 뼈아픈 역사를 덮으려 전시회마저 ⑥脅迫(   )하는 일본 우익의 폭력은 어제오늘 일이 아니다. 국제예술제 '아이치 트리엔날레'에서 '표현의 부자유전'이 개최됐을 때도 우익의 ⑦抗議(   )와 테러 위협으로 3일 만에 전시를 중단했다. 2년 만에 나고야에서 같은 전시회를 열었지만, 이번엔 폭죽이 든 우편물이 배달되어 8일 시 ⑧當局(   )이 '안전상 이유'로 또다시 전시를 중단했다. 도쿄에선 아예 전시 시설을 구하지 못했다는데, 그나마 오사카에서 전시회를 열 수 있게 된 건 다행이다.

전시 중단의 직접 원인은 일본 우익의 협박과 ⑨暴力(   )이다. 그러나 이를 핑계로 전시 중단을 수수방관하거나 부추기는 일본 당국의 무책임한 태도에 훨씬 큰 책임이 있음을 부인할 수 없다. 오사카 법원 결정에 대해 요시무라 히로후미 오사카부 지사는 "전시 시설 내에는 보육 시설도 있다. 안전한 시설 관리, 운영 관점에서 이용 ⑩承認(   )을 취소하는 게 당연하다"고 말했다고 한다. 이게 어디 오사카 당국만의 생각이겠는가. 일본 정부 역시 과거 역사를 직시하지 않고 회피하기 위해 우익의 협박에 강력하게 맞서지 않는 게 지금 일본의 현실일 것이다. 법원 결정을 일본 사회 전체가 평화의 소녀상 전시의 의미를 돌아보는 계기로 삼았으면 한다.

순번	한자어		자훈/자음	1	2	3	4	5
1	表現	표현	겉 표					
			나타날 현					
2	展示	전시	펼 전					
			보일 시					
3	法院	법원	법 법					
			담(집) 원					
4	混亂	혼란	섞을 혼					
			어지러울 란					
5	屈伏	굴복	굽힐 굴					
			엎드릴 복					
6	脅迫	협박	위협할 협					
			핍박할 박					
7	抗議	항의	겨룰 항					
			의논할 의					
8	當局	당국	마땅 당					
			관청 국					
9	暴力	폭력	사나울 폭					
			힘 력					
10	承認	승인	받들 승					
			인정할 인					

7. [시사] 고독사 예방, 다른 나라들은?

(한겨레, 2018. 3. 4)

다음 사설의 (   )에 알맞은 독음을 쓰시오.

1980년대부터 고독사가 사회문제로 떠오른 일본에서는 고독사를 '고립사'라고 부른다. 사회적 ①孤立(   )이 죽음의 형태로 표면화했다는 이유에서다. 1983년 처음 고립사라는 단어가 미디어에 등장한 뒤 그 수가 갈수록 늘고 있다. 2016년 전체 사망자 중 3.5%가 고립사에 해당한다는 뉴스가 ②報道(   )될 정도다.

일본은 한국의 기초자치단체(시·군·구)에 해당하는 시·정·촌을 위주로 고립사 ③豫防(   ) 대책을 추진하고 있다. '안심생활창조사업'이 대표적인 사례인데, 지역 주민이나 신문배달·택배업자 등이 ④獨居(   )노인을 비롯해 고립사 위험이 높은 사람들을 관찰하고 보호하는 방식이다. 대상자 명부를 작성해 지도로 만들어 공유하고, 사업에 참여하는 주민과 사업자들의 상담이나 신고를 받는 센터도 운영한다.

이런 '관리' 위주의 방식은 대상자들의 거부감을 ⑤誘發(   )하기 쉬운데, 일본은 이에 대한 대책도 마련해두고 있다. 서울시복지재단 연구위원은 "일본에서는 아침마다 자석을 현관문에 붙이게 하고 자석이 문에 없으면 집을 ⑥訪問(   )해 안부를 확인하거나 커피포트 등 전자제품의 가동 상황을 ⑦遠隔(   )으로 확인하고 있다"며 "타인에게 피해를 주고 싶어 하지 않는 일본인의 특성을 고려한 유용한 방식"이라고 설명했다.

1인 가구 중 노인층 비율이 다른 세대에 비해 현저히 높은 프랑스도 일찍 ⑧對策(   )을 마련한 편이다. 프랑스는 국가적 차원의 활동단체(모나리자·Monalisa)를 조직한 뒤 이 단체를 통해 독거노인을 정기방문하거나 사회관계를 증진하도록 돕는 프로그램을 운영하고 있다. 또 독거노인들과 주거가 불안정한 대학생들이 동거할 수 있도록 연계해주는 '코로카시옹' 프로그램도 운영하고 있다. 지자체마다 노인클럽을 활성화해 무연고 사망을 예방하고 고독사 확률이 가장 높은 독거노인들의 사회적 ⑨斷切(   )을 정책적으로 막고자 하고 있다.

오스트레일리아(호주)는 '독거노인 입양'이라는 제도를 운영하고 있다. 웹사이트에 등록된 시민들이 독거노인들에게 도움을 줄 수 있도록 연결하는 프로그램이다. 정신적인 ⑩交流(   )뿐 아니라 서로 물리적인 교류를 하며 같은 지역민으로서 상생할 수 있는 제도다. 이밖에 덴마크의 '코하우징', 일본의 '컬렉티브 하우스' 같은 주거공동체도 고립사를 예방할 수 있는 방안이다. 주방, 식당, 세탁실 등 공간을 함께 쓰며 일상적인 가사를 이웃과 나누면서도 사생활은 존중받을 수 있는 주거 형태다. 서울시복지재단 연구위원은 "지역사회의 역할을 강화하는 한편, 코하우징이나 컬렉티브 하우스처럼 공간을 공유하는 주거 형태를 개발하는 등 다양한 시도가 필요하다"고 말했다.

❀ 漢字 學習

순번	한자어		자훈/자음	1	2	3	4	5
1	孤立	고립	외로울 고					
			설 립					
2	報道	보도	알릴 보					
			말할 도					
3	豫防	예방	미리 예					
			막을 방					
4	獨居	독거	홀로 독					
			살 거					
5	誘發	유발	꾈 유					
			필 발					
6	訪問	방문	찾을 방					
			물을 문					
7	遠隔	원격	멀 원					
			사이 뜰 격					
8	對策	대책	대할 대					
			꾀 책					
9	斷切	단절	끊을 단					
			끊을 절					
10	交流	교류	사귈 교					
			흐를 류					

8. [시사] 싱크홀, 국내 발생 원인과 대처

(케미컬뉴스, 2021. 9. 1)

다음 사설의 (   )에 알맞은 독음을 쓰시오.

한국지질자원연구원에 따르면 싱크홀(Sinkhole)은 석회암의 주성분인 ①炭酸(   )칼슘이 이산화탄소가 녹아 있는 빗물이나 지하수에 의해 ②溶解(   )되어 지반 내에 공동이 발생해 지표층이 침하되거나 함몰되어 땅이 꺼지는 자연현상으로 지질학적 용어다. 돌리네(Doline)라고도 하는 이러한 현상은 전 세계적으로 발견되며, 탄산염암(석회암, 백운암)의 화학적 용해나 지하 ③浸蝕(   ) 과정으로도 발생한다. 이와 관련한 용어는 싱크홀, 지반침하(Depression), 지반함몰(Cave-in), 공동(洞空, Cavity), 돌리네 등 다양하다.

싱크홀은 자연적 발생과 인위적 발생으로 나뉘는데 자연적 발생은 탄산염암 지대에서 탄산가스를 ④含有(   )하고 있는 물에 의한 용식작용으로 생긴 공동(빈 공간) 상부의 지층이 갑자기 함몰되어 생긴 공간이다. 반면에 ⑤坑道(   ), 채광장 등 인위적 공동 상부의 지층이 함몰되어 생긴 공간이 인위적 발생에 해당한다. 국내의 석회암지대는 남한 면적의 약 18% 정도를 차지하고 있다. 강원도 남부에서 충청북도 북부에 걸쳐 넓게 ⑥分布(   )하고 있으며 경상북도 울진, 봉화, 문경, 상주를 비롯해 전라남도 장성, 화순, 무안 등지에도 일부 퍼져있다.

2013년 광해통계연보에 따르면 국내 폐광산은 1692개로 국내 ⑦廢鑛(   ) 지역은 오랫동안 방치되면서 갱도 상부의 지층이 지지력을 상실해 붕괴되는 현상이 빈번하다. 이러한 폐광산들은 잠재적인 싱크홀 발생 위험성을 가지고 있다.

국내에서 종종 들려오는 도심지의 도로 함몰은 석회암 지역에서 발생하는 싱크홀과는 발생 구조와 원인이 다르다. 도심지에서 공동(빈 공간)이 발생하는 원인은 주로 노후화된 지하매설물의 파손, 토목공사나 지하구조물에 의한 지하수 영향으로 흙이 유실되어 발생한다. 강우량이 많은 여름철에 도로 함몰 발생이 빈번하고, 대부분 비가 올 때와 온 후 많이 발생한다. 국내 석회암지대의 싱크홀은 전남 무안읍 일대가 대표적이다. 13년간 19번의 싱크홀이 발생한 무안읍은 시가지와 농경지 등에서 여러 차례 싱크홀이 발생해 집이 ⑧崩壞(   )되고 농경지가 유실되었다. 경북 가은읍 왕능리의 경우 석회암이 분포되어 있을 뿐 아니라 석탄 채광으로 주변 지하수가 유출되어 인위적으로 지하수위가 하강하면서 석회암 공동 상부가 함몰되어 싱크홀이 발생한 것으로 ⑨推定(   )됐다.

미국 항공우주국(NASA)은 위성과 드론, 공중레이더 등으로 지형자료를 분석하고 싱크홀을 예견하는 연구를 진행하고 있다. 일상에서 땅꺼짐은 외벽이나 잔디밭, ⑩庭園(   ), 인도, 오래된 우물 등에서 발생할 수 있는데 이러한 장소는 가슴 높이보다 깊은 구멍에는 절대 들어가면 안 된다. 구멍이 깊을수록 벽이 가파를수록 붕괴 위험이 커지기 때문에 당국에 신고하고 전문가를 통해 작업이 이루어져야 한다.

❖ 漢字 學習

순번	한자어		자훈/자음	1	2	3	4	5
1	炭酸	탄산	숯 탄					
			시다 산					
2	溶解	용해	녹을 용					
			풀 해					
3	浸潤	침윤	잠길 침					
			불을 윤					
4	含有	함유	품을 함					
			있을 유					
5	坑道	갱도	구덩이 갱					
			길 도					
6	分布	분포	나눌 분					
			퍼뜨릴 포					
7	廢鑛	폐광	폐할 폐					
			광석 광					
8	崩壞	붕괴	무너질 붕					
			무너질 괴					
9	推定	추정	밀 추					
			정할 정					
10	庭園	정원	뜰 정					
			동산 원					

9. [시사] 폭력없는 평화로운 교실만들기

(안전Dream 아동·여성·장애인 경찰지원센터 홈페이지)

다음 사설의 ( )에 알맞은 독음을 쓰시오.

"학교폭력"이란 학교 내·외에서 학생을 대상으로 발생한 ①傷害( ), 폭행, 협박, 약취(略取)·유인, 명예훼손·모욕, 공갈, 강요·강제적인 심부름 및 성폭력, 따돌림, 사이버 따돌림, 정보통신망을 이용한 ②淫亂( )·폭력 정보 등에 의하여 신체·정신 또는 재산의 피해를 수반하는 행위를 일컫는다.

"따돌림"이란 학교 내외에서 2명 이상의 학생들이 특정인이나 ③特定( ) 집단의 학생들을 대상으로 지속적, 반복적으로 심리적 공격을 가하거나, 특정 학생과 관련된 개인정보 또는 허위 사실을 유포하여 상대방이 고통을 느끼도록 하는 일체의 행위를 말한다.

"사이버따돌림"은 인터넷, 휴대전화 등 정보통신기기를 이용하여 학생들이 특정 학생들을 대상으로 지속적, 반복적으로 심리적 공격을 가하거나, 특정 학생과 관련된 개인정보 또는 허위 사실을 유포하여 상대방이 ④苦痛( )을 느끼도록 하는 일체의 행위를 말한다.

⑤政府( )에서는 학교폭력에 대한 전반적인 문제를 다루기 위해 「학교폭력예방 및 대책에 관한 법률」을 제정·시행 중에 있다. 「학교폭력예방 및 대책에 관한 법률」에서는 학교폭력 피해 학생의 보호, 가해 학생의 ⑥善導( )·교육 및 분쟁 조정에 관한 사항을 규정하고 있다. 학교폭력의 피해 학생은 학교에 ⑦加害( ) 학생에 대한 조치와 피해자 본인의 보호 요청을 할 수 있으며, 가해자, 그 감독의무자 및 학교 등을 상대로 손해(치료비 및 위자료 등)에 대한 배상을 청구할 수 있다. 피해 학생은 117 신고, 고소 등을 통해 가해 학생에 대한 형사처벌을 요구할 수 있으며, ⑧搜査( )를 통해 범죄 혐의가 인정될 경우 가해 학생은 형벌이나 소년법상 보호처분을 받을 수 있다.

학교폭력의 유형에는 언어·심리적 폭력, 신체·물리적 폭력 및 따돌림 등이 있다.

언어·심리적 유형에는 여러 사람 앞에서 상대를 험담하거나 그런 내용의 글을 인터넷·SNS 등으로 퍼뜨리는 행위이며, 그 내용이 거짓인 경우는 가중처벌을 받을 수 있다. 또 여러 사람 앞에서 모욕적인 용어, 가령 생김새에 대한 놀림, 병신, 바보 등 상대방을 비하는 내용을 지속적으로 말하는 행위와 소셜미디어를 통해 여러 사람이 그룹 채팅을 하면서 타인을 ⑨誹謗( )하는 글을 지속적으로 퍼뜨리는 행위, 폭행·협박에 의한 강제적 행위, 속칭 빵 셔틀 등 심부름을 억지로 시키는 행위, 선배가 후배에게 기합을 주는행위, 사진이나 동영상을 찍어 ⑩羞恥心( )을 느끼게 하는 행위 등이 여기에 해당된다.

신체·물리적 유형에는 때리거나 밀쳐서 고통을 가하는 폭행 행위, 침 뱉기·꼬집기·머리카락 잡아당기기·물건 던지기·넘어뜨리기 등이 있으며, 감금하거나 유인해 일정한 장소로 데리고 가는 행위, 돈·옷 등을 빌리고 돌려주지 않는 행위, 물건·흉기 등을 이용해 상처를 입히는 행위, 성적 수치심을 주는 말이나 문자·성적 모멸감을 느끼게 하는 신체적 접촉·강제적 성행위를 가하거나 시키는 행위가 여기에 해당한다.

따돌림에는 상대방을 의도적·반복적으로 피하는 행위, 싫어하는 말로 바보 취급 등 놀리거나 면박을 주는 행위, 다른 학생과 어울리지 못하도록 막거나 다른 친구들이 도와주려는 것을 막는 행위, 카카오톡 등에서 여러 사람이 한 명을 초청한 후에 아무 말도 하지 않는 행위 등이 있다.

학생을 비롯해 학부모, 교사 모두가 학교폭력에 관심을 가져야 한다. 더불어 예방이 최선의 대책이라는 말이 있듯이 학교폭력 예방 교육의 중요성을 인지하고 학교폭력 예방에도 관심을 가져야 한다.

순번	한자어		자훈/자음	1	2	3	4	5
1	傷害	상해	다칠 상					
			해할 해					
2	淫亂	음란	음란할 음					
			어지러울 란					
3	特定	특정	특별할 특					
			정할 정					
4	苦痛	고통	쓸 고					
			아플 통					
5	政府	정부	정사 정					
			관청 부					
6	善導	선도	착할 선					
			이끌 도					
7	加害	가해	더할 가					
			해할 해					
8	搜査	수사	찾을 수					
			조사할 사					
9	誹謗	비방	헐뜯을 비					
			헐뜯을 방					
10	羞恥心	수치심	부끄러울 수					
			부끄러울 치					
			마음 심					

10. [시사] 언론사 징벌적 손해배상 소송, 언론자유 침해 없도록 해야

(경향신문, 2021. 2. 9)

다음 사설의 (   )에 알맞은 독음을 쓰시오.

　더불어민주당이 가짜뉴스를 뿌리 뽑는다며 '징벌적 손해배상'을 기존 언론과 포털에도 적용키로 했다. 유튜버나 언론 등이 거짓·불법 정보로 명예훼손 등 ①被害(   )를 줄 경우 손해액의 3배까지 ②賠償(   )하도록 하자는 것이다. 가짜뉴스는 차단해야 한다. 하지만 가짜뉴스는 규정하기 어렵고 자의적으로 운용될 수 있어 시행에 각별히 유념해야 한다.

　민주당은 9일 미디어·언론 상생 태스크포스(TF) 회의 뒤 "③懲罰(   )적 손해배상에 언론과 포털이 다 포함된다는 대원칙하에서 정보통신망법을 개정키로 했다. 2월 중점처리법 안에 이런 원칙을 포함시키고, ④未盡(   )한 부분은 추후 신속히 입법을 진행할 것"이라고 했다. 이낙연 민주당 대표는 지난 3일 "⑤惡意(   )적 보도와 가짜뉴스는 사회 혼란과 불신을 확산시키는 반사회적 범죄"라며 '언론개혁'을 하겠다고 밝혔다.

　유튜브나 사회관계망서비스(SNS) 등에서 근거 없는 음모론이 번지고 ⑥弊害(   )가 적지 않은 것은 사실이다. 자극적인 유튜브 방송을 틀고 다니는 택시도 심심찮게 보게 된다. '코로나19 백신이 자폐증을 유발하고 접종 시 위독할 수 있다'고 SNS에 떠도는 가짜뉴스는 백신 접종을 지연시키고, 집단⑦免疫(   ) 형성을 방해할 수 있다. 문재인 대통령이 4·27 남북정상회담 때 판문점 도보다리에서 김정은 국무위원장에게 북한 원전 건설 계획 등이 담긴 USB를 건넸다는 주장도 정치적 의도가 담긴 가짜뉴스라고 할 만하다.

　문제는 가짜뉴스 개념이 모호한 탓에 정부·여당의 입맛에 맞지 않는 보도가 가짜뉴스로 치부될 수 있는 점이다. 이명박 전 대통령의 다스 소유, 박근혜 전 대통령의 세월호 7시간 대응 실패 의혹이 제기됐을 때 당시 보수정부는 가짜뉴스라고 했다. 유시민 노무현재단 이사장이 "검찰이 노무현재단 계좌를 들여다본 사실을 확인했다"고 했을 때 민주당은 ⑧檢證(   ) 없이 동조하지 않았는가. 집권여당이 기성언론과 포털을 징벌 대상에 포함시키겠다고 한 것은 언론 ⑨掌握(   ) 시비도 일으킬 수 있다. '가짜뉴스 징벌법'이 없는 지금도 허위사실 유포는 처벌 대상이다.

　가짜뉴스는 피해가 크므로 제어할 방책을 찾아야 한다. 그럼에도 무분별한 가짜뉴스 공격이 언로를 막고, 헌법에 명시된 '표현의 자유'를 침해하는 부작용을 낳을 수 있다는 점도 가벼이 봐선 안 된다. 가짜뉴스 여부를 가리는 엄격한 검증 장치와 논란을 최소화하기 위한 정부대책이 ⑩隨伴(   )되길 바란다.

순번	한자어		자훈/자음	1	2	3	4	5
1	被害	피해	미칠 피					
			해칠 해					
2	賠償	배상	물어줄 배					
			갚을 상					
3	懲罰	징벌	혼날 징					
			죄 벌					
4	未盡	미진	아직 미					
			다할 진					
5	惡意	악의	악할 악					
			뜻 의					
6	弊害	폐해	해질 폐					
			해칠 해					
7	免疫	면역	면할 면					
			역병 역					
8	檢證	검증	검사할 검					
			증거 증					
9	掌握	장악	손바닥 장					
			쥘 악					
10	隨伴	수반	따를 수					
			짝 반					

11. [문화] 거대한 100년, 김수영-전통

(한겨레, 2021. 8. 2)

다음 사설의 (   )에 알맞은 독음을 쓰시오.

　전통이라는 개념이 사상, 관습, 행동 따위의 양식을 총괄하는 광범위한 ①範疇(   )인 만큼 김수영 시에도 다양한 추상이 망라된다. 그는 '거대한 뿌리'(1964)에서 "전통은 아무리/ 더러운 전통이라도 좋다"고 단언하였다. 이어 "나에게 놋주발보다도 더 쩡쩡 울리는 추억이/ 있는 한 인간은 영원하고 사랑도 그렇다"는 진단이 이어진다. 전통은 확연한 긍정이요 나아가 사랑이자 인간 자체가 되었다. 말년에 작성된 '꽃잎'(1967)은 ②自由(   )와 ③革命(   )의 이행을 꽃의 생리에 빗댄 걸작인데, 여기서도 "대대로 물려받은 음탕한 전통"은 '나'를 구성하는 주요 요소로 강조된다. 언어의 본질에도 전통이 개입한다. 산문 '가장 아름다운 우리말 열 개'(1966)에서 그는 "어중간한 비극적인 세대"이기에 신구 언어의 감각을 ④體化(   )하지 못하였노라 썼다. 언어는 ⑤民衆(   )의 생활 변화를 반영하고, 진정 아름다운 말은 시 속에서 살아 있는 낱말이라고 믿었다. 일상의 불완전한 언어를 보완할 시적 언어의 비전이 전통을 통해 도출되는 흔적이다.

　전통과 ⑥文明(   )을 대비하며 근대성에 천착하는 방식은 서구 모더니즘의 지적 관성이기도 하다. 김수영 역시 시인으로서의 이력 내내 전통에 관해 성찰하였다. 이런 태도를 이해하게 하는 또 다른 ⑦端緒(   )가 김수영 스스로 "내 시의 비밀"('시작 노트 6')이라고 적었던 '번역'이라는 계기이다. 그중 하나인 '아마추어 시인의 거점'(1958)은 미국 시인 월리스 스티븐스에 관한 평론인데, 위대한 시인은 순수하지만 전문가이며 동시에 총체적(total)이어야 한다는 문장이 들어 있다. 좋은 시는 아마추어적 형식에 특이한 내용을 체현해야 하고, 이는 본질적으로 역사적인 것이라는 논지이다. 문학의 본질 속에 전통이 내재되어 있고, 그것을 일상적 언어와 고유한 내면으로 승화해야 한다는 입장은 김수영의 태도와 다르지 않다.

　김수영의 생애에 각인된 구습을 오늘날의 윤리 감각으로 수용하기는 어렵다. 인간 김수영은 가부장의 권위에 찌든 전형적 '꼰대'이기도 했다. 하지만 그가 시로써 변주한 전통은 고유하고도 미적인 가치이지 않을까. 그는 시 속에서 적나라하게 자신을 까발렸고, 전통을 현재화하며 새로운 문학사의 ⑧地平(   )을 모색했다. 영원하리라 믿었던 인간과 사랑에 대한 ⑨信賴(   )의 언어가 시대를 거슬러 우리를 공명케 한다. 이런 생성이야말로 김수영식 전통의 ⑩美德(   )임이 분명하다.(남기택)